双《そう》龍《りゅう》に月下《げっか》の契《ちぎ》り
JN306674

双《そう》龍《りゅう》に月《げっ》下《か》の契《ちぎ》り

深月《みつき》ハルカ

ILLUSTRATION：絵歩《えぼ》

双龍に月下の契り

LYNX ROMANCE

CONTENTS

双龍に月下の契り

どこまでも続く草原に、何百もの胞宿《ほうしゅく》が風に流れて運ばれていく。

両手で掬《すく》えるくらいの大きさをした、白い綿毛のような精霊たちが風に巻き上げられてふわりと浮き上がり、ときには互いにぶつかりあいながら、膝丈《ひざたけ》くらいのところを漂っていた。濃い緑色をした草の上を、見渡す限り白い綿毛が漂う様子は、まるでいわし雲の上にいるようだ。

羽流《ハル》は胞宿の大群に囲まれるように立っていた。黒い瞳は透明なガラスのように胞宿と空を映して神秘的に煌《きら》めく。

羽流にとって、彼らに囲まれているのはとても気持ちのよいことだった。

「ふふ…」

神舟《しんせん》の泉から生まれてくる水の精霊たち。彼らは風に乗ってこんな東領《ひがしりょう》の果て、水の少ない草原までやってくる。そして土に還《かえ》るとき、大地に潤いと恵みをもたらしてくれるのだ。


すっと両手を広げ、目を閉じると、まるで同化したかのように彼らの声が感じられる。

世界の外と内側を結ぶ境目、王の住む〝神舟〟からこの地上に下りてきた彼らは、豊かな緑の一部になることを喜んでいる。いくつかが大地に吸い込まれるように地面に着地して、その瞬間にしゅわっ、と小さな音を弾《はじ》けさせた。

まるで音楽のようだ。

耳を澄ますと、胸の中がふわっとした幸福感でいっぱいになる。

水を蓄えて豊かになる大地。草花と一緒に、また空に還ろうとする胞宿。身体をめぐっていく呼吸のように、エネルギーが循環していく…。

羽流は胞宿を感じるのをやめ、目を開けて連れてきた羊たちを見た。

ゆったりと草を食《は》んでいる羊たちは、悪さをしない精霊にはまるで無関心で、ぶつかられて背中の上までふわふわ転がっても、一向に気にしていない。

羊たちの傍《そば》に、兄の滄《ソウ》がいた。

滄は羽流の様子を見ているが、こうして精霊たちと戯れているときは、たいてい黙って見守るだけで近づいてはこない。

滄も羽流も、遊牧民特有の、膝丈までのデールに下穿《したば》き、長靴という姿だったが、滄はおよそ羊を飼うには不似合いな長剣を携えていた。黒いデールに映える銀の髪と瞳も、もっと北のほうの人間が持つ容姿だ。鋭さと無表情さもあいまって、牧歌的な匂《にお》いを消している。

羽流の見た目とも対照的だった。

羽流の、風に巻き上げられてなびく少しくせのある黒髪。草原の民とは思えない、陽に焼けない白い肌。小柄で華奢《きゃしゃ》だという以外にも幼い印象があるのは、そのくらいの年頃の男子が持つ男臭さがないせいかもしれない。

兄弟は皆似ていない。

長兄の万浬《バンリ》は栗色の髪と瞳で、いつも優し気に笑う。集落の者たちと違って馬を駆ることがないから、襟の詰まった長衣を着、子供たちに読み書きを教えたりしている。

二番目の遡凌《サクリョウ》はもっと毛色が変わっていた。淡いくせ毛で銀細工の眼鏡をかけ、優雅な刺繍《ししゅう》の施された長衣姿でいる。けれど遡凌は都と草原を行き来しているので、都の暮らしのほうが身についているのかもしれない。

都には薬草を仕入れに行くのだという。医術の心得があるから、集落では皆が遡凌を頼りにしている。

抜けるような青空に、遠くの山脈がくっきり浮き上がっていて、時おり強く風が吹く。すると、羽流の膝に当たった胞宿がふわんと目の前で舞い上がる。

いつまでも精霊を眺めていると、滄が近寄ってきて、頭や肩のほうにあたってくる胞宿を手で払ってくれた。

「胞宿まみれになってるぞ」

「ほんとだ」

「陽が傾く前に帰ろう。今日は遡淩が帰ってくる」

「うん」

羽流は、こうして誰かに引き戻されることで、自分の感覚を取り戻せる。だが人間だけの世界に戻るとき、何故《なぜ》か不思議な感覚があった。

当たり前のことなのに、まるでもともと自分が胞宿で、人間の姿になってこの世界に紛れていくような気持ちになるのだ。

胞宿に囲まれ過ぎていたからだろうか。どちらが自分なのかわからなくなるなど、おかしいと思う。

羽流は自分のそんな感覚に苦笑し、しゅわしゅわ…と小さく音を立てている水の精霊たちと別れ、促されるままに、滄の馬に乗って集落へと戻った。

羊は羽流たちのものではなかった。同じ集落のタルのものだ。タルの家は女手しかないため、代わりに放牧を引き受けている。

この夏の宿営地に行くと、フエルトでできた円形のゲルがいくつも見える。柵の傍にいた同い年のシユニが気付いて顔を上げげた。刺繍を施したスカーフの下でいくつもの三つ編みが揺れている。

「羽流、滄、おかえり！」

「ただいま！」

羽流が手を振ると、ゲルの中から母親のタルも出てきた。遊牧民らしい日に焼けた皺《しわ》深い顔で、娘と同じスカーフをしている。

「おかえり羽流。今日もありがとうよ」

羽流が馬から降りて駆け寄ると、タルは皺を深くして笑い、包みを差し出した。

「？」

「今日は久々に兄弟みんなが揃《そろ》うんだろう？　これを持っておゆき」

「わあ、蒸しパンだ！　ありがとう」

手渡されたのは蒸した甘いパンだった。粉にした木の実とはちみつを練ってあるので、とてもおいしい。

「あと…これも」

シュニが革袋に入った馬乳酒《ばにゅうしゅ》を滄に差し出してい
る。滄はそれを小さく会釈して受け取っていた。
羽流はタルの乳をもらって育った。シュニとは乳
兄弟にあたる。
「羽流、お兄さんたちにお礼を伝えて。姉さん、こ
の間処方してもらった薬草のおかげで悪阻《つわり》もおさま
ったって、すごく元気になったの」
シュニより八つ上の姉は、三月ほど前赤ん坊を授
かったものの、悪阻に苦しんで寝付いてしまったの
だ。
「よかった。遡凌も喜ぶと思うよ」
「逆に、体調がよくて太り気味になっちゃったから、
今度は私が安産のお守りを作ってあげてるくらいよ」
笑いながらシュニが懐から白い帯用の布を取り出
して見せてくれる。布には、いくつも赤い模様が刺
繍されていた。
「無事に生まれるように、宿曚《じゅもう》もたくさん縫い込ん
だの」

宿曚は赤ん坊が無事母親のお腹に辿《たど》り着くよう、
導いてくれる精霊だと信じられている。宿曚がへま
をすると赤ん坊が流れたり、違う母親の腹に運ばれ
てしまうと言われているので、身籠った女性は安産
のお守りとして、宿曚に似せた、羊毛で作る複雑な
結び目の飾りを帯の内側に縫い付ける。
「これでも効き目がなかったら、お兄さんにお願い
しなきゃいけないわ」
「お産の頃、遡凌がこっちにいられるように、頼ん
でみるよ」
羽流が言うと、シュニが帯を大事そうにしまいな
がら同意した。
「そうね。私からもお願いしたいわ。遡凌がいてく
れたら安心だもの」
タルも隣で深く頷《うなず》いている。
「本当に、あんたたちのおかげでうちの一族は誰も
病気にならない」
タルやシュニだけではない、集落の誰もが兄たち

のことをそう言う。それを聞くと、羽流の中で集落の人たちと違う兄たちの異質さが、かえって特別なことのように思える。

皆とは少し違う暮らしをしているけれど、兄たちの知識や医術が集落の役に立てているのなら、誇らしいと思うのだ。

「じゃあ、また明日も頼むよ」

「うん！　また明日」

羊を柵に帰し、羽流はまた滄の馬に乗せてもらい、集落から少し離れた自分たちのゲルに戻る。

羊たちと一緒に草原で過ごすのは楽しかった。彼らは雨の匂いを誰よりも早く嗅ぐし、風鈴花《ふうりんか》に混じって弾け飛んでいく〝生実《ショウミ》〟の精霊を見つけることもできる。

実をつける木々の少ない草原で、運よくその種に生実がついたら、やがて大きく育って木陰とオアシスを作る木になれるのだ。

羊たちは生実のいる周囲の草を食べない。種を守り、芽吹く手助けをする元気な精霊を見るのは楽しい。まるで鍋の上を弾ける豆のように、ぴょんぴょんと草の上を飛び回るから。

普通の人には見えないが、羊も虫もその姿に驚いて新芽を食べない。だからその木は大樹に成長することができる。

羽流にとっては、集落での生活以上に、彼ら精霊を感じて過ごすほうが心地よかった。草原の風を感じ、陽射しを身体に受けていると、まるで自分がその一部になったように感じられてしまうのだ。

羽流たちが、集落から離れたゲルまでのんびり馬を駆っていると、陽射しは少し金色の輝きを増し始め、なだらかに続いている胞宿の大群は、夕陽を受けてオレンジ色に輝き始めた。

「きれいだね……」

いろんなものが自分たちのほうに来る…羽流がぼんやりとそう感じた瞬間、滄の鋭い声がして、背中からぐいっと馬の首に押し付けられた。

「伏せろ羽流！　妖獣だ」

「！」

グゥン、と風を切る音が頭上でして、滄の左手で馬の首に顔がつくほど押し込められた。滄の剣が鞘《さや》から抜かれる音がする。

「…！」

ブンッと鈍く剣を振り下ろす振動が伝わり、上空の妖獣の、ギャアアというカラスを巨大にしたような鳴き声が辺りに響く。

「滄！」

「頭を上げるな！」

ばさっ、ばさっ、と羽ばたきながら妖獣が何度も襲って来る。

羽流は顔だけ横に向けて、襲って来る妖獣を盗み見た。

——うわ……。

妖獣は馬より一回り大きい。羽はカラスのように黒かったが、長い首は二股に分かれてそれぞれに大きな嘴《くちばし》を持ち、鉤爪《かぎづめ》のある翼の先は蝙蝠《こうもり》に似ている。

「滄！」

妖獣は刃《やいば》を避けて首をのけぞらせるが羽ばたきをやめず、その場に滞空して爪で羽流たちを狙ってくる。滄は羽流を庇《かば》って馬上から仕留めようとしていたが、しぶとい攻撃に舌打ちして首を狙うのをやめ、いきなり翼を切った。妖獣はギャッと短く鳴いて地面に落ち、バタバタと片翼をはためかせている。

「お前は降りるな」

滄が念押しして馬からひらりと飛び降り、そのまま剣を振り下ろした。着地と同時に叩《たた》き切られた首がどす黒い血を噴き上げ、そのあと結晶化し、パラパラと砕けて細かい破片になっていく。

羽流は馬の首にしがみついたまま滄のほうを見た。

「滄、怪我《けが》しなかった？」

「…大丈夫だ」

銀色の髪が夕陽の照り返しできらりと光る。滄は無表情にザッと剣を振って血を払い、鞘にしまった。

「行こう」

何事もなかったように戻ってきた滄が、また馬を走らせる。馬は乗り手が緊張していないので、素直に走り出した。

「怖い思いをさせたな…すまない」

「…ううん」

妖獣には小さな頃から何度も遭遇したことがあった。それらは全て滄が退治している。

「平気だよ」

羽流は気遣う滄に、にこりと笑ってみせた。

「…それより、ごめんね。僕、気付けなくて」

謝ると、あまり表情を見せない滄がくしゃくしゃと羽流の髪を撫《な》でる。

「気にするな」

精霊たちの気配はわかる。けれど、それが害意あるものかそうでないものかの違いが、羽流にはあまりわからなかった。

先刻の妖獣は大きかった。せめてあのくらいはっきりと人間を襲うものは、察知できるようになりたい。

「精霊と妖獣は同じものだ」

羽流を後ろから抱えるように馬に乗せながら、滄が手綱を取ったまま話す。

「人にとって有益で都合のよいものを精霊と呼び、悪いものは妖獣、悪霊と呼んでいるだけで、どちらも異界から入ってくる生き物に違いはない」

それはちょうどチーズや酒を造るものを〝発酵〟と呼び、肉や水が駄目になるようなカビの仕業を〝腐る〟と呼び分けるのに似ている。どちらも目に見えない小さな菌たちが食べ物に付着して起こす作用という点では同じものだ、と滄が言った。

「だから、お前に区別がつかないのは当たり前なんだ」

「そうなのかな…」

「お前は精霊の存在を感じているだけだから」

人は精霊の中でも、誰にでも見え、害のあるものだけを〝妖獣〟と呼んで恐れる。滄はその妖獣と闘うことができる戦士だ。

集落の男たちでは闘えなかった。目に見えない理《ことわり》を知っている万浬も、あらゆる薬草を知り尽くしている遡淩も、皆集落の人々の助けとなっている。

羽流は、そんな兄たちを尊敬するとともに、自分もそんなふうに彼らの役に立てる存在になりたかった。だから、せめて精霊の善悪の区別くらい感知できるようになりたい。

けれど、羽流がそれを口にすると、滄はいつも少し表情を曇らせる。

凪になぶられながら、滄の手が羽流の髪の毛を掻《か》き混ぜた。

「お前はそのままでいいんだ」

「滄？」

滄はそう言うが、今年に入って妖獣を見たのは二度目だ。出現が増えただけではない、だんだん姿の大きい、人を襲うようなものばかりが現れてきている。

「滄が危ない目に遭うのは嫌だから、僕は見分けがつくようになりたいな…」

しばらく考えて、滄が呟《つぶや》いた。

「妖獣が出るのは仕方がないんだ……代替わりが近いから」

「それって、王様が死んじゃうということ？」

山脈のはるか向こうに、いつでも白く輝く雲海がある。それが〝神舟〟だ。

それが普通の雲と違うのは、その雲には、龍が首をもたげて天に昇るような恰好《かっこう》をした、〝龍山《りゅうざん》〟がかかっているからだ。神舟そのものは見えないが、山々を越えて、ひときわ高くそびえる龍山が見えるので、その先にある雲海が他の雲と違うのだとわかる。

神舟は王の住まう場所。この世界と外の世界を繋《つな》ぐ〝つなぎ目〟だ。

「王が弱ると、外界から入って来るモノをコントロールできない。だからああいう妖獣が現れるんだ」

「うん…」

では、ああいう悪さをする妖獣が入ってこられないように、入口を塞《ふさ》ぐというのは駄目なのだろうか…。羽流がそう聞くと、滄が少し笑った。

「そんなことをしたら、よい精霊も全部入ってこれないだろう」

「あ、そうか」

水も風も、全てのエネルギーがつなぎ目を通して入ってくる。

「塞いだら、国が枯れてしまう」

「…そうだね」

河は、流れが止まればたちまち澱《よど》みはじめて腐敗する。同じように、風が止まれば精霊が流れてこられない。世界は絶え間なく循環していないと、死んでしまうのだ。

「難しいね」

妖獣が増えて、集落の人たちが危ない目に遭うのも困るが、国王が亡くなるというのも、気の毒だと思う。

他に解決策が思いつかず、羽流は無理かもしれない望みを口にした。

「王様が元気になられるといいね」

そう言うと滄が笑って羽流の頭を撫で、やがて四人が住むゲルが見えた。

◆◆◆

「遡凌！　おかえり！」

ゲルの幕を開けると、中はほわっと暖かく、すでに次兄の遡凌が帰ってきていた。長兄の万浬と囲炉裏を囲んで座り、何か話している。

金色の髪に、眼鏡がきらりと光る、深緑色の長衣を着た二番目の兄のところへ羽流は駆け寄るが、辿り着く前に抱き上げられてしまった。

「どれ、どのくらい大きくなったかな」

「二か月じゃ全然変わらないよ。下ろして」

兄は健康管理と称しては、戻ってくるたびに細かく羽流の身長や目方を測る。

今日も、遡凌にふむ、と神妙な顔つきをされて上から下までしげしげと眺められた。

「いや、ちょっと重くなったかな？」

「やだったら、恥《は》ずかしいから下ろして」

羽流は自分で下りようとするものの、兄たちにはまだまだ身長が追いつかない。バタバタするだけで、地面には足が届かなかった。

「おや、この血はどうした？」

「え？」

遡凌の視線に、自分のデールの裾《すそ》を見ると、赤黒い染みができていた。

戻る途中に遭遇した妖獣のものだった。滄が斬《き》ったときの返り血がついたのだ。

「あ、だ、大丈夫。怪我はしてないから」

「返り血がつくほど至近距離だったということだな？」

遡凌の視線は滄のほうに向いている。滄は否定しない。

「それは、僕が気付かなくて…」

滄を咎《とが》めるような視線に、羽流が慌てて弁明すると、万浬が間に入った。

「お前が悪いわけではないよ、羽流。ただ、危なかったという話だ」

「うん…でも、滄が斬ってくれたんだよ」

羽流はいたたまれなかった。自分が危ない目に遭うと、たいてい怒られるのは滄のほうだからだ。

――だから、内緒にしておきたかったのに…。

寡黙な滄は決して言い訳をしない。だから羽流は余計に、滄には落ち度がなかったことを伝えたかった。けれど、万浬はそのまま話を変えるように食事を促す。

「何にせよ、怪我がなくてよかった。さあ、もう夕食にしよう。羽流、おいで」

　囲炉裏を囲み、兄弟が車座になる。椀《わん》に熱々の肉入りスープをよそわれて、話題はそれきり遡淩の都話になった。

　遡淩の軽やかな話術はいつまで聞いていても飽きない。いつの間にか、兄弟は食事をしながらいつものように和やかに笑って話していた。

「ごちそうさま」

「滄」

　椀を置き、滄がすっと出口のほうに向かうのを、遡淩が止めた。

「待て、話がある」

　無言で振り返った滄に、遡淩がこともなげに言う。

「明日、全員で王都に行くことになった」

「え…」

　声を上げたのは羽流で、滄のほうはただ黙って同意を示して頷いただけだ。

「どうして？」

　今まで都に行くのは遡淩だけだった。それだけに、羽流は不思議でならない。

　羽流の質問に、万浬が答える。

「叔父上がね、神舟から王都にお戻りになるんだよ」

「叔父上？」

　親族の存在も、羽流にとっては初耳だ。

　それまで親戚や血縁関係のある者の名前は出たことがなく、まして神舟で仕えているなど、聞いたことがなかった。

「そう。でも叔父といっても、かなり遠い血筋なんだ。だから、今まで特に名前が出たことがなかったんだよ」

　神舟には、王とその臣下が住んでいる。雲の上にあるほど高いところだが、人が住んでいる以上、下界との行き来はある。だがあまりに高い場所なので、神舟に仕官した者はたいてい、そこから下りては来ない。

「都で報《しら》せを受けたからね。叔父上は、あと五日で王都に下りてこられる。だから、私たちも明日から急いで都に向かわなければならないんだ。滄、明日は朝からゲルの解体をする。手伝ってくれ」

「わかった」

滄は言葉少なく了解すると、あとは馬の世話をしに、ゲルを出て行ってしまった。

兄たちは皆当然のような顔をしているが、羽流はまだ気持ちがついていかない。

「急だけれど、叔父上のお戻りに間に合うようにしなければね」

「う、うん」

羽流も、せっかく下山されたのに、誰も迎える人がいなかったら、叔父上もさみしいだろうと思う。出発を急ぐことは仕方がないと思うのだが、それでも急な話だ。

「王都は、羽流もきっと楽しいと思うよ。今まで草原以外の場所を、見たことがないだろう？」

「…でも、明日もタルのところの羊を連れて行くって約束してあるんだよ」

王都は、いくつかある地方の都と違って、神舟を上空に抱える国の首都だ。羽流もその名に惹《ひ》かれないこともなかったが、女手しかないタルの家を考えると、手放しに喜べない。しかし、万浬がなだめるように羽流の背中を撫でて笑った。

「それは大丈夫だ。集落の誰かの家が助けてくれる。彼女には明日、出発前に挨拶《あいさつ》に行こう」

「うん…」

反対する理由はないものの、なんとなくすんなり喜べないまま羽流が頷くと、万浬が心配そうに顔を覗《のぞ》きこんできた。

「どうした？　少し顔が赤いな。熱があるんじゃないか」

羽流の額に手を当て、万浬が眉を顰《ひそ》める。

「遡淩、薬草を煎《せん》じてやってくれ」

「まあ、妖獣にも出くわしたし、羽流にはショックが大きかったかな」

「そ、そんなんじゃないよ」

また滄が怒られる、と、羽流は慌てて言い訳する。滄がああやって馬の世話をしに行くときは、たいてい、皆と顔を合わせているのが嫌なときなのだ。

自分はどこも怪我をしていないのに、滄も、他の兄たちも妖獣と接近したことを気にしている。

羽流は、万浬の袖《そで》を摑《つか》んで言った。

「僕は全然平気だよ。だから万浬、滄を怒らないでね」

羽流も、いつまでも大きくならず、熱ばかりだすひ弱な自分が、兄たちの悩みの種になっていることはわかっていた。

しっかりしていない自分が悪いのはわかっているが、自分の身を自分で守れなかったものを、滄が代わりに叱《しか》られるのは嫌だった。

「滄は僕のことを守ってくれたよ。妖獣の気配に気付けなかったのは僕なんだから…」

「もちろん、怒ったりはしないよ。それより、風邪を引いたら大変だ。もう一枚上に着なさい」

羽流に、ふんわりした綿入りの上掛けを着せかけながら、万浬が約束してくれる。

「…よかった」

「滄には私が話してくる。だからお前はもう寝ていなさい。いいね」

「うん」

薬湯をもらい、苦い味に顔をしかめながら飲むと、早々にふとんの中に押し込まれ、隣には遡淩がついた。

温まったせいなのか、夜具の中だからか、羽流はとろんと眠気に襲われる。

懸命に眠気に逆らって瞼《まぶた》を開けると、隣で本を読んでいた遡淩が気付いて笑った。

「どうした」

くしゃくしゃと羽流の髪を撫でる。

「いい子だから、早く寝なさい」

「……都に行っても、すぐ帰ってこれるかな」

「羽流は、王都に行くのは嫌かい？」

「ううん…でも……」

羽流は、自分が何故王都行きを喜べないのかわからなかった。遡凌の話す都の話は楽しい。けれど草原から離れることが、己の身体の一部を失うような、不安な喪失感を生むのだ。

羽流自身も、大げさだと思っている。だから、具体的に言葉にできない。

「大丈夫。ずっと私たちが一緒だし、怖いことは何もないよ」

「……うん」

「王都に行ったら、きっと羽流も楽しめるさ」

草原にはない、珍しいものもたくさん見られるからね、と遡凌が頭を撫でたまま話してくれる。

「そうかな…」

「こんな機会でもないと、都は見れないだろう？」

「うん…そうだね」

羽流は、遡凌の言葉で自分の心を納得させようとした。

そうかもしれない…タルたちが困らなければ、自分が行ったことのない場所に行くのは、楽しいかもしれない…。

己に言い聞かせているうちに、羽流はいつの間にか引き込まれるように眠ってしまった。

◆◆◆

翌朝、あっという間にゲルは解体され、それを荷台に積んで集落に向かった。

集落には昨夜のうちに滄が伝えに行っていたらしく、白髭《しろひげ》を蓄えた長《おさ》が解体したゲルを引き受け、代わりに王都までの旅支度や、替えの馬を用意してくれていた。

羽流が案じていたタルの家の羊たちも、別な家の羊と一緒に草原に出ていて、タルたちも見送りにきてくれている。

「さあ羽流、出発するよ」

万浬に促されて、羽流は滄の馬に乗せてもらった。

「行ってきます」

「気を付けて、羽流」

「うん！」

手を振る集落の人々に、何度も振り返りながら、ある程度まで歩くと、万浬が鐙《あぶみ》を蹴って駆け出した。草原育ちの力強い馬たちが、蹄《ひづめ》を轟《とどろ》かせて走り出す。

「羽流、摑まってろ、危ない」

「うん……」

強い向かい風が額をなぶる。羽流は滄の腕越しに振り返ったが、もう集落は小さな豆粒のようにしか見えなかった。

――本当に、都に行くんだ。

滄が手綱を取りながら言う。

「ここから二日すれば河口に出る。河からは船だ」

「どのくらいかかるの？」

「五日だ」

「そんなに……？」

山脈の向こうに龍山が見える。王都はそのふもとだ。草原からでも龍山は見えるが、いざ行くとなると、かなり日数がかかることに、羽流は目を丸くする。けれど、まだ不安がないわけではなかったが、羽流にも新しい世界を見てみたいという気持ちが芽生えた。

「遠いんだね」

「ああ…」

風を切って進みながら、馬上からまた胞宿の大群に遭遇した。緑の草原いっぱいに、ちぎれた雲のような白い綿毛がたなびいていく。

「……来年は、肥沃な草原になるな」

「うん」

蹄に巻き上げられる胞宿を眺めながら、一日走って野営をし、さらにもう一日かけて四人はようやく河口に着いた。

◆◆◆

「ふう…」

――都って、本当に遠いんだなあ…。

羽流は思わず馬上で溜息《ためいき》をついた。草原を出てから、荷貨物用の船に乗って河を遡《さかのぼ》り、四泊してから王都の端にある湾に着いた。それでもまだその向こうには神舟から滴る水が満ちた〝海〟があり、その先は他国へと続いている。

船が王都の港に着き、岸壁に下ろされてからまた馬に乗り、半日がかりでようやっと都の真ん中に来た。

石畳で整備された道を歩くと、左右は塗り壁に釉《うわ》薬《ぐすり》のかかった濃紺の瓦を葺《ふ》いた商家や宿が立ち並んでいる。馬も物もひっきりなしに往来していて、どこまで行っても途切れることがない。

――人もいっぱいいる。

馬上から眺めると、道行く人の姿は様々だった。万浬や遡凌のように長衣を着た者、大袖の袍《ほう》や、薄い領巾《ひれ》を肩にかけた貴婦人もいる。遊牧民の服装とは違ったが、長衣より少し短い、膝丈くらいの上着に革ブーツという姿の者もいる。少し滄の恰好に似ている、と思って聞くと、滄が武官の服装だと教えてくれた。

「剣を携えてるだろう」

「あ、本当だ」

「裾があると動きにくいからな」

「ふうん」

都に来ると、兄たちの容貌も、そんなには目立たない。それを見ると、やはり自分たちは草原の民とはどこかが違うのだと思って、複雑な気持ちになる。

草原が遠くなるごとに、建物がひしめき、見上げると空が狭くなっていた。

「羽流、疲れただろう」

「あ、ううん」

万浬が馬を並べて横についた。

「もうすぐだ。あの左側の家だよ」

——大きな家だ。

旅人が通る街道から道を一本奥に入ると、途端に周りを塀で囲われた屋敷街になる。なかでも、万浬が指差した家は、白い壁に屋根瓦がかけられた塀が延々と続く、大きな屋敷だった。

塀からはみ出しそうなほど大きい桃の木や柳、木蓮《もくれん》が枝を張っていて、その奥にひときわ優美な曲線を描いた青い屋根が見えた。

深い紺の瓦、そり返った屋根の下に、黒い鉄製の飾り灯籠《とうろう》が下げられていて、窓も欄干も同じように細かい細工が施されている。

——こんなに大きなお家の親戚がいたんだ。

ならば何故、自分たちは草原に住んでいたのだろう。羽流にとっては何もかもがキツネにつままれたような気がしてならない。


丸くくり抜いたような門に着くと、美しく着飾った女性たちが並んで出迎えてくれた。

羽流は滄を振り返ってこっそり聞く。

「あれは誰？」

「女官だ。屋敷に仕えている」

「ふうん……」

先頭では、万浬が馬から降り、彼女たちに采配していた。

「もうお使者の方がお見えで」

「では私が行く。湯あみの支度をしてくれ、羽流が疲れている」

「僕、疲れてないよ」

滄に下ろしてもらいながら元気に言ってみたが、万浬には取り合ってはもらえなかった。

「いいから、まず休みなさい。遡淩、見てやってくれ。滄は私と一緒に来なさい」

滄もきびきびと万浬について行ってしまい、ふたりともあっという間に母屋に入ってしまう。ぼうっと見送っていると、遡淩がくすりと笑って羽流に近寄ってきた。

「さて、羽流のお尻の皮は剝《む》けてないかな？　お兄ちゃんに見せてごらん」

「な、何？　大丈夫だよ」

「どうかなあ？　長い時間馬に揺られてたからね」

「…！」

本当に衣をまくって確かめられそうで、羽流は慌てて両手で隠す。けれど遡淩は面白そうな顔をやめない。

「さあ、お風呂で確認してみよう」

「え、や…ちょっと待って」

「湯屋に行こうかねえ」

「わ…っ」

ひょいっと荷物のように小脇に抱えられ、羽流には万浬がどちらに消えていったのかも見えなかった。

「離して遡淩！　歩くから」

「駄目、まずお風呂に直行」

「遡淩～」

遡淩が歩き出すと、控えていた女官がすかさず後ろをついてくる。

「お湯は整えてございますから、いつでもお使いいただけます」

「準備がいいね。では寝室も頼むよ。風呂に入れたら、寝かせるからね」

――勝手にどんどん決められちゃう。

「みんなで叔父上にご挨拶するんじゃないの？」

「それはあとで。お前はまず長旅の埃《ほこり》を落として、小綺麗《こぎれい》にしてからだ」

「じゃ、じゃあ僕自分で入るよ」

「おや、大きな口を叩いたね。では女官に風呂の世話を焼かれたいかい？」

「……」

羽流は目を丸くして口ごもった。女性になど、とんでもない。

「さあ、大人しくお兄ちゃんの言うこと聞きなさい」

「……でも…僕…自分で……」

羽流の消極的な反論はまるっきり無視され、そのまま浴室に放り込まれてしまう。

「わっ！　ちょっと、逆凌待って！」

湯気がもうもうと上がる風呂に入れられ、くらくらするほど湯に浸《つ》からされた。

気持ちは兄たちと一緒に行動するつもりだったのに、部屋に着いた頃にはぐったりしてしまい、羽流は不覚にも寝台で深く眠ってしまった。


「……ん」

――あれ、ここどこだっけ？

「そうだ！　叔父上に挨拶…」

目を開けると、花模様の布が張られた天井が見えた。

羽流は、自分が入浴後に寝入ってしまったことを思い出し、慌てて半身を起こして辺りを見回した。


そこは小ぶりな部屋だった。そう言っても、ゲルの寝室よりずっと広い。

天蓋のついた寝台は、四隅の柱まで全て飾り彫りがされていて、薄い紗《しゃ》の布が足元にまとめられている。ふんわりした枕も敷布も心地よい絹で、足を床に下ろすと、ひんやりするタイル敷きだった。

「……」

――万浬たちはどこだろう。

異国風の窓、螺鈿《らでん》細工が嵌《は》め込まれた八角形のテーブルと椅子《いす》。どこもかしこも草原とは違う。

――もしかして、もう叔父上にはご挨拶してしまったかな。

羽流がぺたぺたと素足のまま歩くと、足音を聞きつけたのか、香木の透かし彫りで出来た衝立《ついたて》の向こうから女性が出てきた。髪を結い上げ、薄桃色の衣に同系色の帯、飾り紐《ひも》をいくつも胸の前に垂らした、軽やかな服を着ている。

「お目覚めでございますね」

「あの…」

女性は優しそうな顔でにっこりと笑った。まるで桃の花のようだ、と羽流は思う。

「お着替えをいたしましょう」

桃李《トウリ》と申しますと名乗られ、羽流は言われるままに着替えの服に袖を通し、着せてもらった。

「あの、万浬たちは…？」

「皆様はもう広間にいらっしゃいます」

「……叔父上も？」

名前がわからなくてそう問うと、桃李は丹《に》を落としたような唇でふわりと笑った。

「海燕《カイエン》様ですね。もうお見えあそばしました」

――そういうお名前だったんだ。

下穿きに、万浬たちと同じような白い袷《あわせ》を着せてもらい、その上に紺色の胞を着る。青と緑の刺繍が施された飾り帯を締められると、背丈が違うものの、羽流も兄たちとさほど変わらない恰好になった。

「さあできましたわ。万浬様にお伝えいたしましょうね。少しお待ちくださいませ」

兄たちに知らせに行った桃李が戻ったあと、ともに庭が見える外廊下を通り、屋敷の真ん中にある大広間に向かった。

そこは正面に庭を臨み、そのまま庭園に下りられる階《きざはし》がしつらえられている。黒々と磨き上げられた柱、広間を囲う外廊下は、飾りのついた黒塗りの欄干が渡されていた。昼間だからだろうか、柱の間にある御簾《みす》は庭が見えるように巻き上げられていて、房のついた飾り紐で結わえられている。

先導する桃李は優雅に広間の正面まで廊下を行き、入口で膝をついた。

「羽流様をお連れしました」

並んで頭を下げ、顔を上げて、羽流は目に飛び込んでくる光景に驚いた。

万浬と遡淩が左右に控え、その中心に青い衣を着た人物が座っている。

――あれが、叔父上？

はっとするほど秀麗な黒い瞳、すっとした鼻梁《びりょう》、形よく引き締まった口もと。肩を流れ落ちる黒髪。

――こんなきれいな人がいるんだ。

まるで武神像のようだった。美しく整っているのに、力強い覇気をにじませている。

街で見かけた武官のような服装だからかもしれない。細い帯の脇には剣を佩《は》いていて、それは少し滄の恰好に似ていた。年も、叔父と聞いていたから、もっと上かと思っていたのに、見た目には万浬や遡淩とほとんど変わらない。

羽流は、万浬も遡淩も優雅な兄だと思っていたけれど、叔父にはもっと違う、圧倒されるような感覚を受けて息を呑《の》んだままだった。

「あ、あの…」

きちんと挨拶をしなければ、と思うのに、喉が詰まってうまく声が出ない。

万浬が笑って近づいてきた。

「入っておいで、皆で一緒にご挨拶しよう」

どうぞ、と桃李にも促され、羽流は転ばないように裾ばかり見ながら広間に入った。視界に入っていなかった滄が隣に来て、四人が並ぶ。

叔父の前で兄弟が膝をつき、万浬が優雅な物腰で頭を下げて紹介してくれた。

「改めてご挨拶申し上げます。羽流でございます」

「…」

頭上の気配が少し戸惑ったように思えた。

万浬が、言い訳のように説明を口にする。

「その…少し身体が弱いため、小柄ではありますが」

相手の一瞬の沈黙と万浬の言葉に、羽流は自分が相手を失望させたのではないかと身を竦《すく》ませた。

兄たちが日頃から自分の発育の悪さを案じているのは知っていた。やはり、乳兄弟のシュニにすら劣る体格は、よくないことだったのだと思うと羽流はいたたまれない。

萎縮する羽流に、海燕の苦笑する声が聞こえた。

「小さいというより幼いだけだろう。そう気にするほどではない…羽流、顔を上げなさい」

「は、はい」

羽流が見上げると、海燕と目が合う。

深く強い瞳。じっと見られるとその覇気に居竦むような気がするのに、吸い込まれるようで目が離せない。

「王都までは長旅だっただろう。疲れは取れたか？」

「はい」

海燕の声は凛《りん》として心地よく響いた。羽流が緊張して答えると、海燕は強さをにじませたまま微笑《ほほえ》む。

「館に部屋は余っている、仮に離れに決めたが、あとで好きな場所を選びなさい」

「……はい」

何か希望はあるかと聞かれたものの、言葉が続かず、まごまごしているうちに、沈黙が流れてしまった。

叔父が気を遣って話しかけてくれているのはわかっているが、何か言わなければと思うだけで、気の利いた言葉が出てこない。

焦って頼るように万浬のほうへ視線を泳がせると、海燕がくすりと唇の端を上げた。

「やはり気が張るか」

「え…あ…いえ」

ふと海燕の気配が緩んで、笑みが柔らかくなる。

「初めて会うのだから、すぐに馴染《なじ》むことは難しいだろう、おいおい慣れていけばよい」

「……はい」

「それまではまあ、そなたたちの子守りが必要なのは仕方がないな」

「は…こら、羽流」

「え…あ、あ！」

笑われて視線を送られ、羽流はようやく自分が隣の万浬の裾を握りしめていることに気付いた。叔父はこれを見て笑っていたのだ。

「万浬、そなた随分甘やかして育てただろう」

「申し訳ございません……病弱で、あまり外に出さ

なかったものですから…」

「よい、素直に育っているようではないか」

ではまた夕食のときに改めて、と海燕が笑いながら立ち上がり、全員で頭を下げて退出を見送る。

羽流は流麗に立ち去っていく後ろ姿を、呆《ほう》けたように見送るだけだった。


「き、緊張したあ」

腰が抜けたように座り込むと、万浬が笑った。

「おつかれさま」

海燕を見送ったあと、兄弟は皆万浬の部屋に集まった。万浬の部屋は、床じゅうに絨毯《じゅうたん》が敷かれている。

「どうも、遊牧民の生活に慣れちゃったみたいでね」

寝台も取り払ってしまったらしく、壁際に絹張りのクッションが積んである。

まるでゲルに帰ってきたようで、羽流にはとても居心地がよく、楽だ。

「…ごめんね。僕、ちゃんとご挨拶できなくて」

寝坊もしてしまったし、と反省すると、遡凌も笑う。

「まあ、あの叔父上だからね。ガチガチになるのは当然だし、ちゃんと返事ができただけでも上等でしょう」

「遡凌も緊張した?」

「もちろん」

遡凌はおどけていたが、羽流には、兄たちの所作は慣れているように思えた。皆優雅で、すらすらと受け答えができている。不作法だったのは自分だけだ。

「あとからひとりだけだと余計緊張するだろうとは思ったんだけど、我々も叔父上にお目にかかるのは久しぶりで、色々とご報告しなければならないこともあって…悪かったね」

万浬は庇ってくれるものの、羽流としては挨拶くらいきちんとしたかった。

「羽流もそのうちちゃんとできるようになるよ。誰だってはじめから上手にはできない」

「そうかな…。万浬も最初に叔父上と話したときは緊張した？」

万浬が懐かしそうな顔をする。

「そうだね…やっぱり言葉が出なかったかな」

「そうなんだ……」

ではいつか、自分も万浬のように流暢《りゅうちょう》に話せるようになるだろうか。

「万浬。僕ね、ちゃんと大人らしくなるから」

「羽流…」

――叔父上に笑われないようになりたい…。

「みんなみたいに、しっかりした大人になるから」

「羽流にできるかねえ」

「あ、ひどい遡淩」

羽流はからかう遡淩に憤慨して宣言したが、滄だけが、部屋の片隅でそれを複雑そうな顔で見ていた。

◆◆◆

翌日――。

羽流はひとりで屋敷の中をうろうろしていた。兄たちは皆それぞれの用事があるらしく、屋敷の中にはいるものの、忙しそうで声をかけられない。

暇にあかせて回廊で繋がる母屋を見て回ったり、中庭や木立が配されている前庭を散策したりした。

館も立派だが、庭もかなり凝った造りで、敷地の大きさ以上に高低差をつけ、入り組ませて奥行きを出している。

灌木《かんぼく》と背のある木々をうまく植えて、庭の景観は絵のように美しかったが、羽流にとっては違和感があった。

木々はあるのに、作り物のように声が聴こえない。

――草原とは違うからかな……。

塀で区切られているからだろうか。草原のように力強い風が吹かないこの庭は、豊かな緑のわりに、〝生きた気配〟があまりしなかった。

羽流は明確な言葉を知らない。ただ、草木や動物、生き物が放つ生命力のようなものを、この庭では感知できないのだ。

どこが嫌、ということではないものの、まるで狭い箱の中にでも閉じ込められてしまったような息苦しさがある。

「………」

――――でも、これが普通の暮らしなんだよね。

兄たちはいつもと変わらない様子だった。閉塞感を覚えるのは自分だけらしい。

何故自分だけなのか、羽流にはわからなかった。

それでも、せめて小さな精霊でも見えないかと、時々植え込みの中を覗きこんだりしているうちに、一番奥の部屋の庭に来てしまった。はっと目を上げると、テラス越しに海燕の姿が見える。

――――あ…。

羽流は慌てて立ち去ろうとしたが、すでに相手に気付かれてしまっていて、海燕がテラスの扉を開けて出てくる。

「す、すみません」

「よい。庭に区切りがあるわけではない」

涼やかな声で言われたが、羽流が周りを見回すと、椿《つばき》の木々で視線を遮るように庭が区切られている。ここが館主の主室に続くプライベートスペースであることは明らかだ。

「遠慮することはない、こちらに来なさい」

「……はい」

辞去し損ねて、気まずく手招くほうに近寄ると、覇気のある笑みを向けられた。

「どうした？　退屈か？」

「あ…いえ……」

「少し歩こう」

「はい…」

大広間の前庭より少し密度のある造りをした木々の間へ促され、羽流はあとをついて行く。

「草原に比べると、随分と手狭だろう」

「…はい、あ、いえ」

海燕の所有する庭だ。肯定するべきなのか、失礼にあたるから否定するべきなのかわからない。羽流は返事に悩んだが、海燕はくすりと面白そうに笑った。

「余計な気遣いは無用だ。遠いとはいえ、親戚なのだから、万浬たちと同じだと思えばいい」

「…はい」

——そう言われても…。

兄たちの、いつにないかしこまった態度を見ている。だから、都では年長者に対して礼節を守って振る舞うべきなのだろうと羽流は思う。いくら促されても、とても兄たちと同じようになど話せるわけがない。

気を遣いながら海燕の少し後ろをついて歩いているうちに、木の根に足を引っかけた。

「あ、わっ…」

「大丈夫か」

前につんのめって、振り向いた海燕の腕に飛び込むように転んでしまう。

「す……すみません」

平謝りすると、海燕が抱え起こしてくれながら急に笑った。

「……？」

「いや、そなたから〝はい、いいえ〟と〝すみません〟以外の言葉を聞いたことがないと思ってな」

「あ…」

すみません、とまた謝りそうになって、羽流は慌てて言葉を呑み込む。

「悪いと思ったら、詫《わ》び以外の話を聞かせてもらえぬか？　そうだな…そなたが育った草原の話でもいい」

「草原…ですか？」

海燕が笑みを含んだまま、庭の奥の開けた場所を指示した。

木々に囲まれてぽっかりと空いたその場所は、よく手入れされた葡萄《ぶどう》棚の四阿《あずまや》があって、石造りの長椅子が配置されている。

「私は東領には行ったことがない。草原がどんなところか、興味があるのだ」

ぜひ聞かせてくれ、と長椅子に並んで腰掛けながら言われ、羽流は一生懸命言葉を探した。

「あの……とても広いです。見渡す限り、向こうに山があるところまで、全部平らで」

羊がたくさんいて、丸いフエルトの家は心地よくて…。知っている限りのことを話すと、海燕はひとつひとつ感心して聞いてくれる。

「面白そうなところだな」

「はい。すごく気持ちいいところなんです」

「成程《なるほど》。羽流は草原が好きなのだな」

「え…」

「生き生きと話している」

言いながら海燕が笑った。黒くきらりとした瞳に見つめられると、急に羽流の中で緊張とも違うドキドキした感情が生まれる。

「草原は、都とはどう違う？」

「え…と…」

「草原の、どんなところが気持ちよかったのだ？」

改めて聞かれると、明確な言葉が見つからない。

濃くて硬い草、ごうごうと音を立てて山から吹き降ろす風…けれど、どう言葉を尽くしても、羽流はそれが自分の感じる心地よさの核心ではない気がした。

そうではないのだ。もっと、五感で感じる何か…。

「――ここよりずっと大地が力強くて…」

「ほう……どんなふうに？」

海燕が興味深そうに首を傾ける。羽流は余計に自分の感じる感覚を伝えたいと思った。

「うまく言えないんですけれど、もっとたくさん精霊がいて、だからかもしれないです。風に乗って、色々な生き物が満ちていて……」

都に精霊はいないのだろうか。そう思うくらい、ここは生気を感じない。

「……ここは、人のほうが精霊より多いからそう思うのかもしれないですけど」

「よい感覚だ」

「？」

ぽん、と大きな手が伸びてきて、羽流の頭を撫でた。

万浬たちとも違う、力強い感触がする。

「いないわけではないが、気配が希薄だというのは本当だ。だから、〝精霊がいない〟と感じるそなたの感覚はあながち間違ってはいない」

けれど、この庭にも精霊ならいくらでもいる、と海燕が低い植え込みの辺りを差した。

「少し耳を澄ませてみればわかる」

――――ほんと？


羽流が示された場所をじっと見る。すっと海燕に肩を引き寄せられると、急に視界がクリアになったような気がした。

「あ…本当だ！」

薄い霧のようだが、何かの気配を感じる。

「見えた！　本当にいるんですね」

羽流は思わず振り仰いで海燕を見た。

「叔父上、どうして？　何故今見えたのですか？」

海燕はくすりと笑うだけだ。

「私は何もしていない。見たのはそなただ」

「でも…」

海燕に言われなかったら、あの微《かす》かな気配はわからなかった。

海燕も、兄たちと同じように妖獣と闘えたり、他の人が知らないようなことを知っていたりする、特別な人なのかもしれない。

「叔父上は、すごい人なんですね」

「そんなに大層なものではない」

ゆったりとそう言われるが、羽流の眼差《まなざ》しは自然と尊敬に変わっていく。

「神舟にお仕えされているのだから、やっぱりすごいと思います」

地上から遠く離れた、王の住まう場所。普通の人もいるとは聞いているが、神舟では王や臣下の人々以外にも、精霊の声を聴いたり、姿を見たりできる人々がいると聞く。

やはり、叔父は兄たちのように特別な人なのだと羽流は思った。だからこそ、どうしても気になる。

「あの…叔父上は、何故王都に下りてこられたのですか？」

昨日だったらとても聞けなかったことだが、何故か今は構えずにその疑問を口にできた。

海燕は半瞬黙って、少し面白そうな顔をする。

「…そうだな、教えてもいいが」

ただし、とまるで悪戯《いたずら》でも思いついたように笑みを刷《は》いた。

「万浬たちには内緒だ。またふたりで話そう」

「？　はい」

海燕が立ち上がった。まるでタイミングを計ったかのように、遠くから海燕を探す女官の声が聞こえる。

「午後は予定がある。夕食後がいいだろう。またここにおいで」

「はい！」

羽流が元気に返事をすると、海燕は涼やかな瞳で微笑んで、すっと踵《きびす》を返した。

木立の中を、女官たちが領巾を翻して探している。

「海燕様、どちらにおいでですか」

「ここだ、今行く」

忙しい叔父に時間を取らせてしまったと恐縮したが、それ以上に、羽流はふたりだけの時間をこっそり設けてもらえたことが嬉《うれ》しくて、足取りを軽くして自分の部屋に戻った。

◆◆◆

羽流にとって、兄たちに内緒、という言葉は特別な響きだった。今まで、兄たちに隠すようなことが何ひとつなかったからだ。

夕食を終え、部屋に戻ってからこっそり庭に続く扉を開けて約束の場所に向かう。

澄んだ紺色の空には、白銀の三日月がかかっていて、星が冷えた夜空にちらちらと瞬いている。時おりさあっと夜風が吹いて、常緑樹の葉を揺らし、紅葉した樹《き》からは、もがれるように葉が舞い上がった。

――――叔父上だ。

椿の植え込みの向こうに、青い衣の後ろ姿を見つける。黒髪を長く垂らしたままの背中に追いつこうと、羽流は慌てて走り出した。

足音に気付いて、海燕が振り向く。

「そんなに慌てなくてもいい。また転ぶぞ」

「はい…わっ……！」

羽流は、大丈夫、と答えようとして裾を踏み、返事をするより先に転びかけてまた支えてもらうことになってしまった。

「…すみません」

――――かっこ悪いなあ。

服装だけ大人にしてもらったものの、中身が追い付かないことが少し恥ずかしい。だが、海燕は特に気にする様子もなく、そのまま葡萄棚の下まで一緒に行く。

石の長椅子には、枯れかけた葡萄の葉の間から、月の光が射し込んでいた。

並んで座ると、海燕の艶《つや》やかな黒髪が月光に照らされる。海燕は穏やかな笑みを浮かべて話しはじめた。

「さて、私が王都に下りた理由だったな」

「はい」

「王が崩御したのだ」

――――え……。

　草原で滄が言った言葉が、現実になっていたのだ。

「神舟は今、百日間の喪に服している」

「……」

　どう悼みを表せばいいのかわからずに沈黙すると、海燕がくすりと笑った。

「そんなわけで、私は暇なのだ」

「え…」

　意外な言葉に羽流がきょとんとすると、海燕はこともなげに言う。

「死者を悼む間、特にすることはないからな。よい休みだと思って下りてみた」

　羽流はあっさり言う叔父をまじまじと見つめた。

　そんなに簡単でよいのだろうか、と思う。一国の王が亡くなったのだから、もっと大変な事なのではないか…。

「…なんだ？」

「あ、いえ…滄が、妖獣が現れるのは、代替わりが近いせいだって言ってたから、王様が亡くなるって、すごく深刻なことなのかと思っていたので」

「国としてはその通りだ。王を失えば国の気脈が乱れる。しばらくは妖獣の出現も増えるだろうな」

「新しい王様が即位されたら、それもなくなるんですか？」

　妖獣がはびこる世の中を考えると怖い。それなら長々と喪に服すより、早く新王が即位すればいいのに…そう思って口にすると、海燕が苦笑した。

「玉座が空席になったからといって、全く制御ができないわけではない。五葉《ごよう》がいるからな。次の王が即位するくらいまでの間は、弱ったりとはいえなんとかなるだろう」

「五葉…？」

「そうだ。羽流は五葉を知らないか？」

「えと、名前くらいしか…」

　大きな市場があるような街には、何かしらの五葉廟《びょう》がある。けれど、羽流はもちろん見たことはなく、市場に行く大人たちの話から、廟に祀《まつ》られているもののの名前、というくらいしか認識はなかった。

「神舟には外の世界との境目がある。受け入れてよい精霊はそこを通して泉に下り、やがて海を通じて広がっていく。そうでないものは」

海燕が人差し指で軽く空間を弾く。

「五葉たちが弾くのだ」

「そういうことをするのは、王様じゃないんですか」

「正確には、王の命に従って、五葉たちが峻《しゅん》別《べつ》するというべきかな。五葉が自分の意志で行うわけではない」

『五葉』は、その名の通り五人いた。

「民間では五葉信仰がある。彼らが国の気脈を整える役目をするから、いつの間にかお守りとして崇《あが》められるようになったのだろうな」

それが、街にある五葉廟なのだと海燕が教えてくれた。しかし、古い神々や精霊たちと一緒くたにされているので、信仰の中味はかなり曖昧なのだという。

「雨乞い廟など、中に祀ってあるのは胞宿だ」

「え…」

草原を漂う水の精霊たちを思い出して驚く。

「そんなの…草原にいっぱいいるのに」

思わずそう言うと、海燕が笑った。

「雨が欲しい地域に、選んで飛んでくるわけではないからな」

「あ、そうか……」

胞宿は、雨の降らない地域にとって、欠かせない存在だ。彼らが来てくれないと、大地は枯渇する。けれど、自力で飛ぶことのできない胞宿の襲来は風任せで、水を願う人々からすれば、やはり祈りの対象になるのだろうと羽流も思う。

「王が亡くなっても、五葉の機能が死ぬわけではない。ただ、王という命令系統を失っているから、峻別する能力は低くなっているし、必要最低限の機能を維持するだけになる」

五葉は大地と外界を繋ぐ神経のようなものだと海燕が言った。

「昏睡《こんすい》した人間と同じだ。脳に損傷を受けると、身体に不具合がなくても動くことができないだろう。そのまま目覚めなければ、栄養を摂《と》れずに徐々に弱って、いつかは身体も死んでしまう。今は、脳が死んでいるのに、身体だけがまだ呼吸しているような状態だ」

「……」

王は、命の火。王が死ぬと、五葉もゆっくりと機能を失っていく。

「新しい王様が五葉の上に立てば、元通りになるんですか？」

海燕が羽流に深い視線を向ける。

「新しい王には、新しい五葉がつく。それが揃えば、元通りの治世になる」

「新しい五葉……」

「五葉は、王一代に限る存在なのだ。次の王の指示は受け付けることがない」

五葉は、王以外他の誰からの命にも従わない。誰の命令でも従ってしまうのでは、防御にならないからだ。だから、最初に王と定めた相手以外とは繋がらないらしい。

「他人の手足を斬って自分の身体に継いでも、動かないのと一緒だ。新しい王には、新しい五葉が必要になる」

「じゃあ、喪が明けたら、新しい王様と、新しい五葉が即位するんですね」

「そうだな…」

「早く喪が明けて、新しい王様になるといいですね」

羽流が草原で遭遇したときは滄がいた。だから妖獣に襲われても無事でいられたが、ああいうものが都に跋扈《ばっこ》するのを想像すると、やはり恐ろしかった。

「それまで、皆が妖獣に襲われないといいな」

「そうだな…」

五葉の話はそれきりになって、羽流は海燕の話す神舟の説明を、夢中になって聞いた。

羽流は海燕との時間を楽しみにするようになった。

昼間は兄たちのうちの誰かと一緒に、滞在が長引くことを想定して部屋のしつらえを整えたり、滄と馬の世話をしたりして過ごした。海燕と他の兄たちは、日中どこかしらに外出して、ほとんどいない。

屋敷の中を探検したり、女官に珍しい菓子を振舞われたりするのも楽しく、昼間退屈することは全くなかったが、それ以上に羽流は夜に会う海燕との時間を心待ちにしていた。

ふたりだけで話す時間が長くなるごとに、はじめの緊張がなくなり、今では構えずに話せるようになっている。

今晩は地図を見せてもらう約束をしていた。

羽流は夕食を終えると、すっかり満ちた丸い月を見上げて、勢いよく庭に飛び出した。

羽流は、兄たちとは別な感覚で海燕に惹かれている。

知らないことを教えてくれるばかりではない、自分を兄たちと同じように対等に扱おうとしてくれることが羽流には嬉しいのだ。

海燕は、自分がどう感じているかを知ろうとしてくれる。それは羽流がそれまで感覚でしか促えなかったものを言葉にするという特別な作業を伴った。

そう振り返ると、今まで自分は普通に暮らしてはいなかったのだと思う。主な話し相手は羊で、兄たちはいつまでも精霊と戯れている自分を笑って見守ってくれるだけで、特に咎められたことがない。

海燕に伝えるために、自分の中で明確にできる言葉を探す。〝伝える〟という意志を初めて持ったような気持ちだった。

もちろん、海燕が対等に扱っても、羽流との差は大きく、当然一方的に学ぶだけで対等とは程遠い。

それでも、海燕が自分との時間を持ってくれることに羽流は夢中になった。

「叔父上……！」

四阿に駆けていくと、海燕が両手を広げて抱きとめてくれる。

「元気だな」

「ふふ…」

抱きこまれると、海燕の絹の夜着が頬《ほお》にあたって、ひんやりとした。

「寒くはないか？」

「大丈夫です！　叔父上は寒いですか？」

羽流の張り切った答えに、海燕は微笑《わら》う。

「いや…だがこうしているほうが温かいだろう」

「わ…っ…」

並んで座り、海燕が袖でくるむように羽流の肩を抱き込んだ。

「ほんとだ…あったかいですね」

羽流が見上げて笑うと、海燕も楽しそうな顔をする。

あれだけ緊張していたのが嘘《うそ》のように、羽流は兄たちと変わらない親しさで海燕に触れていた。

「さあ、約束の地図だ」

「わあ…」

海燕が膝の上で図面を広げる。

「今いる王都がここで…そなたが育った草原はこの辺りだな」

海燕が、筆で描かれた地図の真ん中を指差した。上に雲の絵と神舟と書かれた場所があり、王都は真下、草原と教えられた場所は少し右のほうにある。

「こんなに短い距離なんですか…」

河に辿り着くだけでも二日かかった。随分遠かった気がするのに、地図上ではたったこれだけの移動でしかないことに羽流は驚く。

「他国も含めた地図だからな。国内に限ればそれなりに遠かったはずだ」

「……世界って、広いんですね」

海の向こうにも国があり、草原の端は、隣の国に繋がっている。

「雙龍《そうりゅう》は天地開闢《かいびゃく》の国だから中心部にあるが、その他にも四つの国がある」

それぞれの国に王がいて、国を治めてはいるが、外の世界との〝つなぎ目〟はこの国の中央にあり、流れ込んでくるエネルギー全てを統御するのは神舟にいる王だけなので、王の中でも、雙龍の王だけは特別な立場となる。

「どの王も、何がしかの神力《じんりき》を持っているが、まあ、雙龍は〝王の親玉〟のようなものだな」

こんなに広い世界を総《す》べる王も、海燕の手にかかると〝親玉〟扱いになるのが面白くて、羽流は袖に包まれたままくすりと笑った。

「叔父上は、王様にお仕えしていらっしゃるのでしょう？　そんなことを言ったら、失礼にならないんですか？」

海燕がすっとした瞳を羽流に向ける。

「仕えるというほどのことはしていないな。失礼だと怒られはするだろうが」

「え、じゃあどんな仕事をしているんですか？」

羽流が不思議に思って尋ねると、海燕は謎かけのような答えを返してくる。

「仕事は…そうだな、何と言われれば管理職だ。性に合わないと思っている」

「管理職…??」

羽流には全く想像がつかなかった。海燕は面倒そうに軽く息を吐く。

「自分は座って動かず、あれこれ他人に命ずるだけだからな。全く性に合わないが、まあ…仕方がない」

それを承知で引き受けたのだから、と溜息まじりに言う海燕を羽流はまじまじと見つめた。

不思議でならなかった。海燕はまるで国王のように威厳を感じるときもあるのに、仕事にうんざりした、人間臭い顔をするときもある。

どんなときも立派な、兄たちのような人だと思っていたのに、しかめた顔がおかしくて、羽流はつい吹き出してしまった。

「笑ったな」

「だって…本当に嫌そうな顔をしてるから」

――誰もが憧れる、王の住まう神舟でお仕えしているのに、嫌がるだなんて…。

「そなたもやってみればわかる。草原でのんびり羊を追っているほうが楽しいぞ」

海燕が地図の中で、草原を指先でなぞる。

「はじめは、これを機会に東領に行く予定だったのだが、そなたたちのほうが王都に来ることになってしまったのでな、草原とはどうも縁がなかったらしい」

「そうだったんですか？　なんだ、来ていただけたら、楽しかったのに」

もこもこの羊たちも、どこまでも駆けていける草原も、海燕に見てもらいたかったな、と羽流は思った。

「今年は胞宿の大群がすごくて…見せたかったなあ」

海燕が力強い笑みを刷いた。

「それは見たかったな。それなら、璃鳥《りちょう》の飛来も見えただろう」

「璃鳥？」

「尾が瑠璃のように青い鳥だ。胞宿が多いところに飛んでくる。あれが落とす糞《ふん》に乾期に強い木の実の種が混じっているから、そのあと生実が現れて、よい木が育つ」

「あ、あれがそうか」

説明されて、羽流は初めてその鳥の名を知った。言われてみると、確かに尾の青い綺麗な鳥を何度か見かけたことがある。珍しいなと思っていたが、胞宿と関連づけて考えたことはなかった。

「生実のつく種は、鳥が運んできてるんだ」

たまたま、木の芽が吹いたわけではないのだと知ると、その連鎖を知っている海燕はやはりすごいと尊敬する。

「羽流は、生実を見たことはあるのか」

「はい！　面白いから、ずっと羊と一緒に見てました」

海燕が目元を和ませた。

「そうか、なかなか優秀だな。ならば、璃鳥や生実の仕組みを書いた書物がある。そういうものも読んでみるか？」

「はいっ！」

「冷えてもきたし、ちょうどよい。部屋に戻ろう」

背中を支えるように押され、ふたりで遠くに灯《あか》りの見える母屋のほうへ歩き出した。

「僕、そういう本があるなんて、知らなかったです」

歩きながら羽流は海燕を振り仰ぐ。

「見えている者には、特に必要のないこともあるが、仕組みや働きがよくわかる。読んでおいて損はないものだ」

「はい…」

褒《ほ》められたのと、海燕の部屋に行けるのが嬉しくて、羽流はにこにこと顔を緩めたままだった。


途中の木立で月明かりが遮られると、海燕にすっと手を引かれる。

「また転ばれてはかなわないからな」

「も、もう転びません」

張り切って宣言しているのに、海燕は笑うだけだ。

結局、危ないから、と手は握られたままだった。

穏やかな声と、温かい手にくるまれると、そわそわと心が落ち着かなくなる。けれど、言い張った手前、木の根に引っかかったりしないように、一生懸命足元に集中して歩いた。

下ばかり見て歩いているうちに木立を抜け、テラスはもう目の前だった。地面が部屋の灯りで照らされ、ふと顔を上げると、扉の開いた部屋から心配そうに出てくる万浬がいた。後ろには遡淩も滄もいる。

「万浬…」

「羽流……お前どうして」

どちらも驚いて、足が止まる。隣で海燕だけが面白そうに笑った。

「庭で会ってな。おかげで色々と話もできた」
海燕の部屋はテラスのある部屋が客間になってい
て、数人座れる卓《テーブル》と椅子があり、その向こうに扉が
ふたつ見えた。
「明日の件で、お尋ねに上がったのですが…」
部屋に戻る海燕に、万浬があとを追うようについ
て入り、訪問の理由を告げると海燕がくるりと振り
返る。
「ちょうどよかった。私も今思いついたところだ。
明日の視察には羽流も連れて行こう」
「え…」
声は羽流だけでなく、兄弟全員同時に上がった。
万浬が慌てたようにその提案に異議を唱える。
「しかし、人も多うございます。羽流はともかく、
叔父上に何かあったら…」
視察そのものを考え直してほしいと言う万浬に、
海燕は動じる様子がない。
「滄が警護につくのなら、問題はないだろう。羽流
は私の傍に置いておく」
「しかし…」
「頼みにしている」
滄に向かって海燕が言うと、滄は頭を下げた。
「恐れ多いことです」
万浬も、それ以上は反対できないようだ。
兄たちのやりとりを呆気《あっけ》にとられて眺めていると、
急に海燕が羽流のほうを向いた。
「どうだ？　明日は市場に行くのだが、そなたは興
味があるか？」
海燕の誘いに、羽流は胸をドキドキさせて返事を
した。
「はい！　行きたいです！」
「そうか、よかった。では明日一緒に行こう。半月
ぶりに立つ市だ。人出が多いだろうが、その分店も
たくさん出る。珍しいものも見られるだろう」
「楽しみです」
「いい子だ」

「ふふ…」

ぐりぐりと頭を撫でられ、羽流はくすぐったそうに笑った。万浬たちは複雑そうな顔をしていたが、屋敷の外に出かけられるのも、海燕と一緒にどこかへ行けるのも、とても楽しみだ。

「明日は朝から出発する。早めに寝なさい」

「はい！　おやすみなさい」

滄に送られて自分の部屋に戻ったが、羽流は明日のことを考えると興奮してなかなか眠れなかった。

◆◆◆

翌朝は、海燕の宣言通り兄弟揃って市場へ視察に出た。羽流は海燕の隣に並んで歩いたが、後ろに滄がつき、左右にバランスを取って万浬と遡湊が歩く。

兄たちが神経を尖《とが》らせているので、自分だけ呑気《のんき》に隣に並ぶのはどうかと思ったのだが、海燕がそう言ったからだろう、万浬には「隣にいなさい」と促された。

路《みち》の広い屋敷街を抜け、街道に戻ると途端に人の往来が増え、賑《にぎ》やかになった。特に市が立つからだろうか、路面沿いにある店の他に、隙間を縫うように露店が立っていて、市よりずっと手前から賑わいを見せている。

羽流は、外に出られるとは思っていなかっただけに、余計楽しかった。草原にいた頃から、〝一人前になるまでひとりで勝手に出かけてはいけない〟というのが家訓とされていて、どんなときでも兄弟の誰かとしか外に出たことはない。だから、王都に来ても兄たちが連れて行ってくれない限り、街中を見ることは叶《かな》わないだろうと思っていたのだ。

歩きながら、羽流は賑わいが珍しくて、ついきょろきょろと店を眺めてしまう。

簡易な板の上に載せて、革袋や小物を売る店。ガラス張りの立派な店構えで、飾りの櫛《くし》や簪《かんざし》を売る店。

反物を扱う商店。ただ羊の毛をどっさり載せて測り売りをしている露店もある。

「……」

――あれ、なんだろう？

布を屋根代わりに張って、台の上に商品を並べている露店で、品を一枚手にした売り子が華やいだ声を上げている。

「さあ、さあ、金運、健康運、愛情運、なんでも揃ってるよ。一枚五ガン」

キラキラした葉のような薄い紙で、縁が光っているのは、粉のようなものがついているからだろう。何色かあって、それぞれ端のほうにリボンが結わえてある。

「どうした？」

「あれは何を売ってるのかなと思って」

「ああ、お守りだ。市はこの先の五葉廟の広場に立つからな」

五葉は、木を司《つかさど》る者を琥珀《こはく》、火を司る者を閃緑《せんりょく》、土が黒曜《こくよう》、金が鋼玉《こうぎょく》、水は玉髄《ぎょくずい》と呼んだ。お守りは、五葉それぞれの名にちなんだ色で、黄色、緑、黒、赤と青、白になっているのだと海燕が教えてくれる。

露店の台に並べられているのは、五葉の色を葉に塗ったお守りだった。

街道の賑わいは進むにつれて大きくなっていて、もう、広場へ入る石の大門が見えている。王都の外側をぐるりと囲む城壁より、さらに高い内城壁が巡らされていて、大門の奥の広場に廟があり、市はその周囲に立つらしい。

見上げるほど高い石の大門をくぐると、途端に威勢のいいかけ声や鳴り物の賑わいで圧倒される。

「寄ってらっしゃい！　採れたての瓜《うり》だよ」

「焼きたての餅はいかが？」

「さあ、今日はお買い得だよ！　新鮮な魚だよ！」

「わあ…」

一歩中に入っただけで、人の数が五倍近くに増える。

石畳で覆われた大きな広場は、真ん中に青いタイルで飾られた廟があり、その周りを布や板で作った屋根に囲われた屋台がひしめいていた。

街道沿いの露店よりずっと狭く、城壁に沿ってぐるりと立つ店と、道を挟んでその内側に並ぶ露店とがあり、売り子たちが盛んに声を張り上げる。

「まずは、露店を眺めてみるか」

「はい！」

通りに進むと、肩にぶつかりそうなほどたくさんの人が歩いている。

できるだけ避けて歩こうとして、羽流は一瞬、海燕の速度に追いつかなくなっていた。

「…わ……」

慌てて姿を探したが、目の前を塞ぐように人が出てきたり、足を踏みそうになって謝ったりしているうちに、気が付くと海燕の姿を見失った。

「あれ…？　叔父上……」

市場の喧騒《けんそう》に、小さな自分の声など掻き消されてしまう。左右を見回しても、行き交う人々の背中に阻まれてどこに誰がいるのかわからない。

——…どこ？

叔父上の姿が見えない…不安と焦燥に駆られて見失った方向に腕を伸ばし、羽流は声を張り上げて名を呼んだ。

「叔父上——」

「羽流！」

人波に逆らうように自分に向かう人の姿があって、伸ばした腕を力強く引き寄せてくれる。抱き寄せられて羽流が腕の中に収まると、海燕はほっとしたような顔をした。

「よかった…」

「ごめんなさい…人にぶつかって、見失っちゃって」

「いや、私の不注意だ」

海燕が羽流の顔を覗きこんで苦笑した。

「そなたが歩くのが下手なのは、わかっていたのだからな」

「そんな…」

ヘタなんて…と小さく抗議したが、本当のことなのであまり強くは言えない。

海燕が肩に手を置いて羽流を前に抱える。

「こうすればはぐれずに済むだろう」

「わ…」

肩に置かれた手は、万浬よりずっと骨太で、白くて綺麗な手なのに、剣を握る滄よりも、ずっとがっしりしていた。

「叔父上、歩きにくくないですか？」

自分は前よりずっと楽に歩けるが、海燕は大変なのではないかと案じて聞くと、快活な笑みが返ってきた。

「いや。楽しい」

「よかった……」

そう言うと、羽流は肩に置かれた手に頭を寄せた。

「僕だけ楽ちんだと、悪いなと思って」

一緒に楽しいと思ってもらえるのなら嬉しい。そう思って笑顔で見上げる。

「ふふ…」

「さて、どの店が見たい？」

「え、と…あっちの赤い屋根の店は？」

ごったがえす人ごみの中で、しっかり抱えられる安心感に包まれながら、羽流は探検気分で露店を見はじめた。


歩きやすくなると、屋台から漂ってくるいい匂いに羽流の腹がきゅるきゅると鳴った。

「何か食べたいものはあるか？」

「え…」

驚いて振り返る。こんなに賑やかなのに、腹の音まで聞こえたのだろうか。

「どうしてわかったんですか？」

海燕が吹き出しそうな顔をした。

「食べたそうな顔をしてるからな」

笑われたのが恥ずかしかったが、どれがいい？と聞かれるとそれも忘れてしまう。

「食べてもいいんですか？」

「もちろんだ。好きなものを選びなさい」

嬉しいのと初めてなのとで、羽流は胸を高鳴らせた。

何を選ぼう。甘い匂いをさせている焼き菓子もおいしそうだし、お団子を焼いている店もおいしそうだ。けれど、肉を串に刺して焼いているいい匂いにも思わずつられて目移りしてしまう。

「あれは…？」

いい匂いは漂ってくるが、人だかりでよく見えない。羽流が背のびをして覗きこもうとすると、海燕が胴体を持ち上げて、屋台が見えるようにしてくれた。

「見えるか？」

「はい！」

わくわくして心臓が踊りだしそうだ。

白やピンク、草色をした丸餅を好きなだけ椀に入れて、蜜をかけて食べるもの。餡《あん》や野菜が入った饅《まん》頭《じゅう》を蒸《ふ》かしている店が並んでいる。ひとつに決めきれず、羽流は頬を紅潮させた。

抱き上げてくれている海燕のほうを振り返り、周りに負けないくらい弾んだ声になる。

「どうしよう、叔父上、ひとつなんて選べない」

海燕が笑った。

「ひとつに決めなければいいだろう」

「叔父上は？　叔父上は何が食べたいですか？」

海燕は少し面食らった顔をして、それから声を上げて笑う。

「ははは、そうだな。では私も食べよう。お前と同じものでいい」

屋台の店主が威勢よく声を張り上げた。

「お！　坊ちゃん目がいいね。うちの饅頭は市場一美味《うま》いさ」

「ほんと？」

「もちろんだ。さあ、どれでもひとつ一ガンだよ」

地面に下ろしてもらった羽流が、海燕とどの味にするか選んでいると、後ろにいつの間にか万浬が来ていた。

「あ、万浬。万浬も食べる？　おいしいんだって」

万浬は返事もせずに、海燕に向かって困った顔をした。

「叔父上…そのようなものを」

「そういえば貨幣を持っていなかったな。そなたに払ってもらわねばならん」

愉快そうに笑って饅頭の包みを受け取る海燕に、万浬はまだおろおろしている。

羽流はそれをきょとんとした顔で見ていた。何故、万浬はそんなに困っているのだろうか。

「万浬、食べちゃ駄目だった？」

「いや……羽流はいいよ、食べなさい」

「？」

万浬の心配そうな表情と対照的に、海燕は平然としている。

「おいしい」

齧《かじ》りつくと、にらと肉、たけのこを炒《いた》めた餡が入った饅頭はふかふかで、うま味がぎゅっと染みて美味だった。羽流がはふはふと頬張れば、海燕が含んだ笑いをする。

「小さいわりに、食欲は一人前だな」

初めて会ったとき、羽流は自分の劣った体格が叔父をがっかりさせたのではないかと落ち込んだが、今はもう全く心配していなかった。

海燕はそんなことで自分に失望したり、嫌ったりはしないだろうという安心感があるのだ。

「頑張って大きくなります」

ぽん、と頭に大きな手が載せられる。

「期待している」

「ふふ……」

早く兄たちのような、立派な大人になりたい…。

羽流はそう思った。

そのとき急におかしな感覚に襲われた。

――あれ……？

「羽流？　どうした」

返事をしようと口を開きかけるが言葉にならない。

周りの空気が波を打ったように揺れる。まるで水の中に潜ったように、周囲の声が鈍くしか聞こえなくなった。

「……！」

海燕と万浬が表情を引き締め、ざっと剣の柄《つか》を構えて空を見上げる。市場の客が、叫び声を上げた。

「うわあ！　妖獣だ！」

羽流には何が起こったのか、一瞬わからなかった。

急にぐいっと身体ごと海燕の腕に引き寄せられ、抱きかかえられた。

半身で構えた海燕がひらりと剣を抜き、飛びかかってくる妖獣に向かって袈裟《けさ》切りに振り下ろす。


一瞬聞こえなかった耳が、カンッという鋭い音とともに戻り、それと同時に自分の身体がぐわんと宙に浮いたのを感じた。

それが、海燕が自分を抱えたまま飛び退《ずさ》ったからだとわかったときには、すでに市場中が悲鳴で包まれていた。

「妖獣だ！」

「うわあああっ！」

「キャ――――ッ」

晴れた青空が、水面に起きた波紋のように揺らぎ、露店の屋根の上のほうに巨大な牙を持つ、魚に似た妖獣が何匹もうねって泳いでいる。鉄のような色をした鱗《うろこ》は硬い装甲のように陽を弾いていて、振り進む尾が屋台の幌《ほろ》をひっくり返し、逃げ惑う人々の上に吹き飛ばしていた。

「助けてえ！」

「ぎゃああ」

白く鋭い歯と牙。鉛色のぎろりとした眼球。餌《えさ》を探して何度もカチカチと嚙《か》み合わせる歯の音が怖い。

こんなに大きな妖獣も、群れをなしてくるのも羽流は初めて見た。

身の丈よりはるかに大きい魚の口が空から襲ってくる。

「……っ…」

――わ、ああ。

あまりの怖さに羽流は目も瞑《つむ》れなかった。海燕の腕が力強く羽流を抱え直し、振り上げた剣が、ガキッと激しい音を立てて妖獣を横に薙《な》ぎ払う。

――うわっ。

牙ひとつの幅が人の顔より太く、羽流の目の前で上下に嚙み合わされ、強烈な金属音を立てた。

激しい風圧と衝撃が身体に来る。剣を構えていた海燕も、妖獣の頭を討ちながら、ずずずっと足が後ろに押されて土埃を上げた。

「！」

剣が当たる間合いまで近づかれると、今にも頭ごと齧られそうで、羽流は恐怖で身体が動かなかった。くねらせた長い尾ひれまでの全長がどのくらいあるのかもわからない。

妖獣は空を泳ぐように動きながら、無差別に人間のほうに突っ込み、市の客は逃げ惑い、出口に殺到して折り重なるように倒れていく。

海燕が妖獣から目を離さないまま叫んだ。

「羽流、しっかり摑まれ」

「は…は、い……」

ぐっと腕で抱え直されると、もう一度身体がしゅっと宙に浮く。海燕が抜刀したまま中空に飛び上がったのだ。

瞬間的に浮力がかかり、そのあと垂直に身体が落ちていく。

「――っ！」

羽流は反射的に目を瞑ったが、海燕の剣が振り下ろされる音がして、必死に目を開けた。

まるでハヤブサの翼に乗ったかのように、抱えら

れた身体が風を切って空を翔《かけ》る。

――――うわ……。

人間の何倍もある巨大な妖獣の脳髄をめがけて、海燕が剣を振り下ろす。妖獣は金属が軋《きし》むような、ギギーッという音を立て、剣の刺さった場所からパラパラと粉々に砕けていった。まるで砂鉄のように細かく吹き飛んでいる。

――――すごい……。

海燕が剣を振るうたびに、ブン、と羽流の身体も動く。宙を駆ける風圧と、どちらにいくのかわからない感覚で、羽流はひたすら海燕の服を握りしめた。だが、海燕のほうは人ひとり抱えているとは思えない力強さで宙を蹴って切り込んでいく。

いつの間にか、海燕に抱えられたままその横顔を見上げていた。

妖獣を見据える鋭い瞳。長い髪が空になびき、銀色の刃が陽を受けて鋭く光り、胞の袖が風圧にはためいて音を立てている。

「……」

あざやかに一撃で仕留め、粉々になるより半瞬早く、黒い革ブーツの踵《かかと》が妖獣を蹴り上げ、海燕はより高く飛び上がって、たじろいでいる他の妖獣に剣を閃《ひらめ》かせた。

――――本当に武神みたいだ。

気が付くと、露店の屋根が随分下のほうに見える。市場は、逃げ惑う者たち、将棋倒しになって折り重なっている者たち、屋台や荷物の下に隠れようと必死になっている者たちの悲鳴や怒号に包まれていた。

「ぎゃあっ！」

「うわあっ」

叫び声も聞こえたが、中空では、十頭以上はいたはずの妖獣が確実に仕留められつつあった。

視線を遠くにやると、滄の姿も見える。滄もやはり飛び上がって、空を泳ぐ妖獣を突き刺して倒していた。

双方で金属音が何度も響く。

海燕は、まるで河を集団で泳ぐ魚のような妖獣を次々と倒し、鈍い金属音を立てて粉砕していた。

やがて恐怖に駆られていた群衆も、上空の様子に気付きはじめた。

音が響くたびに、ぱらぱらと細かい鉄色の何かが降ってくる。襲ってくるはずの妖獣が次々と消えていくのを、市場の人々はぽかんと口を開けて見上げている。

最後の一頭がギイイーッと大きな音を立てて砕けると、一瞬辺りが静まり返った。

腰を抜かして眺めていた市場の人々が歓声を上げる。

「うわあ――――！」

「助かったぞ」

喜びと安堵の声、驚きとざわめきが一緒くたになり、歓声で沸き返った。

「…わっ」

とん、と塀をひと蹴りして海燕が石畳に下り立つ。

同時に羽流のつま先も地面に触れた。

「大丈夫だったか？」

「…あ、は、はい」

返事をするが、羽流にはまるで現実感がない。

海燕が羽流の様子を見て顔を覗きこんできたが、あれだけ空を蹴って斬っていたのに、息ひとつ乱していない。

海燕の姿に気付いた周囲の人々がわらわらと近寄ってくる。

「ああ、あんた様すごいね、今のはなんていう妖獣だい？」

「お前さん、さっき妖獣を倒した剣士だろう？」

がやがやと人垣ができはじめたが、海燕は羽流を抱えたまま剣を納めた手で軽く人を避ける。

「悪いがどいてくれ、人を探している」

海燕が囲まれかけた人波の間をすたすたと歩くと、万浬が反対方向から駆けてきた。

「こちらへ…」

低く緊張気味に言う万浬に、海燕が軽く頷く。いつの間にか後ろには滄がいて、あとをついてきそうな群衆を押し留めて叫んだ。

「今出てきた妖獣は仕留めたが、まだ次が来るかもしれない。市は閉鎖したほうがいい。早く帰れ」

「えっ」

「なんだって！」

「きゃあ！」

群衆は、つい今しがた中空でその姿を見た剣士の言葉に、盛り上がった空気を消した。顔色を変えて荷物を持ち直し、それぞれ、英雄を探すのを忘れて慌てて出口へ向かおうとする。

また襲来があるかもしれない…声が聞こえなかったずっと奥のほうの人だかりも、波が伝わるようにざわめいていき、店を構えた者は荷をまとめるのに必死になった。

「逃げろ！」

「どいてちょうだい！」

わめきながら逃げ出す人々で、先刻ほどではなかったが出口は混雑し、とても出られそうにない。

海燕の左右に万浬と遡淩がぴったりと並び、速足で歩きながら万浬が緊迫した声で言う。

「しばらく五葉廟にご避難ください。混乱が収まりましたら、紛れて出ましょう」

「わかった」

歩く間も、羽流はずっと抱えられたままだった。

海燕の腕にがっしり抱えられていると、もしかしたら死んでいたかもしれないような妖獣の襲来も、なぜかそれほど恐ろしいものではないように思えてしまう。

逃げ出す人々に逆流して廟の階段を上り、観音扉の中に入ると、青い飾りタイルで覆われた廟の中はがらんとして誰もいなかった。

高く、丸い天井。屋根から房のように吊《つ》り下がっている、紫水晶でできた美しい伽藍《がらん》。

上のほうにぐるりと嵌め込まれた大きな水晶から

は光が射し込んで影が落ち、まるで水の中にいるようだ。

「さあ、もう大丈夫だ」

ゆっくりと床に下ろされて、羽流はようやく自分の足で立つ。万浬が近づいてきて心配そうな顔をした。

「怪我はなかった？」

「うん。叔父上に助けてもらったから」

「よかった……」

ほう、っと万浬が細い息を吐いて肩を落とし、後ろで遡淩が海燕に頭を下げた。

「申し訳ございません」

「よい、文官のそなた等《ら》に討つことはできまい」

――文官？

羽流がふたりのやり取りを黙って眺めていると、海燕がこちらを向いた。

「それより、これ以上隠しおおすのは難しいのではないかな、万浬」

「……はい」

万浬が隣で申し訳なさそうに視線を下げる。

何か様子がおかしい、と羽流もようやく悟った。

海燕に対する過度な警備、かしこまった態度…ただの年長者に対する礼節というレベルではない。

海燕が表情を緩めずに言う。

「百日間、悠長に遊んでもいられぬようだしな」

高窓から差し込む光が、海燕の黒髪を艶やかに照らした。

「あれほど大きな妖獣まで流入を防げぬとあっては、次の五葉が揃わぬのは致命的になるだろう」

何故か、万浬たちが目を伏せるように視線を避け、海燕が少し難しい顔をしている。

「即位式までには間に合わせたい。ゆっくり覚醒《めざ》めるのを待ってやれそうにないのだ、羽流」

「え……」

――叔父上…今、なんて……？

海燕の言葉が、よく呑み込めなかった。

水の中をたゆたう魚のように、五葉廟の天井にある伽藍が光に透けて揺れる。

――覚醒め……？

◆◆◆

五葉廟の床は、小さな花模様のタイルと釉薬をかけた薄青のタイルで幾何学模様ができていて、まるで五枚の葉を花びらのように散らした形になっている。

遡淩や滄が見守る中で、羽流は万浬に肩を取られ、その場にゆっくりと座らされた。

視線を合わせるように、万浬も膝をついて向かい合う。

「叔父上というのは嘘なんだ」

静かな声が、光の射し込む廟に響いて消えていく。

「海燕様は、殯《もがり》明けと同時に即位される、王太子殿下でいらっしゃるのだよ」

「王太子さま……」

羽流はぽかんとして万浬の向こうに立っている海燕を見た。

「……」

叔父ではない、と言われて驚かないわけではないのだが、どこかでその説明のほうがしっくりと嵌まる。

兄たちの態度も、親戚とは思えない接し方も、全て納得できた。

なにより、国を継ぐ方なのだ、と言われてすとんと腑《ふ》に落ちる。近寄りがたいほどの覇気と、揺るがない強さは、常人のものではない。

けれど、何故それを告げる万浬がそんなに苦し気なのかはわからなかった。万浬はまるで何かを避けるように青く輝くタイルを見ていた。

「万浬？」

羽流は小さな声で問いかけた。いつも優しい目で見てくれる万浬が、悲し気な顔のまま顔を逸《そ》らせるのが不安だ。

「そして羽流。お前はね、五葉の候補者なんだ」

しゃらん、と天井で薄い羽根のような紫水晶の飾りが揺れて鳴る。

「五葉は新しい王の即位とともに、新しい五葉に交代する。お前は、その五人の候補のひとりなんだ」

「五葉…」

国の気脈を操り、廟に祀られるほどの役目が、自分…。万浬の説明は、羽流の中でうまく繋がらなかった。万浬が辛《つら》そうに話しているのがわかるのに、他人事のように実感がない。

一体、なんのことを話しているのだろうと思う。

「五葉候補者は、すでに四人までが覚醒して神舟に上がっている」

――残りはひとり……。

「本当は、もうとっくに五人揃っているはずの時期なんだ。他の四人は二年も前に孵《かえ》っている」

「……」

羽流は、話してくれる遡凌のほうを見た。

遡凌が都から帰ってくるたびに、持ち上げられて目方を測られ、大きくならない自分を心配してくれた、今までの、草原での生活が蘇《よみがえ》る。

「……」

万浬の憂いを帯びた視線の向こうで、遡凌が複雑そうな顔をして眼鏡のつるに手をかけている。

万浬が、宣告するように声を落とした。

「候補の卵は、お前と、あとひとつ残っている。殿下は、何故卵が孵らないのか、直接確かめられるために、王都に下りてこられたのだ」

羽流はじっとこちらを見ている、青い衣を着た〝叔父〟に目を向けた。

会ったことのない親戚に会えたのだと思っていた。自分の故郷に興味を持ってくれて、自分と対等に話してくれて、身内として心から親しみ、尊敬していたのに……。

――――違うんだ……。

自分が五葉にならないのは何故か、確かめにきただけだった。そして、もうひとり候補がいるのなら、その人が新しい王の五葉になるのかもしれない。

泣きたいような気持ちだったが、ずんと地面に引っ張り込まれるように肺の奥が重苦しくて、感情にならない。

羽流はただ、兄たちを見回した。

表情を曇らせて気遣わし気に見ている万浬。後ろで腕組みをして難しい顔をしている遡淩。扉の傍で、警護のための剣を抜いたまま、ただ黙ってこちらを見ている滄。

もう叔父上と呼んではいけない、王太子殿下が口を開いた。

「話して聞かせたところで、覚醒を促せるものでもない。これぱかりは自然の摂理に任せるしかないのだ。だから黙っていたのだが…」

海燕が一歩近寄って、カツン、と革ブーツの踵が鳴る。

「しかし、もし自分が何者かを意識することで、成長する可能性があるなら、試してみるのも一策かもしれない」

自分の出自を知るのは、決して悪いことではない、と海燕が言った。遡淩も思案のあとにそれを肯定する。

「そう思います。プレッシャーを与えたところで、本人を焦らせるだけで、あまりよい効果にはならない可能性もありますが、時間もありません。こうなったらできる試みはやってみるべきかと」

「遡淩……」

遡淩は片腕を組んだまま、顎《あご》に手をやって考え込んでいる。

「こんなことは異例なんだ。王の即位に五葉の生育期間が間に合わないという事例はあるが、〝五葉が揃わない〟という例は聞いたことがない」

五葉は、五人揃ってこそ正しく気脈をコントロールできるもので、そのどれが欠けても、正しく機能することはできない。

このまま五葉が揃わなければ、外界からのエネルギーを制御できないまま、国の中が混濁してしまう。

「殿下のご即位までに、なんとしても五葉全ての覚醒を促さなければならないんだ」

羽流は、何か目に見えない重い責任をかけられたような気がした。

どうすればよいのかわからないが、五葉と成れるように、自分は〝覚醒〟しなくてはいけないのだ。

――できるんだろうか……。

人々が買って行くお守りや、祈りを捧げる五葉廟を想像すると、とてもそんなすごい何かに成れるような気がしない。

途方にくれて見上げると、万浬が羽流の頭を撫でた。

「だからといって、気負う必要はないんだよ。頑張れば成れるというものではないんだから」

「そうそう。それに、もしかしたらもうひとりの候補のほうが孵るかもしれないんだしね」

「遡凌…」

軽く言う遡凌は、もういつもの遡凌だ。

万浬も優しい顔に戻っていて、ただ、滄だけが沈黙の中にいつもと違う何かを秘めている。

けれど羽流にも兄たちの言うことは理解できた。新しい王には新しい五葉が必要で、それが揃わないと、国が大変なことになってしまう。

「でも…僕より、万浬たちのほうが、ずっとすごい五葉になれると思うんだけど……」

羽流の発言に、周囲が顔を見合わせた。

羽流は本心からそう思っていた。何故自分が候補なのだろう。何故兄たちでは駄目なのか？

そんな重大な役目なら、兄たちのほうがよほど適している。他の人々と違って、兄たちも精霊を見ることができる。滄など、殿下と同じように妖獣と闘ったではないか。

何故、一番下の自分が候補なのだろう。

遡湊と万浬が互いに目を合わせ、羽流を見る。

「…？」

何か、間違ったことを言ったのだろうかと羽流が兄たちのほうを窺《うかが》うと、万浬が気まずそうに切り出した。

「……私たちは、五葉候補が無事に育ち、孵ることができるかどうかを見守る任を拝命した、護衛官なんだ」

「万浬……？」

――――それは、何…？

「五葉候補は、神舟の泉から生まれる卵なんだよ」

「え………」

ぐるん、と地面が回ったような錯覚がした。

取り繕うように、遡湊が苦く笑う。

「五葉の成り立ちを、ちゃんと説明するから」

滄が、初めて辛そうに顔を背けた。

◆◆◆

五葉の卵は、神舟の泉で生まれる。

そもそも、王は神力を持ち、外界と世界を繋ぐ神舟の全てを総べる。王の力はそのまま国の体力そのものだ。

王の力は様々なものを介して国土へ伝わる。その媒介のひとつが五葉だった。

五葉が王の命を受け、外界から入り込む生き物たちの是非を峻別する。だから、王の力が弱まると、神舟に連動して五葉もその峻別力が弱まる。すると、神舟に普段はいない、小さな胞子が増えはじめる。

そして胞子をシグナルに、精霊〝宿曚〟が引き寄せられ、泉に卵ができる場所が生まれていく。

命の仕組みがそうであるように、次々と連鎖が起き、百個の卵を抱いた宿曚たちが見える頃には、王も臣下も、次の時代が来ることを悟る。

王は次代の王の選定をしはじめ、臣下たちは卵を孵すための準備に入っていくのだ。

人の胎内に宿らず、神舟の泉に抱かれて育つ卵たちは、人でありながら、精霊と人間、両方の世界にまたがることになる。

その五葉はそれぞれの要素《エレメント》を受け持った。木・火・土・金・水のどれかを司ることになるため、卵たちはそれぞれの性質に合わせて、最も近い環境で育てていく。

木を司る子供は森林の中で、火を司る子供は太陽に近い熱砂の地で、水に親和する者は水の傍に送られ、土や金に属する子供は山裾の草原へ、とそれぞれより風と精霊に近い場所で暮らす。

人でありながら人ではない、五葉の卵の成長速度はまばらだ。まるで卵自体が王の寿命を知っているかのように、僅《わず》か数年で大人の姿まで成長することもあれば、人と全く変わらず、十数年の歳月を経てゆっくりと大きくなるときもある。ただ、共通しているのは、卵の成長個体差は無いということだ。急激に育っていく時代の卵たちは、ひとりだけ成長するわけではなく、一斉に大人へと変貌していく。

けれど、そうして育っていく過程で、候補者の大半は精霊の声を聴くことなく、ただの人間となってしまう。

ほんの一握りの適性のある子供たちだけが、大地の声を聴けるようになるのだ。そしてその中のたった五つの卵だけが、大地と王を繋ぐ〝神経〟と成れる。

五葉に成れなかった候補者は、そのまま市井《しせい》の人となる。中には、ごく幼いうちに兆候無しと判断され、己が泉から生まれたという事実すら知らず、一市民として暮らしていることもあるという。

「……ふう……」

白い紗《しゃ》のカーテンの向こうで、満月を過ぎた月が煌々《こうこう》と輝いている。羽流は寝台の端に座ったまま、布越しの月に目をやった。騒動のあった市場から帰って、すぐに部屋に籠もっている。

夜も更けたが、部屋の入口には女官用の控えの小部屋があって、女官がいつであっても起きて来てしまうので、扉のほうには近づけない。

「……」

どこかに行きたいわけではないが、ここにいても眠れそうになかった。そっと女官の小部屋のほうを見てから、音を立てないようにカーテンを引き、羽流は木枠の錠を外して静かに扉を開けた。

ひんやりする夜気を吸い込み、そっと外に出る。

「ふう……」

行くあてもなく、月明かりの庭をとぼとぼと歩く。

――誰とも兄弟じゃなかったんだ……。

五葉廟で説明された話は、羽流にとって人生がまるごとひっくり返るような内容だった。草原から王都に来ただけでも大きな出来事だったのに、それすら些細《ささい》なことに思える。

何もかも、全てが偽り……。

「……」

帰ってくる道すがら、万浬からは本当の弟のように思って育てたと言われた。決して、役目や義務感で一緒にいたわけではないのだと…。

それは嘘ではないと羽流も思う。自分はとても大切に育ててもらった。

叱られるのはいつでも滄が引き受けてくれて、何をしても、兄たちは笑って許してくれた。

けれどもそれは、自分が五葉の卵だったからなのではないだろうか…。

万浬たちの言葉を疑いたくはない。それでも羽流は、心のどこかでショックを受けていた。もし自分が五葉候補ではなかったら、兄たちと草原で暮らすことはなく、こんなに大事にはされなかったのかもしれない、と思ってしまう。

そして、もしこのまま五葉に成れなかったら、という不安が脳裏をよぎった。

「……」

兄たちが心配するほど発育が遅れていることは、羽流自身も十分自覚している。それだけに、もうひとりの候補者が五葉に成ってしまうのではないかという気持ちに襲われた。

もしそうなったら、自分はどうなるのか…万浬たちには何も心配要《い》らないから、と言われたものの、本当にこのまま駄目になってしまった場合どうなるのかは、とても尋ねることができなかった。

考え込みながら歩いていると、いつの間にか足が習慣のように植え込みの間を通り、葡萄棚のところまで来ていた。

四阿の前で、草むらに座り込んで星空を見上げる。満月を過ぎたばかりの輝く月に、星も霞《かす》み気味だ。

――草原は、星の河が見えたのに……。

空が近くて、煌めいて降り注いできそうなほどの星々が見えた。

たった数日旅をする程度の距離なのに、都の空は星が少ない。

草原が遠い……羽流には、まるでそこが何年も昔に暮らした場所のように思えた。

毎日、吹き抜ける風と、太陽と、流れに乗って西に向かう精霊たちを眺めて暮らした日々。

毎日迎えてくれるタル、シュニ、大好きな羊たち。それ以外あると思わなかった暮らし。

「……」

羽流は膝を抱えたまま、立ち上がれなかった。

全部、本当の暮らしではなかったなんて……。

「羽流…」

「！」

だしぬけに背中のほうから声がして、驚いて振り向くと、長い夜着を纏《まと》った海燕がいた。

「…お、王太子さま」

「やはりここにいたか」

月明かりの下で、海燕の凜とした貌《かお》がふっと和らぐ。

「そうかしこまるな」

近寄ってこられて、羽流は手を取られて立ち上がった。けれど、恐れ多くてぺこりと頭を下げてしまう。

「うちとけたと思ったのだがな…」

「……」

それは海燕を叔父だと思っていたからだ。もうじき国王陛下になる相手に、同じように話せるわけがない。しかも、もとを正せば自分が五葉に覚醒できていないから、わざわざ海燕が王都まで来ることになったのだ。

そう思うと、申し訳ない気持ちで海燕を見られない。

「顔を上げなさい」

すっと羽流の頬に手が触れて、海燕の大きな手で顔を包むように上を向かせられた。

「お前が悩んだり恥じたりすることは何もないのだ」

「殿下…」

海燕の強い瞳が笑みを含む。

頬に触れていた温かい手が離れて背中を押し、羽流はゆっくり四阿のほうに促された。

「叔父だという芝居は、万浬のたっての願いで承知したのだが、私は楽しかった」

「万浬が？」

「ああ。私の身分を明かしてしまうと、お前が緊張してしまうから、伏せてもらえないかと頼まれたのだが…」

四阿の下で、ふたりで並ぶように椅子に腰掛ける。海燕の肩や髪に、木漏れ日のように満月の明かりが射し込んだ。

「護衛官に過ぎない万浬からしたら、勇気のいる願い事だったと思う。しかしそれはみな、そなたのためだ」

「僕の…」

隣で語りかける海燕の黒髪が肩から流れ落ちる。

「万浬は、もしお前がこのまま五葉として孵ることができなかったら、一生その事実を伏せておく気だったのだ」

神舟の生まれであることを伏せ、遊牧民の乳母の元に帰し、時おり兄弟として訪ねて行くつもりだったのだと海燕が教えてくれた。

「兄弟ではないと言えばお前が傷つく。万浬も滄も、そんな姿を見たくなかったのだろう。本当に、そなたは愛されて育ったのだな」

「……っ…」

羽流は聞きながらどんどん目頭が熱くなって、顔が歪《ゆが》むのを感じた。歯を食いしばっても、涙がぽろぽろ零《こぼ》れてくる。

「五葉のことを話せば、どうしてもそなたの生まれについて説明せねばならない。真実を知らせたくなかった万浬たちの気持ちは、わかってやってほしい」

大きな手が頭を撫でる。羽流は涙が止まらなくて返事ができなかった。

本当はちゃんとわかっている。万浬たちは、自分が何者であっても、本当に兄弟として大切に思ってくれていたのだと思う。

だから、「本当に」兄弟ではなかったことが悲しいのだ。

「……はい…っ」

ぐしっと袖で涙を拭って頷いた。海燕はまだ大きな手のひらで、肩や背中を撫でてくれる。

「私も、そなたに重圧をかけるような真似《まね》はしたくなかった。だが、万浬からも、妖獣の出現が草原まで及んでいるのを聞いている。今朝の妖獣も、めったなことでは入ってこない厄介な種類だ。国の状況は、少し厳しいと言わざるを得ない」

「はい…」

海燕の声は、闇夜に溶けるように穏やかで低く、心地よく耳に響いた。

夜気がひんやりと身体を包むのに、添えられた手のひらの温かさで、羽流は何度も涙が込み上げた。

「僕…が、悪いんです。ちゃんと、覚醒しないから…」

もし自分が本当に五葉に成るのなら、急いで成長しなければいけないのだ。

他の四人は覚醒できたのに、自分が覚醒できないばかりに、妖獣の出現を許してしまっているのかもしれない。

けれど海燕はそれを柔らかく否定する。

「なんでも自分の責任にするのは短絡だ。そもそも、新しい五葉は即位まで機能しないのだから」

王の登極《とうきょく》と同時に、新しい五葉も王宮にある〝五葉の間〟に上がる。王と五葉は神経が繋がるように一続きになり、そこで初めて王は五葉を通じて国土の環境や、外界への制御を行うのだ、と説明され、羽流の自責の念も僅かに和らいだ。

海燕が葡萄の蔓《つる》の間から見える月を仰ぐ。

「ただ、今度の即位は異例でな」

「え…?」

羽流が見上げると、海燕も振り向いた。

「私は本来、王位継承権第七位の若輩だ。私の前に先王の王弟を含めて何人もの世継候補がいる」

「殿下…」

ざわざわ、と夜風に実が成り終わって枯れた葉が揺れ、海燕は静かに話し続けた。

「この国は他国と比べて最も古く、歴史と伝統のある国だ。だが、国としての古さは、同時に老いているということでもある」

海燕の目は、庭を見ているようで、もっと遠い場所を見ているようだ。羽流はその整った横顔を思わず見つめた。

「この国の気脈は、空洞化しつつある」

「そんな…」

「そなたも、五葉廟のお守りを見ただろう」

薄い綺麗な飾りのお守り。けれど、それは美しいだけで、なんの力もない。

精霊は廟にはいなかった。街は賑わっているが、大地の力も、風に乗る精霊も見かけない。

「人々は神舟と王を崇《あが》めてはいるだろう。けれど、それだけだ。彼らに精霊は見えないし、神舟に住む王族や臣下たちと民は関わらない。王都は王都だけで潤い、商いに精を出している」

それはそれで結構なことなのだがな、と海燕が笑った。

「だが、見かけの豊かさと、大地の生気は別なのだ」

見かけ上、この国は繁栄している。行政は行き渡り、周辺のどの国よりも富み、人々は王と神舟を敬い、王朝は開闢以来一度も崩れたことがない。

「物が豊かになっても、国の気脈は弱くなっている」

「？」

王とは本来、最も神力の強い者がなるものであり、世襲制でも、長子相続でもない、と海燕は言う。しかし、長い間、王位をめぐる争いを起こさないために、いつの間にか持ち回り制度ができてしまった。

「能力に関係なく、三系統ある王朝の家系から、順番に王位が回ってくるのだ」

実務は下界の王都に行政府があり、政治的な実権はそちらが持つ。王は神聖化され、神舟から一生下りることなく、生き神として扱われる。

海燕が空を見上げて溜息をついた。

「それが長い間、戦を起こさず安寧を築いてきたのだというのは承知している。だが、その制度が力の弱い王の治世を生んだこともまた事実だ。しかも、先王もその前の王も、一度も王都にすら下りたことがない」

己の国を見たことのない王。ただ、五葉を通じて国土を整えるだけで、自ら触れることのないまま終わる。

「大地が弱っている。だが、神舟の王族たちはその重大さに気付いていていない」

「……」

「私が即位を引き受けたのはそのためだ」

「殿下」

無理をしたわけではないが、だいぶ悶着《もんちゃく》を起こした、と精悍《せいかん》さをにじませて海燕が笑った。

どの国も、権力の争いが国や王朝を滅ぼしている。相続が固定しているということは、それだけ安定したシステムができているということだ。それを崩して、一番年の若い王子が即位することが平坦な道のりでないことは、羽流にもわかった。

「王位は勲章でも象徴でもない。実質的に国を整えるだけの力がなければならないのだ」

だが、慣例を破るだけに、不満分子がいないわけではない、と海燕が言う。

「やかまし屋どもを黙らせるためにも、即位はつつがなく済ませたいところだが、百日が迫った今でも五葉が揃っていない。だから、原因を確認しておくために王都に下りたのだ」

それを聞くと、やはり申し訳なくなる。羽流は俯《うつむ》いたが、海燕がその呵責《かしゃく》を否定した。

「そう気にするものではない。おそらく、私の即位とそなたが覚醒しないことは関係ないだろう。だが、五葉の不備をあげつらう者はいるだろうという話だ」

「でも…」

「どの代の王も完璧だったというわけではない。五葉が育つまで、間に合わずに代が交代した王もいる」

五葉が育つまで、どんなに早くても数年の月日がかかる。王が寿命までもてばよいが、不慮の事故や病を得て亡くなると、次の王に五葉が間に合わないということもあるらしい。

「そうしたらどうなってしまうんですか?」

「育つまでは国が荒れる」

これればかりはそう都合よくはいかないのだと海燕が言った。今日のように前の五葉のコントロールが効かず、人間に害のあるものが外界から入り込んでしまい、きちんと五葉が機能できるようになるまでは、相当大変になるらしい。

「そのせいもあって、周囲も王を王宮から外に出したがらないのだ。うっかり死なれると困るからな」

もうじき自分が即位するのに、軽々と言って海燕が笑う。

けれど、それでようやく羽流にも納得できた。兄たちが殿下の警護に神経質になっていたのは、そういう事情だったのだ。

「あの…神舟を出てきてしまって、大丈夫だったのですか？」

「私は、直接自分の目で何もかもを見たかった。自分の五葉がどうして孵らないのかも、己の目で確かめたかったのだ」

投げかけられる眼差しが柔らかくて、いつの間にか海燕に見入ってしまう。

「もちろん、もうひとりの候補者にも会いに行く。だが、私は今見る限り、そなたには十分力があると思う」

「…で……ほ、本当ですか？」

海燕がクスクスと笑った。

「言いにくかったら名で呼べばいい」

簡単に言うが、それは難しい話だ。

「そなたは十分大地の力を感じ取り、精霊との接触もできているだろう」

けれど、それ以上何がどうなれば〝覚醒め〟になるのか、羽流にはわからなかった。

「それればかりは、教えてやりたいが言葉になるようなものではない」

「…そう、ですよね」

羽流がしゅんとすると、海燕が提案をしてくれた。

「言葉にはならないが、訓練くらいならできるかもしれないな」

「本当ですか？」

海燕が頷く。

「とはいっても、精霊の善《よ》し悪《あ》しを見分けたり、気脈を伝えやすくする練習のようなものでしかないが、やらないよりはいいかもしれない」

何がきっかけで覚醒めるかはわからないから、と言われて、羽流は少し光明が射した気がした。

自分が五葉の候補で、皆がそれを待っているのなら、役に立てるように、一日も早く覚醒めなければいけない。その訓練ができるなら、ぜひともやらせてほしいと思う。

「教えてください。僕、頑張ります」

海燕が微笑む。

「では、もう少し逗留《とうりゅう》を延ばそう。もうひとりの候補者に会いに行く前に、しばらくふたりで訓練をするか」

「え、あ…」

「元気が戻ったな」

「はいっ」

海燕に嬉しそうな顔をされて、羽流は少し頬が熱くなった。

「さて、夜更かしは成長に毒だ。もう部屋に戻りなさい」

「はい」

送るからと言われ、羽流は恐縮しながら部屋まで一緒に戻った。女官たちが驚いて、皆、平謝りで頭を下げ、海燕が母屋に戻るのを見送る。


——でも、よかった……。

羽流は寝台に入ったあとも、いつまでも眠れなかった。

——五葉にならなきゃ……。

本当の兄弟ではなかったが、兄たちは自分を家族のように大切に思ってくれていた。

何より、たくさんのことを教えてくれた海燕に感謝したかった。そして海燕にとって、この即位がどれだけ重いものなのかも知ることができてよかったと思う。

——殿下のお役に立てる五葉に成りたい。

海燕が国王となるとき、自分も大地を豊かにできる手伝いがしたい、と羽流は思う。

そのための訓練なら、どんなものでも受けたい。

——頑張ります、殿下。

心の中で名前を呼んでみて、恥ずかしくなって目を瞑った。

◆◆◆

翌朝、海燕は万浬たちと王都の視察に出かけた。

「身軽なうちに、見られるものは押さえておきたいからな」

武官と同じ姿で隠密《おんみつ》に動きたがる海燕に、万浬たちはハラハラした様子だったが、駄目だと言えるはずもなく、気を揉《も》みながら随行していく。

「羽流は家で留守番をしておいで。いいね」

「うん」

羽流は、万浬たちを門まで見送りながら、どこかでほっとしていた。

万浬たちがいつも通り接してくれているのだから、自分も変に構えてはいけないとは思うものの、〝兄弟ではない〟という事実が頭を離れない。

今までのように何も考えずに傍に行けなかった。だから、こうして理由があって顔を合わせずに済むのが、気持ちとしては楽だ。

そんなふうにこだわる自分を、嫌な奴《やつ》だとは思うが、その気持ちを打ち消すこともできない。

出がけ間際に、ちらりと海燕が羽流のほうを振り返った。

小さく唇が動く。

あとで、と言われたようだった。羽流はなんだろう、と首を傾《かし》げたが、海燕は面白そうに笑いながら、すっと出て行ってしまう。

留守を預かる女官たちも、一斉に頭を下げて見送り、主たちがいなくなるとまた持ち場に戻りはじめる。

羽流の隣で桃李が微笑んだ。

「羽流様、殿下より書物をお預かりしております」

「？」

にっこりと紐《ひも》でとじられた巻物を三巻ほど捧げられる。

「殿下は夕刻にはお戻りになられます。その頃までに目を通しておくように、と仰せでございました」

「はい…」

広げてみると、書物は精霊に関するものだった。

――あのとき貸してくださると言っていた本だ。

その話がなんとなく流れて、そのままになっていたものだ。けれど、こうしてきちんと憶《おぼ》えていてもらえたのだと思うと嬉しかった。

「ありがとうございます！　部屋で勉強しますね！」

羽流が巻物を抱えて急いで部屋に戻ろうとすると、桃李が袖で口元を覆って微笑む。

「お茶をお持ちしますから、どうぞゆっくりお勉強なさってくださいませ」

「はい！」

桃李に励まされ、羽流は部屋で初めての〝精霊学習〟に取り組んだ。

「うーん……」

書物はとても美しい筆描きの挿絵が入ったわかりやすいものだった。精霊ひとつひとつに名前と働きが書かれ、中には見たことのあるものもあったが、その種類の多さと働きの細かさに驚いて、羽流は頭を抱えながら読むことになった。

――知らなかった。精霊って、こんなにいるんだ。

読んでも眺めても、さっぱりわからない精霊もいる。

精霊がどこに存在するかもきちんと書いてあるから、自分が草原にいたときも、本当はもっと色々な精霊がいたのだと思う。自分が見てきたものは、ほんの一部でしかなかったのだ。

――僕は何もわかっていなかったんだ。

そう考えると、妖獣でも精霊でも、同じように存在を感じられる程度、というのはやはり全く〝覚醒めていない〟ことなのだと思う。

「僕って、全然駄目だったんだなあ…」

羽流は自分にがっかりして、だいぶ落ち込んだ。今まで、女の子のシュニより背が小さいことや、兄たちに比べて色々なことができないのを、気にはしていたものの、あまり引け目には思っていなかった。万浬たちの『気にしなくていい』という言葉を鵜《う》呑《の》みにしていたのだ。けれど本当は放置してよいことではなかった。そんなこともわからず、毎日羊たちと遊び呆けていたなんて…。

「だから、覚醒できなかったのかな……」

落ち込まないように気遣ってくれていた兄たちの配慮を、全くわかっていなかった。そう思うと、今まで万浬たちがどんな思いで自分を育ててくれていたのか、いたたまれなくなる。

——ごめん。万浬。

書物になるほどだ、こういった精霊はわかる人は全部見えるし、区別がつくのだと思う。五葉は、きっとこういうことが全てわかる人が成るのだろう。巻物をするっと指で押して広げながら、まだまだ続きそうな図解に溜息しか出ない。

——これを全部、自分で見分けられる日が来るのかな。

草の上を跳ねる〝生実〟は見ていた。けれど、生実が新芽から飛び出てくる小さな粟粒《あわつぶ》状の精霊〝撥《きっ》光《こう》〟を拾って集めるために跳ね回っていたことは知らなかった。ただ、ポンポンと弾けて飛ぶ彼らを面白いと思っていただけだ。

見えているものが違う……。それが、羽流にとってはショックだった。

そしてそれが覚醒できないことと密接に結びついているようで、焦燥感に駆られる。

もう夕方になるが、巻物はまだ半分も読めていない。

——こんなに何も知らないで、本当に五葉になんて成れるんだろうか。

読めば読むほど落ち込みながら、それでも海燕が戻ってくるまでに、少しでも読み終えておきたくて、羽流は手で額を押さえながら巻物に取り組んだ。

◆◆◆

夜、万浬たちが視察から戻り、それぞれの部屋に帰ったあと、羽流は桃李に付き添われて庭に向かった。海燕が、約束の〝練習〟をしてくれるという。

「私がちゃんとご案内いたしますから、どうぞもう、窓から忍び出たりはなさらないでくださいましね」

「…ごめんなさい」

遡淩だったら、きっとお尻を叩いて叱ることだろう。けれど、桃李はいつもふんわりと微笑んでいる。

「そうでないと、また殿下におみ足を運ばせてしまいますから」

「はい…ほんとにすみません」

自分勝手なことをすると、女官たちに迷惑をかけてしまう。部屋まで送ってくれた海燕に、大慌てで頭を下げていた桃李たちを思い出して、羽流は首を竦めた。

それを見て桃李がくすっと笑う。

「けれど、殿下は楽しんでいらっしゃいましたから、前回のことはお気になさらなくてもよいと思いますわ」

「そうなんですか？」

「ええ…」

灯明を手に外廊下を進み、四阿のある庭に向かいながら、羽流は思わず桃李の姿を見つめた。

「どうかなさいました？」

「あ、いえ…あの、何故そんなに殿下のことをよくわかってるのかなと思って」

いつの間にか書物を預かっていたりすることを不思議に思って聞くと、桃李が笑った。

「私は、殿下がご生家にいらっしゃるときからお仕えしておりましたから」

「ご生家？」

ええ、と人形のようにかわいい顔をした桃李が笑った。

「殿下はもともと先々王のご家系ですから、はじめから王宮でお育ちになられたわけではありません。立太子されてから、宮にお移りになったのです。そのときに私もお連れくださいましたので、今でもお仕え申し上げております」

羽流は、王位継承権は七番目だった、と海燕が言っていたのを思い出した。今回、親戚のふりをするために、わざわざ気心が知れた女官を配することにして、桃李を神舟から同行させたのだという。

桃李が足元を明かりで照らしてくれながら教えてくれる。

「殿下が王位につかれることになったのは、王族の教育係を務める博士たちが、こぞって殿下をご推薦されたからです。海燕様は卓抜した器《うつわ》であると、殿下がご幼少の頃から王に奏上されておられて…」

それでも家の格や継承権によって即位の順番は決まっている。海燕自身は、はじめ博士たちの賛辞に耳を貸さなかったそうだ。

「けれど、博士たちはとてもその能力を惜しまれて、諦めずに機会を得てはご進言申し上げていたようです」

領地の視察という名目で神舟を下りてから、海燕の考えは変わったらしい。戻ってからは進言を受け入れ、王や諸侯との話し合いの末、立太子したのだと言う。

「ですから、殿下は国に下りられるということを、とても特別に思われていらっしゃるようですわ。今回のことも、即位後はそうそう身軽に動けないとお思いなので、あちこちを視察されていらっしゃるのでしょう」

「そうなんだ…」

そんなにすごい方なのだと思うと、余計気が引き締まる。即位から遠い立場だったものを飛び越えてでも王に、と望まれているのなら、なおのこと即位のときにはきちんと五葉が揃っていなければならないだろう。

——一日も早く覚醒できるように頑張らなきゃ……。

それに、万浬たちが本当の兄ではないのなら、せめて期待通り、五葉に成りたいと思う。

そうでないと、海燕からも兄たちからも自分が、〝要らない人〟になってしまいそうな気がしていた。

月明かりに木々の葉が浮き上がって見える。

羽流たちが四阿に着くと、もう海燕が待っていた。

海燕は昼間の武官の姿ではなく、長いゆったりした夜着を着ている。

桃李が一礼して母屋に引き下がると、海燕が快活な笑みで羽流の隣に来た。

「さて、ではさっそく訓練をはじめてみようか」

「はい、よろしくお願いします」

——どんなことをするんだろう。

羽流が緊張してすっと息を吸い込むと、海燕の両手が肩に置かれた。

「まず、立つ姿勢からだ。両足を肩幅に開いて、背筋を伸ばす」

「は、はい」

「顎を引き過ぎだ。視線はまっすぐ平行に、肩の力を抜いて」

トントンと肩や背中の位置を手で直されながら、羽流はなんだか不思議な気持ちになった。訓練と言われて、もっと厳しい修業のようなものを想像していたのだが、どうも違うらしい。

「腹の、この辺りに丹田《たんでん》がある。そこに気を集めるつもりで、ゆっくりと鼻から息を吸って口から吐く」

こくりと頷いて、言われた通り胸から臍《へそ》、真下に向かうように息を吸う。

「肩が上がらないようにやってみなさい」

「はい…」

目を瞑って深く呼吸をしてみるものの、肩が上がらないようにするのは意外と難しい。と、いうより、自分が何をやっているのか、羽流には今ひとつ理解できなかった。

こういうことが、五葉の訓練なのだろうか？

疑問に思いながらちらりと見上げると、海燕が笑った。

「どんなものも、まず基礎からだ。気息を整えるのに、特に秘儀があるわけではない。覚醒めていない候補なのだから、できることは常人の訓練とそう変わらぬ」

「そうなんですか…」

「これはごく普通の呼吸法だ。心身の鍛錬を目指す者なら誰でもやっている」

――そうなんだ……。

羽流は少し肩すかしを食らったような気もしたが、言われた呼吸すら満足にできていないのが現実だ。精霊の見分け云々《うんぬん》というレベル以下の話なのだと思う。実際、何回やってもそれは深呼吸とそう変わらなかった。

けれど海燕が静かに同じ呼吸をしてみせると、ぶわっと何か波のような気配が全身から伝わってくる。

「今のは…何をされたんですか？」

「ただ呼吸をしただけだ。何か変わった感じを受けたか？」

「はい、あの…圧《お》されるような感じがしました」

海燕の内側から、何か強い波動のようなものを感じる。

「感知できるのだから、素質は十分ある」

「そうでしょうか…」

羽流の声が、なんとなく半信半疑になった。

「五葉といっても、人であることには変わりない。肉体あっての存在なのだから、身体の感度はかなり影響する」

だから、特別に神力がない者でも精霊を見たり妖獣を倒したりすることはできるのだと海燕は言う。

「呼吸を意識したくらいで、何が変わるのかと思われそうだが、身体感覚を意識することは重要だ」

海燕が羽流の耳を指で触れた。

「例えば、我々の耳は意識だけで聞こえているものを選択している」

「？」

「何も選択しなかったら、雑踏の中でそなたの声だけを聞き分けることはできない。同じ大きさの音はいくらでもあるからな。鼓膜は音を平等に伝えるが、そこから聞きたい音を拾い上げるのは、意識の分野だ」

――――そういえばそうだ。

海燕の説明は、羽流にはとてもわかりやすかった。

「特別な力がなくとも、人には十分な可能性がある。これはその訓練だ。五葉に成ることとは直接関係ないだろうが、より気脈を覚知しやすくなるだろう。覚醒めの手助けにはなるかもしれない」

そう言われると、羽流はがぜんやる気になる。

自分にはわからないが、己の中にその可能性があるのなら、探してみたい。

「もう一度やってみます」

目を閉じ、腹に意識を集中して、また呼吸を開始してみる。ただ呼吸の仕方を繰り返す羽流に、海燕は黙って付き添っていた。

「……」

身体の中を意識して、目を閉じる。

鼻から入ってくる空気が肺に入り、垂直に身体の真ん中を通るように意識をめぐらせる。けれど、目を瞑っていても自分の肩や腹が動くのがわかって、ただ息を吸って吐いているだけになってしまう。

海燕のようには、なかなかできない。

足が吸いついたように地面に落ち、繰り返しているうちにふっと耳から聞こえる音がクリアになる瞬間があるのだが、それは気のせいのようにも思えるし、海燕の示してくれた〝丹田〟は、羽流にはどこなのか場所が全く意識できない。

ひたすら深く呼吸を繰り返していると、突然海燕の声がした。

「今日はこのくらいにしよう」

「え…」

——でもまだできていないのに…。

目を開けて海燕を見ると、肩に手を置かれた。

「一度に根《こん》を詰めたところで成果の出るものではない」

「あ…」

改めて見回してみると、天空高くにあった月は、とうに移動して傾いている。自分ではそんなに感じなかったのだが、随分長い時間呼吸の練習をしていたらしい。言われて歩き出すと、立ちっぱなしだった膝がギシギシと痛んだ。

「一回やそこらでできるものとは思わぬことだ。昼間、時間を見つけて繰り返せばいい。そのうち体得できるようになる」

「はい…」

それで、呼吸の次に習得するものがあって、精霊の勉強をして、一体、五葉に成るにはどのくらいの時間がかかるのだろう。羽流は道のりの長さに不安になった。

海燕が穏やかに励ましてくれる。

「あまり思いつめるな。何かの修業をすれば成れるというものではない。成る者は何もせずとも覚醒する。これは、あくまでも補助的な刺激に過ぎない」

「……はい」

羽流が母屋に戻ろうとすると、桃李が出迎えに来た。ずっと母屋の廻《まわ》り廊下のところで控えていたようだ。

「……」

自分が練習をするのに、海燕の時間も使ってしまう、桃李たちも起きて付き合わなければならない。どんなにこれ以上練習したいと思っても、我儘《わがまま》は言えなかった。

——みんなに余計な迷惑をかけている…。

「あの、遅くまでありがとうございました。お休みなさい」

羽流が桃李と一緒に頭を下げると、海燕が少し気遣うような顔をした。

「万浬が心配していたぞ。練習に煮詰まったら、相談するといい」

「……はい」

返事はしたものの、こんなに出来の悪い訓練の悩みなど、万浬にはとても言えない。

せめて何かができるようになった報告なら言えるかもしれないが、今は無理だ。

「ではまた明日の夜」

「はい…」

羽流は沈む心を隠せないまま、海燕を見送った。

◆◆◆

翌日、羽流は朝食を終えてすぐに桃李のところに駆け戻り、周りには書物を読んでいることにしてもらい、こっそり中庭に出て昨日の続きを練習した。

足がガクガクになるまで庭で練習し、あとは海燕に借りた書物を読む。読んで知った精霊を見つけられないか、庭で探す時間が欲しくて、だんだん皆との食事に出なくなった。

食事は桃李に頼んで取り分けておいてもらう。桃李には、食卓には顔を出したほうがよいと言われたが、最終的には協力を取りつけてしまった。

羽流は時間を惜しんでいた。

「ですが、万浬様や他の方々も、ご心配されておりましたよ」

「うん…でも、なるたけ早くみんなにもいい報告ができるようにしたいし」

「羽流様…」

「じゃあ僕、行ってくるね」

「あ、羽流様！」

呼吸の練習は、すればするだけ自分の感覚に変化があり、羽流はその手応えにのめり込んだ。

確かに他の四人に比べて成長が遅いかもしれない、けれどこうやって一生懸命練習をすれば、遅れを取り戻せるかもしれない、と羽流は思ってしまう。

書物で読んだ知識も、一日も早く身につけたかった。兄たちに何かを話すなら、「これができたよ!」という報告にしたかったのだ。

――今のままじゃ、何を話していいかわからない。

羽流は急いで四阿まで走った。吐く息は白くなっていたが、寒さは感じなかった。じっと立って練習しても、少しも辛いとは感じない。

――急がなきゃ。

羽流は蔦《つた》の絡まる四阿の前に立ち、青空に向かって目を閉じる。

地面に吸い込まれるように足の裏がぴったりと安定し、探している丹田はまだわからないままだったが、腹を意識するだけで姿勢が変わった。

聞こえてくる音も、時おりとても大きくなったり、肌を通っていく風の感覚も、最初の頃よりずっと鋭くなってきている。

澄んだ空気がすうっと肺を通り越して腹の底のほうに流れ込んできて、ざわめく木々の枝や庭を通る微風から、今まで感じたことのない小さな気配たちをいくつも感じた。

世界が、どんどんクリアになっていく。

――生き物って、こんなにいたんだ。

わかること、知ること、見えることが新鮮で、羽流はその変化に驚いていた。

もっと知りたいと思った。もっともっと見えるように、感じられるようになって、早く五葉に成りたい。

「……………」

生命に満ちた庭を感じながら、羽流は夢中になってその中に埋没した。

◆◆◆

何日かが過ぎた。

海燕たちは毎日王都の中を視察している。最初のうちは桃李も心配してあれこれ羽流に言ってきたが、今は黙って毎食部屋に食事を運んでくれていた。

海燕とは夜にしか会わなかったが、皆との食事に顔を出さないことについては、何も言われなかった。

そして兄たちが部屋を訪れているのかどうかを、羽流は敢《あ》えて桃李に聞かなかった。

そのことを知りたくなかったのだ。

兄たちに報告できることがまだ何もない。今会っても、何も言えなかった。だから兄たちと顔を会わせたくない…。

「……ふぅ………」

呼吸に疲れ、羽流はついに目を開けてうなだれた。

朝から立ったままで、陽が高くなっているところを見ると、おそらく数時間は経《た》っただろう。気が付くと足はひどく痛んだが、それ以上に気持ちが重くて、足のことまで思い遣《や》れなかった。

——どうすればいいんだろう。

海燕に気息を整える方法を教えてもらい、少しはできるようになったと思っている。はじめる前まではなかった感覚も生まれ、精霊の気配にもだいぶ気付けるようになった。

書物も読んで学んでいる。

けれど、それ以上どうしていいかわからなかった。

何をしたら五葉に〝覚醒める〟のか。候補者から五葉に変化するのは、どうすればいいのか。

もっと練習が必要なのだろうか。それとも、もうこれ以上は成長できないのだろうか……。

やはり自分は五葉ではなく、もうひとりの候補が五葉に成ってしまうのかもしれない…。羽流はそんな焦燥に駆られた。

歩き出そうとすると、眩暈《めまい》のように視界が揺れる。けれど、海燕が戻ってくるまでに、もう少し書物の復習をしておきたい。

「……ぁ…」

歩いたつもりだったが、いつの間にかバランスを崩し、どさりと地面に手をついていた。

「大丈夫か！　羽流」

「……滄」

急に木立の間から滄が飛び出してきた。心配そうな顔をして羽流に近づき、膝をついて助け起こしてくれる。

「怪我はないか？」

「うん…でも滄、殿下のお供をしてるんじゃなかったの？」

滄が難しい顔をして少し黙った。

「交代でひとりずつ屋敷に残っている。お前をひとりにしておくわけにはいかないだろう」

「………」

――それは、僕が五葉候補だから？

くらくらして力の入らない身体を支えながら、羽流は心の中に浮かんだ余計な感情を呑み込んだ。

滄がこんなに心配してくれているのに、ひねくれるなど最低だと思う。けれど、心の中のわだかまりが消せない。

滄も眉間に皺を寄せたまま、いつものような顔にはならなかった。

「倒れるまで練習するなんて…食事も摂らないし、こんなにやつれるまで頑張る必要がどこにあるんだ」

抱えられそうになって、羽流は慌ててその手をどけた。

「とにかく休め。無理をするな」

「でも…」

じっとしていれば身体は休まるだろうが、気持ちは少しも休まらない。

――一日も早く、覚醒めなければならないのに。

「……五葉になんて、成らなくたっていいんだ」

「滄…」

ふいに滄が苦々しい声で言う。

――どうして?

見上げると、滄の青い瞳がじっと羽流を見ていた。

「卵はもうひとつある。あっちの候補が成ればいい」

「そんな…」

〝お前は要らない〟と言われたようで、声が出ない。

喉の奥に何かが込み上げる。

思いつめたような目で、滄が羽流の両肩を取った。

「お前がこんなことをする必要はないんだ。五葉は努力して成るものじゃない。時期がくれば、孵る者は放っておいたって五葉に成る」

「でも…」

それが成らないから、海燕がわざわざ王都まで下りて来たのではないか。

「こんな意味のない練習をする必要はないんだ」

意味がない、と言われて、羽流は自分の努力を全部否定されたような気持ちになった。

練習をはじめてから、少しは変わった。感覚は鋭敏になってきたし、視《み》える精霊も増えている。

それは全部無駄だと言うのだろうか。こんなことは五葉なら当たり前にできることだから、努力しなければできない自分は、劣等生だから駄目ということなのだろうか。

「……そんなに、駄目…?」

込み上げてきたものが抑えられなくて泣きそうになる。滄にそんなふうに言われると思っていなかっただけに、ショックだった。

「羽流…」

もうひとりの候補が五葉に成れば、自分は草原に帰される。本当に万浬たちが兄弟のように思ってくれていたとしても、きっとがっかりするだろう。

護衛官として、五葉を連れて帰るのが役目なのだから…。

「違う!」

急に滄に抱きすくめられた。

「そうじゃないんだ」

「！」

肩口で滄の声がする。

「五葉に成らないでくれ。俺はこのままずっと兄弟でいたい」

「滄……」

ぎゅっと腕に力が込められた。普段、あまり感情を表に出さない滄の態度に、羽流の泣きそうな気持ちは吹っ飛んでしまった。

「お前は、お前のままでいいんだ」

「滄」

羽流は、草原で滄が同じことを言っていたのを思い出した。

妖獣を見分けられるようになりたいと言ったとき、万浬たちのような大人になりたいと言ったとき、滄は必ずどこか苦しそうな顔をして同じ言葉を繰り返した。

ずっと、滄はそう思っていたのだろうか。自分が五葉に成らず、あのままずっと、兄弟として草原で暮らすことを望んでいてくれたから、だから否定的なことを言うのだろうか？

滄の気持ちが伝わってくるようで、胸が詰まる。

滄はあのままの自分でいいと言ってくれている。けれど羽流は、それは無理なのだと思った。

海燕の即位まで日にちはどんどん迫っている。もうひとりの候補も、孵るかどうかわからない。何よりも、羽流は海燕の役に立ちたかった。

「滄、僕は五葉に成りたい」

「羽流…」

驚いたように腕が緩められて、羽流は滄を見上げた。

「出来が悪くて、迷惑をかけてるけど、どんなに意味がないとしても、覚醒めのきっかけになるかもしれないことなら練習したい」

他人から見たら、大したことではないかもしれない。でも自分にとっては確かに変化があった。だから、投げ出したりしたくない、と羽流は思う。

「もうひとりの人が成るかもしれないけれど、それまでは頑張るから」

滄が複雑そうな顔をした。

けれど、羽流は嬉しくて滄の手を握った。滄は本当に心配してくれていたのだ。五葉に成らなくてもいいと言うほど、自分のことを考えてくれていた。

「でも、できれば僕が五葉に成って、みんなと一緒に神舟に行きたいな」

「……羽流」

見たことのないもうひとりの候補者も、同じように悩んでいるかもしれない。どちらが五葉に成るのかはわからないが、自分は兄たちと一緒にいられるように、五葉に成りたい、と羽流は願った。

万浬たちと同じ家では暮らせないかもしれないが、海燕にはきっと頻繁に会えるのだろうと思うからだ。

「ごめんね滄、心配かけて」

「……いや…」

滄はまだ何か含むような顔をしていたが、それ以上は何も言わなかった。

「もう少しだけ、残って練習したいから」

止めたそうな滄に笑顔で頼み、羽流はもう一度目を閉じて深く呼吸をはじめた。意識を集中しながら、祈るような気持ちを研ぎ澄ます。

――五葉に成りたい……。

万浬にも遡凌にも喜んでもらえる、滄にも安心してもらえるような五葉に成りたい。

そして海燕の役に立てる人になりたいと思った。

◆◆◆

夜空の星が、冷たくなった空気に瞬いて揺れる。

いつの間にかすっかり葉の落ちた枯れ枝が、風に揺れて乾いた音を立てた。

今夜も海燕が時間を割いて訓練をしてくれる。

だいぶ気息を整えられるようになったので、今度は違う訓練をはじめると海燕に言われた。

石造りの椅子に並んで腰掛け、海燕が羽流の手を取った。ふたりきりの庭は静かで、海燕の声も少し低く、穏やかだ。

「どうやって力をコントロールするのかは教えようがないが、見るより触れたほうが、より力の感覚はわかりやすいはずだ」

羽流の左手には、兄たちがつけてくれたお守りの腕輪が嵌められている。

金色の細い腕輪には、飾りのような古代の文字が彫られてあった。羽流自身に記憶はないが、身体が弱いからと兄たちが案じて病避けにつけてくれたものだ。

海燕は腕輪をちらりと見て、腕輪から下、手首を包むように握った。

触れた場所から、強い気配が羽流に伝わってくる。色に例えるなら、金色の光が肩から腕、指先に向かって螺旋《らせん》状に送り込まれてくるようだ。

――すごい。

実際の火のように熱を持つわけではなかったが、輝きと一緒に強い力を感じる。

「呼吸のときとは、全然違うんですね」

手を取られたまま羽流が驚いて言うと、海燕が笑った。

「いや、同じものだ」

「……」

――同じもの。これで……？

「精霊を探したり、呼ぶのなら、もっと力は意識的な使い方になる」

「もっと…？」

頷かれて、羽流は思わず闇に光る波動を眺めた。

――これで、呼吸しているだけなんて…。

急に、自分の練習の成果が無意味なものに思えてきて愕然《がくぜん》とする。

毎日一生懸命訓練をして、随分できるようになったと思った。あとはこれ以上どうやったら五葉に成れるのだろうと思うくらい成長できた気でいたのに、自分のしていたことなど、傍目から見たら変わったともいえない程度の変化だったのだ。

「……」

──全く次元が違う…。

打ちのめされていると、海燕の声が頭上で響いた。

「次は、こうして自分の感覚を増幅していく訓練をしよう。そうすればもっと精霊の見分けがつくようになる」

顔を上げると、海燕の表情は今までと何も変わらなかった。まるで呼吸の練習をするように、こんなすごいことを当たり前のように〝やろう〟と言う…。

「僕に…こんなことができるんでしょうか」

言いながら羽流の眉がハの字になると、海燕が笑いながら腕を離した。

「私と比べるな。私と同じことができたら、それこそ五葉どころではないだろう、そなたが即位することになる」

「……」

くしゃくしゃと長い指が羽流の髪を掻き混ぜる。

「大丈夫だ。頑張った分はきちんと成果として出ている。努力が全てではないが、無駄にはなっていない」

本当に？　言葉にならない不安で羽流が見つめると、海燕は力強く微笑んだ。

「どうした？　何が心配だ？」

「…こんな、少しずつしか上達しなくて……」

そんなことで、五葉になど成れるのだろうか。

最後まで言えなくて泣きそうな気持ちになる。

「五葉ではなく、ただの人として訓練するのだから、この程度でも仕方がないことだ」

海燕の言葉は、羽流の心の中にズシンと重く落ちた。当然のことだったが、海燕はこんな進度をよいとは思っていない。

草原で暮らしていた頃なら、きっと万浬は「急ぐことはないよ」と言ってくれていただろう…。けれど、そうやってまだ許されることを期待している甘ったれた自分が嫌だった。

頑張らなければ…。もっともっと、自分の力が不足しているのなら、その分努力で補わなければと思うのに、できないことが苦しくて涙が込み上げる。

泣きたくなかった。できないのは自分のせいなのだから、これ以上甘えたことをしたくない。

けれど、俯いて瞬きをこらえているのに、奥歯を嚙みしめても目頭が熱くなっていく。

「……」

「こういう訓練が重荷になるようなら、やめておくか？」

思いもよらないことを言われて、羽流は涙声のまま必死に頭を振った。

「いいえ、やらせてください」

ぐしっと袖で涙を拭う。泣きださないように歯を食いしばったが、ぽろぽろ涙が零れた。

「甘ったれていてすみません…でも、頑張りたいんです。あの…ご迷惑をおかけしているのはわかってるんですが、でも…あの…」

羽流はただ黙って見ている海燕を見上げた。

できると、羽流も自信を持って言い切れなかった。必ず成果を出せると言えないのに、協力をしてくれと頼むのは心苦しい。

――でも…。

「僕は、五葉に成りたいです」

海燕の表情が少し陰り、ゆっくり、頰の涙を指で拭われた。

「やはり、重圧をかけただけになってしまったな…」

「殿下…」

「すまなかった。そなたがそう思いつめるものではないのだ」

海燕にも嫌な思いをさせてしまったかもしれないと思うと、羽流は心苦しくなった。毎日こんなに時間を割いてもらっておきながら、その上できないと泣き言を言うなど…。

「五葉に成る、成らないは適性の問題だ。そなたに責任はないのだから、そんなに悩まなくてもいい」

「でもっ…」

「もし、覚醒めなかったとしても、それはそなたが五葉に向かなかった、というだけだ。何かが劣性だったわけでも、欠けるものがあるわけでもない。五葉は、ただ適性の問題なのだ」

海燕が考え込むような顔をする。

「何かの刺激が覚醒めのきっかけになるかという賭けでやってみたのだが、結果的には適性の無い者にただ余計な負荷をかけただけかもしれない。むしろ、謝るべきは私のほうだろう」

適性がない……その言葉にボロボロと涙が溢《あふ》れてくる。それは羽流にとって失格の宣告を受けたも同然だった。

――――みんなの期待に応えられない…。

「泣くな、と言っても無理だろうが、まだ本当に適性が無いと確定したわけではない。あちらの候補もまだ変化は出ていないそうだから、本当に、答えはでていないのだ」

嗚咽《おえつ》と涙と鼻水で、羽流には返事ができなかった。いつの間にか、海燕が肩を引き寄せて抱えてくれる。海燕の腕の中にいるのが温かくて、その声の優しさに涙が止まらない。

「そなたの頑張りはちゃんと認めている。それに、そなたが思うほど、五葉はよいものではないぞ」

「……」

羽流がしゃくり上げながら見上げると、海燕が微笑った。

「あとになれば、〝自分が成らなくてよかった〟と思うかもしれぬ」

「…？　どうして……滄も、そう…言うんです。成らなくて、いいって……」

涙で呼吸が整わないまま言うと、海燕の目が柔らかく見つめてくれる。

「そうだろうな。私でさえ、そう思っている」

「え……」

袖で包むように抱き込みながら、大きな手が呼吸を整えるように羽流の背中を撫でた。

「もちろん、自分の五葉が揃わねば、困るのは私だからな。即位までに全ての五葉に覚醒してもらわねばならないが、できれば、そなたではなくもうひとりのほうが覚醒してくれれば、という気持ちもある」

羽流は小首を傾げた。それはどういう意味だろう。

「五葉として覚醒してしまえば、もう今のそなたとは別な人間になる……本音を言えば、私は、そなたはこのままのほうが愛らしくてよいのではないかと思っている」

「殿下……」

海燕の黒い瞳が羽流を見つめて、それから苦笑した。

「そうは言っても、私情に流されるわけにはいかない。まだどちらの候補も覚醒めてはいないのだから、そなたがもう少し努力したいというのなら、すまないが苦労をしてもらわねばならぬ」

海燕にぽん、と励まされるように肩を小さく叩かれ、ゆっくりと腕を取られて向き合った。

「そなたが望むなら、もう少し訓練は続けよう。だが、あまり思いつめるようなことはするな」

「……はい」

羽流が涙目のまま見つめると、海燕が笑みを含んだ顔で言った。

「そなたを見ていると、情がついて困る」

「…？」

困ると言いながら、海燕は微笑ったままだ。

「手で触れるより、もう少し力が伝わりやすい方法があるが…」

見つめたままでいると言葉が途切れ、ふと海燕の顔が傾いて、みる間に羽流に近づいた。

唇に柔らかい感触がして、羽流はまばたきも忘れて目を見開く。

——わ——————っ！

「……」

心臓が止まったままになった。唇が離れてゆき、海燕が楽しそうな顔をして見ていたが、羽流にはとても声が出せない。

「違いはどうだ、と聞きたいが……それどころではないか…」

羽流が返事をしようとして口を金魚のようにぱくぱくさせると、海燕はついに声を上げて笑い出した。

「……っ……で」

止まっていた心臓が全速力で走り出して、バクバクと音を立てる。頬が熱くてくらくらした。

海燕はまだ面白がって笑っている。

「どうしても一足飛びに学ぶレベルを上げたいのなら、このくらいの手伝いはしてやる」

「で…殿下……」

喉がつっかえて声がひっくり返った。だが海燕にとっては、それも見ていて楽しいらしい。落ち着きなさい、と言ってぽんぽんと背中を撫でられる。

「焦ることはない。そなたが納得できるまで、私の逗留は延ばすことにしよう」

だから、もう思いつめないように、と言われて、海燕に付き添われて母屋に戻った。

また明日、と微笑まれたが、羽流は顔が熱くて最後まで挨拶ができなかった。

唇の感触がずっと残っていて、考えるたびに頭の中がふわっとしてしまう。

「羽流様？」

迎えにきた桃李が不思議そうに羽流を見た。

「あ、あ…なんでもない、です」

色々なことを言われた。考えなくてはいけないことがたくさんあるのに、海燕にされたことを思い出すだけで、全てのことが飛んでしまう。

あとになればなるほどドキドキした。

——うわあ……。

熱くなった頬を両手で押さえ、考えがまとまらないまま羽流は桃李と部屋に戻った。

◆◆◆

羽流の思いつめた気持ちは、突然のキスで全て吹き飛んでしまった。驚き過ぎて、何に悩んだのかさえ忘れてしまう。

それに、海燕の声を思い出すたびに、自分の中で焦っていた心が穏やかに鎮まっていくのだ。

もう一度落ち着いて頑張ろう、と思う。海燕も兄たちも待っていてくれる。時間がないのは承知している。けれど焦ったところで結果がよくなるわけではないのだ。

自分にできるところから、諦めずに続けるしかない。

庭に立ち、すっと目を閉じると、木立の間には微かに風が吹いていて、心地よく肌を撫でる。

草原の圧倒的な風にはとても及ばないが、その微風にも、生命の息吹を感じ取ることができた。

前はなかった感覚だ。

ただゆっくりと風に吹かれながら、羽流は草原での暮らしを思い出した。そういえば、自分はこうしてただ風に吹かれて、生命の通り過ぎるのを感じることが好きだった。

ただ気持ちよいとだけ感じる、素直な感覚。

久しぶりに、そんな気持ちに戻れた気がする。そして、気付けば庭のあちこちに精霊たちの気配を感じることができた。

枯草の下に、植え込みの陰に、小さいけれど無数の生き物の気配がする。

都に精霊がいないわけではないのだ。海燕が教えてくれた通り、確かに存在する。けれどそれは微かな信号で、あまりにも人間が造った物が多過ぎて、埋もれてしまっているだけなのだと思う。

——気持ちいいなあ……。

「……」

初めてこの屋敷に来たときは、まだ初秋だった。いつの間にか、空気が冷たくなっていて、晩秋から冬の訪れを感じる。羽流は目を瞑ったまま、砂粒のように小さな精霊たちの音に耳を傾けた。

おそらく目を開いても見えない。藍染や麹《こうじ》が小さく発酵の音を立てるように、微かに棲息《せいそく》しているのだ。

耳を澄ますと、大地が凍る前に準備をする、彼らの息遣いが聴こえる。

――草原は、もうすぐ雪かな。

都よりずっと早い冬の訪れを思い、草原を駆けていく風を思い出していた。

山々から吹き降ろされてくる冷たい風。雪の結晶と一緒に視えない薄絹のような気配が流れていく。

――あれは、〝烙膜《らくまく》〟だったのかも……。

華奢《きゃしゃ》なレースのように薄い模様が描かれた巻物の挿絵を記憶でなぞった。あまりにも細かい粒なので、我々にはまるで一枚の布のように見えるけれど、あれは雪の結晶の〝核〟となる粒が連なっているのだという。

書物で見たものを、いつかこの目で見えるようになれるといい。

気負わない気持ちで長い時間訓練でき、羽流は不思議に幸せな一日を過ごせた。

その夜――。

海燕はいつもと同じように庭に来てくれた。

羽流が目を閉じてゆっくり呼吸をしていると、木立の中を歩いてくる気配がわかる。目の前に止まったとき目を開けると、海燕と視線が合った。

昨夜触れた唇の感触を思い出して、急に頬が熱くなる。どぎまぎしたまま羽流がぺこりと頭を下げると、海燕が笑った。

――わ……。

海燕はいつもと変わらない様子なのに、羽流は目を合わせることができなくて、頬を赤らめたまま目を逸らしてしまう。

「どうした？」

「え、いえ……」

——殿下は、なんともないんだ…。

自分ばかりが意識してしまうが、きっと、海燕のような大人にとって、昨日のようなことはなんでもないことなのだ。

——そもそも、あれは力を伝えやすくする方法なんだから……。

海燕は自分の訓練のために協力してくれているのだ、余計なことを考えてはいけない…。おかしな熱を振り払うように、羽流は目を閉じて大きく息を吐いた。

——平常心、平常心…。

「すみません、なんでもないです。今日もよろしくお願いします」

赤みの引かない頬のまま、照れて笑いながら羽流が海燕のほうを見ると、海燕は複雑な顔をしていた。

「殿下？」

「…羽流」

「……何か、変ですか？」

「いや…」

迷うような視線が不思議だ。海燕が何かを含んだ目をしている。

「覚醒めてしまうのかもしれないな…」

「え…」

海燕の手が柔らかく頬を撫でた。

「そういう顔をしている」

「本当ですか？」

覚醒できる、その言葉に心が浮き立つ。なのに、一向に喜んでいるように見えない海燕の顔が気になった。

「殿下…？」

何がそんなに海燕の顔を曇らせるのだろうか。小首を傾げていると、肩に腕が回されて引き寄せられる。

小さく溜息をつかれるのが不思議だった。

「僕、覚醒めないほうがいいんでしょうか」

見上げて問うと、海燕がしばらく黙ってから諦めたように苦笑した。

「いや……」

海燕の苦し気な顔に、羽流は言葉が出ない。

長い沈黙の間、海燕はずっと羽流を見ていた。

言葉を探しているわけでもなく、何かを語ろうとしているのでもなく、ただ、眼差しが深く自分を捉えていて、羽流は目を逸らせなかった。

まるで己に言い聞かせるように、海燕が低く呟く。

「そうだな……そなたは五葉候補で、私は王になる者だ。こうするより他に、方法はないのだろう。これは私の私情なのだから…」

「…」

何かを諦めるような言葉と裏腹に、抱きしめる腕が強まった。

――殿下…？

抱き寄せられた胸の中で、トクトクと心臓が鳴る。呼吸のせいではなく、胸が苦しかった。

羽流の耳元で低く声がする。

「そなたに見せておきたい」

「え…？」

耳朶《じだ》に響く声に見上げると、すぐ傍に海燕の顔があった。唇が今にも額に触れてしまいそうなほど屈《かが》みこんで抱きしめられている。

「もし、そなたが五葉になってもこの景色を憶えていられたら……」

――いられたら？

続きは言葉にされなかった。

「自分の目で見る世界が、どれだけ美しかったかを、記憶に刻んでおきなさい。そして」

深い視線と、海燕の唇が額に触れる感触がする。

「できれば、五葉になっても、私とその話をしてほしい」

ゆっくりと、まるで水中深くに潜るように、身体の周りがずんと重くなって、羽流は、海燕の身体を取り巻く光の中に入ったのだと気付いた。

しっかりと腕の中に抱かれたまま庭を見つめる。

「訓練を積んだ成果だ。今ならそなたでも見えるだろう」

「……あ」

暗い部屋に、たくさんの篝火《かがりび》を掲げたようだ。くっきりと世界が濃紺と闇に沈み、精霊たちの命が夜空の星のように瞬いて煌めく。

「……」

目を見張る景色だった。あらゆる木々に宝石を散りばめたように精霊たちがいて、それぞれが美しい独自の色を放っている。

黄水晶、翡翠《ひすい》、瑪瑙《めのう》、真珠、紫水晶、琥珀…思いつく限りの色がきらきらと舞っていた。

「それぞれの命の属性に合わせて、色を放っているのだ」

「……僕、今まで、白くしか見えなかったです」

感嘆したまま羽流が目を見開いて言うと、海燕が微笑んだ。

「全ての色は重なると白くなる。どの精霊ももとを正せば全ての色を持っているのだ。だからそなたには白く見えたのだろう。しかし、本当は自分の属性により近いものの色が強く出る」

羽流には、自分の力では光を見ることしかできないのだとわかる。これは、神力を持つ海燕の力だから見ることが出来るのだ。

国を総べる者が見る世界……。

息を呑むほど美しく、煌めく旋律が音楽になる。

静寂の中で、精霊たちが飛び回るだけで、しゃらん、しゃらん、と繊細な音色が響き、彼らの軌跡が透明な蜘蛛《くも》の糸のように月下に流線を描いて、きらきらと鱗粉《りんぷん》のように消えていった。

「すごい……」

光が尾を引く、美しい織物を織るようだ。なんて綺麗なんだろうと羽流は思う。瞬きも忘れてただ見入った。

この美しい世界を見て、整えていくのが王で、その手助けをするのが五葉なのだ。

――殿下は、こんなすごい世界を統御するんだ……。

「ありがとうございます。こんな、きれいな世界を見せていただいて……」

憂いを帯びている海燕の瞳を見上げながら礼を言うと、そっと腕が離れ、いつの間にかしゅうっと視界が元の庭に戻っていた。

晩秋の風が冷たく肌を刺す、煌々《こうこう》と月明かりで影ができる庭。ついさっきまでの世界が幻覚だったのかと思うほどだ。

「殿下…？」

静けさの中で、向き合った海燕がゆっくりと羽流の頬に手を伸ばした。

物言いたげな深い瞳が羽流を見る。

「羽流……」

「…？」

海燕が言いかけたとき、夜空に大きく羽ばたく鳥の姿が見え、ふたりともその姿を見上げた。

妖獣ではない、足首に金の雙龍紋《そうりゅうもん》が入った輪をつけた、神舟からの伝令鳥だ。

鳥は木立の上を通り過ぎ、母屋のほうに角度を下げていった。

鷲《わし》より大きなこの鳥は、昼夜を問わず、戦場でも飛び続ける通信用の鳥だ。一度鉤爪で握った文書は、同じ指輪を持つ者に渡すまで決して離すことはなく、それ故止まり木で休むこともせずに飛び続ける。

海燕と羽流が母屋に戻ると、椿が植えられたテラスの前の庭には遡凌がいて、空に向かって腕を伸ばしていた。遡凌の指に嵌められていた、同じ紋の金の指輪めがけて、伝令鳥がばさっと大きな黒い翼を折りたたんで留まる。

遡凌の腕に止まった鳥から、羊皮紙に書かれた文書が落ちた。

遡凌がそれを拾う。テラスには万浬も滄も駆けつけていて、皆遡凌の手にある羊皮紙に視線を注いでいた。

目を通した遡凌の表情が引き締まる。

「恐れながら…」

遡凌の声が硬い。

「南領《みなみりょう》の候補者が覚醒したと…」

「…」

全員が微かに息を呑んだ。遡凌がつとめて冷静に、伝聞を最後まで読み上げる。

「五葉については、明朝より護衛官とともに帰還。殿下におかれましても、一刻も早くお戻りを賜りたいとのことです」

——もうひとりの人が……五葉………。


羽流は、厚い壁に押し潰されたような、息のできない痛みに、いつの間にか胸を抑えてうずくまっていた。

◆◆◆

「……」

羽流は部屋に戻された。誰もが自分を気遣ってか、〝もうひとりのほうに決まってよかった〟と言う。

即位までに五葉は揃った。何も問題はない、五葉など、そんなによいものではない…海燕を含めて皆が口を揃えて言う言葉が、自分を気落ちさせないための言い訳にしか聞こえなくて、羽流は泣かないように曖昧に同意するので精一杯だった。

月明かりの射し込む部屋は蒼《あお》く、寝台に座ったまま、立ち上がることも眠ることもできない。

——何が足りなかったんだろう……。

自分に欠けていたものはなんだったのか。もっと他に、どんな努力が必要だったのか。

考えても考えても答えは出なかった。あるのは、もうひとりの五葉覚醒という結果だけだ。

なんの役にも立たず、ただの人となって草原へ帰る自分を、長い間育てた万浬たちはどんな思いで見ているだろう。

逗留を延ばしてくれた海燕の期待にも応えられなかったことが、より羽流の心に呵責を負わせた。

――僕はこれから、どうすればいいんだろう。

兄たちのがっかりした顔を見るのも、海燕に気を遣わせて慰められるのも嫌だった。申し訳なさと、徒労に終わらせてしまったことへの罪悪感で、顔を合わせることが辛い。

草原に帰るのも、今は辛いばかりのような気がする。何もかもが元のままの世界で、万浬たちがいない…。

羽流には、ひとりでタルやシュニたちと何もなかったかのように淡々と暮らす生活が考えられなかった。

そして神舟へ戻る海燕を見送ることを考えると、もっと心が苦しい。

もう二度と会うこともないだろう。草原から来た候補者のひとりなど、忘れてしまうかもしれない。

「……」

目の前が真っ暗で、これから先というより、明日の朝さえどんな顔をしてこの部屋を出ればいいのかわからない。

――ごめんなさい……。

謝って許されるのなら、何回でも謝りたかった。皆の時間を無駄にさせて、王太子である海燕に迷惑をかけて、何にも成れなかった自分を許してほしい。

慌ただしかった夜が終わりかけ、じっと悩んでいるうちに、部屋は薄《うっす》らと明るくなりかけていた。

朝になってしまうのだ…。

カーテンをそっとめくって窓の外を見ると、滄だと思われる人影が見えて、羽流は足音を忍ばせて部屋の出口へ向かった。

僅かな衣擦れの音さえさせず、桃李に気付かれないようにそっとそっと部屋を出る。

身体ひとつ分だけどうにか開けた扉からするりと抜け、羽流はまだ暗い廊下を急ぎ足で通り過ぎた。

――――こっそり出ていこう。

とても兄たちと顔を合わせることはできない。大きな都だ。このまま大勢の人に紛れてしまえば、見つからないまま姿を消してしまえるのではないかと思う。

王都で暮らしたいとも思わない。どこか、遠いところに行ければ他国でもいい。ただ、こんな駄目な自分を隠してしまいたかった。

庭を回って、こっそり裏手の勝手口へ回る。空はいつの間にか白々と明けはじめ、まだ眠っているような庭が朝もやで白く霞んでいる。

――――ごめんなさい……。


勝手門の錠を抜き、小さく頭を下げて走り出そうとしたとき、ぐっと腕を摑まれた。

「どこへ行くのだ」

「…殿下……！」

――――どうして……。

海燕はいつになく焦ったような顔をしていた。服装も、夜着のままだ。

「……」

羽流が何も言えずに俯くと、取った腕をしっかりと握られたまま海燕に引き寄せられた。

「そなたがいなくなったら、万浬たちが悲しむぞ」

「……」

羽流は答えられず、黙って頭を横に振った。

「五葉のことは、気にしなくていい」

そういうわけにはいかない。

万浬たちの仕事だったのだ。自分が五葉になることは、万浬たちの使命でもあったはずなのだ…。

それなのに……。

崩れるように地面に座り込んだ羽流に海燕が向き合った。

「大切に育てた相手が、黙っていなくなることのほうが不幸だと、わからないか？」

――わかっている。でも……。

「……お役に…立てなくて……」

結局自分は何にも成れなかった――。

頭上の声が一瞬止まって、少し優しくなる。

「五葉に成らずとも、必要な役目はある」

――え？

「傍仕えを探していたのだ。そなたが嫌でなければ、私と一緒に神舟に戻らないか」

「……殿下…」

唐突な申し出に羽流が驚いて顔を上げると、海燕が心配そうな顔をしていた。

「必ずしも名案というわけではないが、私としてはそなたを手放したくない」

――でも…僕は、何もできないのに。

「どうだ？　神舟に上がるのは嫌か？」

「え、いえ……でも……」

突然の話に、羽流は頭がよく回らなかった。

ただ茫然《ぼうぜん》と海燕を見上げると、その背後に、万浬たちが駆けてくるのが見えた。桃李が報せたのか、その後ろに、薄桃色の衣が翻っている。

「羽流！」

必死な顔をして走ってきた万浬を見たら、羽流はこらえていたものが込み上げてきた。

目頭が熱くて痛い。

「羽流！　どうして」

駆け寄り、隣に崩れるように万浬が座り込む。そっと海燕が場所を譲ると、万浬が奪い取るように羽流を抱きしめた。

「言っただろう、五葉に成ろうと成るまいと、お前は私にとって大切な弟なんだ」

万浬の震える声に、羽流の心の中に、堰《せき》を切ったように悲しみが溢れだした。

「……っ……ごめんなさい……っ……」

万浬たちに、五葉に成った自分を見せたかった。本当の兄弟ではなかった分、殿下のお役に立つ五葉になることで、恩返しがしたかった。

そうしたら、元のように万浬の傍に行けると思ったから…。

一生懸命頑張った。けれど、それだけでは駄目だったのだ。

「五葉に……なれなくて……ごめん……」

涙が止まらなかった。どんなに頑張っても、叶えられなかった結果に、羽流は声を上げて泣いた。

海燕が、黙ってそれを見ていた。

◆◆◆

海燕のとりなしで、羽流は神舟への帰還について行くことになった。屋敷を引き払い、万浬たちは馬に、羽流は桃李がいるために用意された牛車に乗せてもらっている。

桃李以外は、全て王都の屋敷に仕えている女官だったため、俥《くるま》の中はふたりきりだ。

海燕の〝傍仕えに〟という言葉で、万浬たちは少しホッとしたような顔をした。羽流自身も、ひとりだけ草原に帰ることを考えると、ありがたい采配をしてもらったと思う。

けれど一方で、申し訳ない気がしてあまり喜べなかった。

海燕は落ち込む自分を可哀相《かわいそう》に思って、傍仕えという話を持ち出してくれたのだろうと思う。

王宮にはたくさんの人が仕えているだろうから、ひとり増えたところで困るものではないのだろうが、それでも無理に連れて行ってもらうようで気が引けた。

「羽流様？」

「あ、いえ…なんでもないです」

どうかすると沈んで考え込んでしまう。けれど、桃李に気遣わせてはいけないと思った。

当面は桃李の手伝いをさせてもらうという名目だ。羽流も、自分が特に何も技能を持っていないことはわかっているので、見習いからでも頑張りたいと思っている。

「これから、よろしくお願いします」

できる限りの笑顔を作り、羽流がぺこりと頭を下げると、桃李も微笑む。

「こちらこそ、よろしくお願いいたします。この道中のうちに、少しずついろんな作法をお伝えしますね」

「はい……」

牛車の御簾《みす》に馬の影が映って、外から声がする。

「俥で行けるのはここまでです。あとは、馬での道中になります」

「はい。羽流様、下りましょう」

「はい」

ゆっくりと俥が止まり、外に出ると、山から吹き降ろす雪風の匂いがした。そびえる山を見ると、さらにその向こうに伸びる巨大な龍山の姿に羽流は驚いた。

——大きい……。

高い山だというのは理解していた。どんなに遠くからでも見え、他の山脈が足元にしかこないのだから、高いのだろうとは想像していたが、実際に間近で見ると圧迫されるほど大きい。

神舟に辿り着くまでどのくらいかかるのだろう、羽流が圧倒されて眺めていると万浬が教えてくれる。

「神舟まではだいたい三日だ。この山の中腹に、龍山の登山口がある。険しい傾斜ではあるけれど、草木がない分、登ることはそう難しくないんだよ。開闢以来道が整備されているから、馬も使えるしね」

「……そうなんだ」

神舟で暮らす人々のために、物流用の整備はされているらしい。ただ、近づくと空が見えなくなるのではないかと思うほど巨大な龍山を見ていると、この山は本当に登れるのかと息を呑んでしまう。

牛車を引いてきた下働きや、荷物を馬に振り分けて連れてきていた屋敷の侍従たちが、登山のための準備をしている。人数のわりには荷物が多く、人ではなく、荷物を運ぶためだけの馬も何頭かいた。荷物や登山の指揮は滄がしている。

滄が荷物を積み込んでいる従者に指示をした。

「ああ、羽流の分の馬は荷馬に回してくれ。羽流はひとりでは乗れないから」

「それなら私が乗せよう」

万浬と立ち話をしていた海燕が急に振り返って滄に言った。

「殿下…」

海燕は爽やかに笑う。

「羽流、おいで」

声をかけられて、羽流は万浬たちを見たが、頷くのでその通りにした。


「滄、そなたは桃李を頼む」

「は…」

やはりひとりでは馬に乗れない桃李のために、滄の馬には女輿《こし》が鞍《くら》に据え付けられた。

滄は表情を変えずに黙々と作業をしているのでどう思っているのかよくわからなかったが、それまでずっと滄の馬に乗せてもらっていただけに、羽流は少しさみしい。けれどそれ以上に海燕の馬に乗るということに緊張した。

海燕のほうは、いつもと変わらない笑みを浮かべている。

「少々時間のかかる旅だが、ここでしか見られないものもある。楽しみにしているといい」

「はい…」

一行は登山用の冬装備を着込み、龍山口を目指して出発した。

◆◆◆

龍山へ向かう山道は、比較的頻繁に人が通るらしく、道の両脇に木立が並び、山中ではあるが道には石が埋め込まれており、がたつくものの、通るのは楽だった。海燕の背の高い黒毛の馬に乗せてもらうと、木立の間の空がずっと近くに見える。

海燕の前に座るのはとても気を遣う。あまり寄りかかっては失礼にあたるだろうと思うので、できるだけ前に座るものの、石畳を馬が踏んで進むたびにぐらぐら揺れて落ちそうになる。

懸命に足で姿勢を安定させようとしてみたが、思う通りにならない。

「そんなに離れていると落ちるぞ」

「え…あ…わ」

バランスを崩して、手綱を持った海燕の腕のほうによろけてしまう。

「あ…すみません」

姿勢を立て直そうとすると、腹に腕が回って、ぐいっと後ろに引き寄せられてしまった。

「何を遠慮している？」

「…」

――――だって…。

困った顔になって振り向くと、海燕が笑っていて、羽流は顔を赤らめた。馬に乗っているのだから、身体が近いほうが安定するのはわかっているのだが、海燕と距離が近づくと、キスをされた夜を思い出して、その感触に恥ずかしくなるのだ。

「草原では馬に乗らなかったのか？」

ぷるぷると頭を振ると、海燕が羽流の頭に手をやる。

「なら、いつも通りにしていなさい」

「……はい」

後ろに身体を預けるように座ると、滄よりがっしりした安定感が背中にして、馬と同調している海燕の動きに合うので、揺られるのはずっと楽になった。

心地よいのに、まだ胸の中がざわざわする。

頭上で低く声がした。

「面白いものが見られるから、左を見ていなさい」

「…？」

言われた通りに左を向くと、海燕が手綱を持ったまま羽流を抱えるようにして屈み、耳元に唇を寄せた。

「もうすぐ、ここにしか住まない精霊たちが見える」

低い囁《ささや》きと一緒に、微かに体温が伝わってきて、耳から首筋の辺りがぞくりとする。

「ほら、あの杉の奥にヘラジカがいる」

「…あ…ほんと、だ」

羽流がバクバクする心臓を手で押さえながらどうにか目をやると、馬がこぢんまりして見えるほど大きな体高を持ったヘラジカの姿が見えた。冠のように立派な角は枝分かれしていて、こちらの隊を見つけても驚く様子もなく、ゆったりと枯葉の上を踏みしだいていく。

「あ…」

枯葉の上に蹄が乗ると、ウスバカゲロウのような透明な両翅《はね》が何枚もひらりと舞い上がった。さくっと一足踏み込むごとに、無数の翅が蝶《ちょう》のように翅を広げて飛び出していく。

「〝繍《シュウ》〟だ。殻が固いので、動物が踏まないと割れて出てこれない」

「わあ…」

ヘラジカが歩く道に沿って、まるで領巾のように繍の群れがひらひらと飛んでいる。

お借りした書物で見た…と羽流は心の中で復習した。動物の周りに彼らがいると、獣の毛並や皮に、格段の艶が出るのだ。

「ヘラジカは平地の生き物だからな。彼らがいる山は、龍山に通じるここだけだ」

「え、何故ですか？」

「神舟からそのまますべり降りてくる精霊がいるからだろう。彼らにとって都合がよいのだろうな」

繡のいるところには、もれなく彼らが作り出す殻の養分をあてにする花が咲く。するとそこはたくさんの蜜蜂が通うところになって、蜜蜂に〝預かり子〟をする精霊〝蜂蕗《はちろ》〟が現れるのだ。

どの精霊も、何がしかの連鎖で繫がっている。

「本当に、書物で見た通りなんですね」

わかっていても、実際に見ると羽流には不思議でならない。目を丸くして見ていると、海燕が唇の端で少し笑う。

「龍山に登る途中は、もっと色々見られる」

どんな精霊が見られるのだろう…学んだものに実際に遭遇できることに、羽流は期待で目を見開いた。

海燕がぽんと羽流の頭を撫でる。

「少しは元気になれたか」

「殿下…」

海燕にも、心配をかけたままなのだ。

なるべく、落ち込んだ顔にならないようにしているつもりなのだが、やはりまだ気遣わせていることに申し訳なさが募る。

海燕が馬を進めながら話してくれた。

「急に今までのことを吹っ切れというのは無理な話だろう」

「……」

「けれど、五葉のことだけに囚《とら》われることはない。人の役割など、人間の数分だけある」

要は自分が納得できるかどうかなのだ、と諭された。

「私とて、なりたくて王になるのではない」

「え、そうなんですか？」

驚いて思わず振り向くと、海燕が少し顔をしかめている。

「言っただろう、玉座にふんぞり返って人にあれこれやらせるのは性に合わない」

末系の王族なんて、一番気楽な身分だったのに…と本気なのか戯言《ざれごと》なのかわからないことを海燕は言う。

子供のようにふてくされた顔が、決して万浬たちに見せない顔なので、羽流もおかしくてつい笑ってしまった。

海燕が微笑んで頭を包み込むように抱き寄せてくれる。

「そなたは笑っているほうが似合う」

「殿下…」

「そなたにとって満足な役目かどうかはわからないが、私はそなたに傍にいてほしい」

見上げると、海燕の瞳が優しくて、羽流は吸い込まれるように見つめた。

「五葉よりも、そのほうがずっと私は嬉しい」

「殿下」

振り向いたまま、羽流はぎゅっとしがみついた。

――今度こそ、頑張りますから。

傍仕えでできることは、五葉ほど役に立つことではないだろう。けれど、こうやって海燕に望んでもらえたことが羽流にとって心の支えだった。

五葉には成れなかったが、傍仕えというチャンスを与えてもらったのだ。だからこそ、今度は絶対に海燕の役に立てる存在になりたい。

「僕、頑張ります」

背中を抱えてくれる腕が、なだめるようにぽんぽんと心地よく動く。海燕の、クスリと苦笑するような、楽しんでいるような気配がして、羽流はそれきり胸の中の温かさにまどろんでしまった。

◆◆◆

「羽流、登山口だ。下りるぞ」

「え…あ…!」

軽く揺すり起こされて羽流が目を開けると、いつの間にか、赤ん坊のように海燕に横抱きにされていた。馬は開けたところに出ていて、辺りはもう一面夕焼けで綺麗な橙《だいだい》色になっている。

羽流は恐縮して腕の中で小さくなった。いつ到着したのかもわからないほど、眠りこけていたなんて……。

海燕がクスクスと笑った。

「お前が熟睡したおかげで、腕が温かかった」

「……すみません……」

「昨夜はほとんど眠っていなかったのだろう。寝てくれたほうがこちらも安心だ」

海燕が馬を降り、羽流は片手で抱えられるように下ろされる。先頭の万浬も、後続の遡凌と滄たちもそれぞれに馬を止めて降りていた。

海燕から離れると、風は凍った山肌の上を通って来たかのように冷たい。目の前には夕陽を背に黒々とせり上がった龍山が迫っている。

「これが入口ですか…?」

「そうだ。今日はここで野営する」

遠くから見た龍山は、その名の通り、龍が首をもたげて昇るような形をしている。龍のように細い道が一本続いていると思っていたが、実際に近くで見ると、道というよりは左右に広がる荒地が、どこまでも上に続いているようだった。とても、山道には見えない。

――こんなに広いんだ。

左右の端が見えなかった。遠くから見てわかるということは、近くだとこんなに大きいということなのだ。

上を見上げても、角度がきつ過ぎて頂上は見えなかった。羽流はもう一回大きく息を吸ってから、野営の手伝いに行く。

シンプルな人数、と万浬たちは言ったが、途中で帰した牛車と下働きを除いても従者は十数人いる。先頭に万浬がいるが、その両脇にはやはり従者がいて、彼らは手際よく馬から荷物を外し、幕屋《まくや》を建てた。

幕屋はゲルと違って四角く強度のある布で作られている。馬を繋ぎ、海燕の幕屋以外は、それぞれが宿営する小さな円錐《えんすい》形のテントが立てられ、煮炊きを担当する者が食事の準備をはじめて薪《まき》に火がつきはじめる。

「羽流様、こちらにお越しください」

「あ、はい！」

馬から下りた桃李が手招く。羽流は慌ててお供して幕屋に入り、海燕の支度を整える手伝いをした。


夜、眠るときは牛車と同じで、桃李と羽流は同じテントになった。女性をひとりで寝かせるのは危険なのと、滄たちは何かあったとき、すぐに対応できるように幕屋の周囲にテントを置いて警護を兼ねているためだ。

もちろん、羽流たちのテントの周りも侍従たちの警護兼就寝用のテントが張られている。

たっぷりと羊の毛を含ませた寝袋に潜り込んだが、山の上だけあって、屋敷と比べればとても寒い。

「……桃李、寒くないですか？」

「そうですね…」

下山のときはまだそこまで寒くなかったのに、と桃李が笑いながら首を竦める。寝袋同士を付け、並んで眠っているので、なんとなく寝つくまでふたりで話した。

「王宮って、どんなところですか？」

「……どうご説明したらいいかしら」

結い上げていた黒髪を下ろすと、桃李はもっと羽流と年齢が近い印象になった。羽流からすると、シユニと桃李はそう年齢が変わらないように見える。

桃李がくすっと横向きで笑う。

「とにかく、とても広いですわ。迷子になりそうなほどです」

王宮は、中央より前は政務に使われる公的な場で、後宮は王の私的な生活スペースになっている。王妃や王の子女など、王に家族ができた場合、この後宮で暮らす。そのため、後宮は主に女官が取り仕切っているらしい。

「古くからの伝統としきたりがありますから、身分の上下にも大変厳しい場所です」

私など、王宮に移って最初のひと月は口もきいていただけませんでしたわ、と言われて、羽流は急に不安になった。

そんなところに、自分が行って大丈夫だろうか。

「もしかしたら、冷たい態度を取られるかもしれませんけれど、でも、くじけないでくださいませね」

桃李が寝袋の中で微笑う。

「殿下は、羽流様が仕官を承諾されたことを、とても喜ばれていらっしゃいましたから」

「そうでしょうか…」

羽流にはまだ、無理に温情をかけてもらったのではないかという気持ちが抜けなかったが、桃李が励ましてくれる。

「もちろんですわ。子供の頃からお仕えしている私が保証します。本当のお気持ちですわ」


こんなふうに言ってくれる人がいるのに、いつまでもくよくよした顔をしているのは、海燕にも桃李にも失礼だと思った。

「ありがとう。頑張るね」

「ええ」

笑顔で返事をして、やがて桃李は目を閉じた。

羽流も、目を閉じたらいつの間にか眠ってしまった。

◆◆◆

翌朝。まだ夜の明けないうちに羽流は桃李に起こされた。傍仕えたるもの、主君が目を覚ます時間よりずっと前に起きて、自分の身支度は済ませておかないといけないのだと教えてもらう。

――次からは、桃李より早く起きよう。

起こしてもらうようではいけない、と羽流も気を引き締めた。自分はまだ、桃李の見習いにしてもらっただけなのだ。

桃李はくるくると手早く髪を結い上げて、うっすらと外が明るくなる頃には支度が終わっていた。

ふたりでそっと幕屋の前まで行き、そろそろお目覚めいただかないと、という時間まで外にいる。自分たちだけかと思ったら、万浬や遡湊たちも、すでに支度を終えてテントの外に出ていた。

――本当は、こうじゃなきゃいけなかったんだ。

羽流は、屋敷で自分がいかに甘やかされていたのかを知った。皆、自分が五葉になるかもしれなかったから、何ひとつ無理をさせず、お客様扱いをしてくれていたのだ。

気付かなかった自分を恥じる気持ちもあったが、これからは同じように、気配りができる人になろうと決意した。

朝焼けが空を染めはじめた頃、幕屋の中で人の動く気配がして、桃李が外から声をかける。

「お目覚めでいらっしゃいますか」

返事を聞くと、幕屋の入口をめくってようやく中に入る。海燕はすっかり夜具から出て起きていて、挨拶をすると桃李の勧めるままに絨毯に胡坐《あぐら》で座りながら言った。

「何も、寒空の道中まで礼を取る必要はない。起きたら呼ぶのだから、それまでは自分のテントにいなさい」

「そうはまいりません。幕屋に誰も控えないだけでも、ご不自由をおかけしていますのに…」

王族は、どんなときでも次の間に誰か控えているのが常なのだ。用事があったとき、すぐに女官が出てお世話ができなければならない。海燕の髪を梳《す》きながらそう言う桃李に、海燕が軽く返す。

「ならば羽流を置いておけばいい。羽流、今夜からこちらにいなさい」

「はい！」

「起きたら羽流を使いに出す。それまではテントにいればいい」

女性が吹きさらしの山中に長い時間立つことを配慮してくれたことに、桃李は深く頭を下げた。

髪を整え終わると、夜着を解いて、着替えをする。桃李が羽流に手順を教えながら、するりと帯を外し、綿の入った絹の夜着を海燕の肩から取り去った。

「羽流様、そちらのお袖を通してください」

「は、はい」

羽流も言われた通り襟を合わせて帯を回し、前で留めようとしたが、教わった通りにならない。結んでいるそばから弛《ゆる》みが出てしまって、どうにも恰好悪くなってしまう。

「羽流様、後ろ側に弛みがあるからです。きちんと前に持ってきてみてください」

「はい」

海燕の胴に抱きつくように腕を回して、後ろから帯を前にぴしりともってこようとするものの、なかなか一回でできなかった。

「すみません。お時間を取らせてしまって…」

「それが仕事という人間がいるからな。面倒だが、普段も大人しく待っている。そなたがもたつくらいは、なんということはない」

海燕は面白そうに笑うが、羽流のほうは待たせてしまうことに冷や冷やする。

「すみません」

焦りながら帯を整え、剣帯と剣を用意すると、海燕に帯取り紐を指定された。羽流は手に取って、その紐に精霊の残り香があることに気付いた。

――――繍の匂いがする…。

「これは妖獣避けになるのだ」

蹄のある獣が好んで繍の殻を踏んで割るのは、繍が毛並につくと、それが除虫香《じょちゅうこう》のように妖獣を遠ざけるからだ、と海燕が教えてくれる。妖獣の嫌がる匂いらしい。

「もっとも、大型の妖獣には効かない。まあ、虫避け程度の話だ」

「そうなんですか…」

だから、外に出るときは繍の匂いがするもの、そうでないときは、香を焚《た》きしめた、典礼用のものを使っているのだという。王宮には何種類もの紐があるそうなのだが、桃李は海燕が特に気に入っているこの二本を持ってきたのだと教えてくれた。

書物には、獣の毛並の艶がよくなるとは書いてあったが、動物のほうが何故繍を好むのかは書いていなかった。

――まだまだ、知らないことはたくさんあるんだ。

いつもよりもずっと支度に手間をかけさせてしまったことに恐縮しながら、羽流たちはようやく朝餉《あさげ》を摂りに幕屋を出ることができた。

昼間は、草木一本生えていない石ころだらけの崖道を馬でゆっくりと進んでいく。単調な道のりをただだらかに登っていくと、ふいに海燕が軽く手を上げて後ろの隊を制した。

遡淩が止まり、先導の万浬も振り返って歩みをやめる。

「この辺りがよく見える」

「？」

「少しここで待っていてくれ」

海燕が馬首をめぐらせて崖のほうに駆け出し、隊は言いつけ通りその場で待機した。

――どこに行くんだろう？

石ころが蹄に蹴られて転がっていく。崖の端が見えるにつれて、雪の湿気を含んだ風が頬をなぶった。カツッと馬が足を止め、岩だらけだった視界が一気に開ける。

雪を被《かぶ》った山々が、どこまでも眼下に広がった。

「わあ……」

「王都はあの辺りだ」

指を差され、羽流が右下のほうを見ると、山のふもとのほうに、ゴマ粒のように小さな家々が密集した街が見える。

——あんなに遠くなるまで登ったんだ。

「…すごい」

視界が続く限り、尾根の張った山々が連なる。冠雪に尾根が黒くくっきりと浮いて、大地の背中が割れたかのように隆起していた。

「ここより上だと雲の上になる。都も山も見納めだ」

羽流が振り向くと、海燕の髪が山からの風に緩くなびいている。

海燕が深い眼差しで羽流を見つめた。

「そなたにとって神舟は未知の世界だろう」

「はい…」

「後宮は女官が取り仕切る場所だ。正直、そなたには居心地のよいものではないと思う。だが、内宮の政務に関わると、もっと激しい門地の争いがある」

桃李の話を思い出して、羽流は身が引き締まった。楽な場所に行くのではない。海燕さえもそう言うのだ。

「辛いこともあるかと思う。私も、思うようには庇えぬだろう。だが、できる限り私が助ける」

手綱を持った手で、抱え込まれた。

「万浬ほど頼りにはならないかもしれないが、一緒に乗り越えてほしい」

「殿下」

とんでもない、と羽流は頭を振った。海燕と万浬たちを比較するなど、恐れ多いことだ。第一、海燕に庇ってもらうのでは、傍仕え失格になってしまう。

「大丈夫です！　僕、ご迷惑をかけないように頑張りますから」

二度と海燕に心配をかけてはいけない。そう思って羽流は目いっぱい元気に宣言したが、海燕は苦笑しただけだった。

「…頼ってほしいと言ったつもりだったのだがな」

「…？」

「まあいい。一緒に帰れるのだから、まずはそこまででよしとしよう」

「……？　頑張ります、ね？」

海燕の表情に、羽流の張り切った勢いが尻すぼみになっていく。

従者が主を頼るのでは話にならない。そう思うのだが、海燕は何故か残念そうな顔をした。

けれど、抱きしめられているうちに安心感が広がって、知らないうちに笑顔になる。

海燕の頬が自分の頬に触れ、羽流は思わず目を瞑った。

冷たい空気に晒《さら》された肌なのに、うっとりするほど心地よい。

――殿下……。

何もかも忘れてしまいそうな幸福感だった。

海燕の腕の中で、羽流はきらきらと雪の結晶をふりまく〝烙膜〟たちを感じた。海燕はもっとわかったかもしれない。

「行こう、もうすぐ雪になる」

「はい」

笑い合って腕を緩め、また駆けて隊に戻る。海燕も、何事もなかったかのように山頂を目指した。

やがて薄布をかけるように霧が辺りを覆い、雲を抜けてさらに二日ほど登って、一行はようやく神舟に辿り着いた。

◆◆◆

神舟は開闢五千年といわれる空の神殿だった。龍山の山頂に着くと、どうやってそこに在《あ》るのかわからない、広大な神舟の入口が開ける。

龍山の道から真っ直ぐ大路が貫き、階段状に何段も上がった場所に、白亜の神殿が見えた。

下界の天候が嘘のように、美しく澄んで晴れた青空に、六角形の塔が左右を囲み、中央に八角形の宮がそびえる。階段状に見える場所には緑と滝がしたたる庭がいくつも見えるから、近くで見れば、きっとそれ自体がなまじな建物より高いのだろうと羽流は思う。

大路を挟んだ左右には、王都よりずっと洗練された建物が並ぶ。白い漆喰《しっくい》の壁、飴釉《あめゆう》のかかった瓦屋根は、下界のそれと違ってどこか異国風で、平らな屋根、中庭を囲うように造られる風通しのよい白いものが多く、微風にそよぐ砂棗《すなつめ》の木が、ゆったりとタイル敷きの中庭に影を落とした。

建物も庭も、王都のそれよりひとまわり大きい。

一行は海燕の生家である、王宮から幾分離れた屋敷に入り、そこで大勢の侍従たちに迎えられ、神舟王宮に入るための身支度を整えた。

海燕の身の回りを世話する羽流たちも、そのままの身なりでは王宮に入れないからと、湯あみから着るものまで、全て支度され直すことになった。

生家は、三方を切り立った崖に囲まれた森の奥深くにあるような屋敷で、崖の岩は細い絹のような滝筋を作っていて、常に流れ落ちる水と霧で濡《ぬ》れていた。岩を覆う苔《こけ》や、その間から自生するシダ類が趣深く茂り、その景観を楽しむ趣向で建てられているらしく、どの部屋も窓が大きく、バルコニーが広く取られていた。窓を開けると、森林浴をしているように、心地よい空気が喉からすべり込んでくる。

「ん――」

羽流が大きく伸びをして息を吸う。ここは地上とは全く違う気配がした。

――すごいなあ。空気が澄んでる。

濃い、と言えばよいのだろうか。生まれたての空気、とても形容したい爽やかさで、見えないけれどそこかしこに感じる精霊の気配も、とても華やいで軽やかだ。

王宮の中央、八角形の建物の屋根は平らだ。正面からは見えないが、その屋根はまるく開いており、その真上に〝世界の境目〟がある。全てのエネルギーはそこから王宮の泉に注がれるのだ。

泉を通ってくる精霊やエネルギーは、王宮の階段状の壁の両側を滝のように流れ落ち、やがてそれは霧状の雲となって神舟の周りを取り囲む。その流れは枯渇することなく、開闢以来続いているため、地上から見ると、神舟は常に雲の中で、その姿を見ることができない。

この屋敷の岩肌に流れ落ちているのは、いわばその余波のようなもので、王宮の周りにある、王族の屋敷でしか見られないものだった。

屋敷の者たちは皆、桃李と同じような薄く淡い色の布を重ねて着ていて、動くたびに裾や袖がふわりと揺れる。

羽流も、新芽のように清々しい薄緑の衣に着替えさせてもらった。帯の上に幾重にも結わかれた繻子《しゅす》織の紐が揺れて、膝の上まで長く垂らされていた。

ここから、桃李だけがこの屋敷に残って、改めて海燕と万浬たちが王宮に帰還する。

《私は、宿下がりをさせていただいていることになっているので…》

海燕と王都の下向に従ったことは内緒なのだと念を押された。

「羽流様、そろそろご出立でございます。門までお向かいくださいませ」

「はい」

優雅な仕草で侍従が頭を下げ、羽流は正門まで案内された。従者が玄関の扉を開けると、そこにはもうずらりと騎乗した兵と徒《かち》の兵が整列している。およそ四、五十人ほどいるだろうか。

――すごい、みんな甲冑《かっちゅう》を着てる。

「羽流、こっちだ」

「滄…」

滄は銀色の帷子《かたびら》と肩当て、足元までのローブを纏っていた。

「…？　なんだ」

滄が照れくさそうに顔をしかめる。

「ううん……なんだか、別な人みたいで」

「これが王立軍の正装なんだ」

銀色の髪に銀の装束が映えて、なんだか眩《まぶ》しい。

周りを見回してみると、万浬も普段とは違う服装だった。緋《ひ》色の長衣に、深い黄土色の飾り刺繍帯を締めて長く前に垂らし、髪も、頭巾で後ろ半分を結い上げ、すっとした姿をしている。

「あれが、文官の正装だ」

遡凌は左右の割れた青い衣に、内衣の白い長衣の裾をひらめかせていて、御殿医だけが持つという金でできた腰飾りできちんと装っていた。

王宮に行くのだ、ということが、現実的に迫ってくる。皆、穏やかだが、見たことのないよそ行きの表情だった。

「殿下は先頭を行かれる。ここからは、俺の馬だ」

「うん」

正門に引き出された海燕の愛馬は、鞍も鐙《あぶみ》も付け替えられていた。凝った飾りがついた重そうなものだ。

先触れの鐘が鳴って、その場にいた兵士全員の靴音がザッと響き、海燕に拝礼する。

――殿下…。

海燕の服装も、もう武官の恰好ではなかった。馬に乗るので、裾はさばきやすいように膝丈になっているが、大袖の袍に意匠を凝らした幅広の帯、佩《は》いている太刀も金の飾りがついた、儀式で使うようなものに変わっている。

髪を結い上げ、房飾りのついた繻子の紐が肩までかかっていた。

海燕がちらりと羽流のほうに視線を向けたが、とても声をかけられる距離ではなく、滄と一緒に拝礼をするだけで終わってしまう。

「ご出立――！」

王旗と雙龍旗を掲げた徒の兵が先に進み、ゆったりと海燕の馬が蹄を上げる。昨晩、略式で王宮に入ると言われていたから、これでも簡素なほうなのだろうと羽流は思う。

万浬の言葉を思い出した。殿下が本当に正式に外出するとなったら、とても重厚な警備が敷かれるのだ。

――そうだよね。国王陛下になられるんだもの。

わかってはいたが、目の当りにすると、自分の想像力など全く甘かったのだと羽流は思った。

「羽流…」

滄が騎乗して手を伸ばしてくれる。羽流も急いで馬に乗せてもらい、ゆっくりと半日かけて王宮まで向かった。

◆◆◆

「まだ着かないんだ……」

馬に揺られながら、羽流は思わず小さく声を漏らした。進んでも進んでも一向に着かないと思っていた王宮は、やはり龍山のように遠近感がおかしくなるくらい大きかったのだ。

「神舟の三分の一は王宮だ。広いのは仕方がない」

カッポカッポと、ゆったり馬を操りながら、滄が静かに教えてくれる。

遠くから階段状に見えていた部分は、ひとつひとつが列柱で支えられた神殿のような造りで、その屋上に当たる部分にまた別の建物が建設されており、全部でそれが五段。王宮はさらにその上だ。ひとつの階から上へ行くのに、何回も折れ曲がる階段を上っていかないといけない。先刻から、王宮には辿り着いているのに階段を上るばかりで、肝心の八角形の場所までなかなか到達しなかった。

「王宮はそれ自体がひとつの街のようなものだ。この下は政務庁で、学舎や博士僚、儀典僚なんかがある」

「中で迷っちゃいそうだね」

「…慣れれば法則がわかる。配置図を持ち歩く者もいるけどな」

「ふうん」

その地図を、自分も見せてもらわないと迷子になりそうだと羽流も思う。

一番上まで上ると、まっすぐな水路が通ったレンガ敷きの広い前庭に着く。これでようやく正面の大扉が見えた。

直進している水路は大扉の前で突然切れている。滄が、ここから回廊の地下水脈に潜っているのだと教えてくれた。左右は水路に合わせて幾何学的に植物が配されていて、降り注ぐ陽射しに薄い日干しレンガの色が眩しい。そして、登山の途中は随分寒かったはずなのに、神舟は南国のように暖かかった。

「ここは全てのエネルギーが入ってくる場所だからな。一年中こんな気温だ」

「そうなんだ」

どうりで桃李たちの服装が軽やかだったはずだ、と羽流も納得する。興味深く辺りを眺め続けていると、先頭の歩みが止まった。


「降りろ、大扉に行くのは徒歩《かち》だ」

「うん」

騎乗していた兵も、一斉に下馬してざっと大扉までの視界が開けた。

――すごい……人ばっかりだ。

門まで続く左右に、剣を立てて並ぶ武将たち、その後ろにずらりと並んでいる武官。皆、滄のようなローブをかけた正装をしている。

羽流の視線のはるか先で、海燕がゆったりと歩みを進め、館から警護を務めた人々がそれに従っていた。

羽流たちはその最後尾について歩いた。道は十分広いのだが、左右に居並ぶ武官たちの前を通るのは、わけもなく緊張する。

陽射しに武官たちのローブが光り輝く。旗手の持つずっしりと重い雙龍旗が垂れ下がっていて、レンガの床に濃い影を落としていた。

見上げるほど高い天井の門をくぐり、王宮内に足を踏み入れると、それは外観同様、床も壁も、柱に至るまで全て白亜の大理石で建造されていた。

どこからともなく柔らかい光が反射して、長い回廊は全体が白く眩しい。

宮殿内に入ると、左右に控えて並ぶのは文官に変わった。万浬や遡淩のような、足元まである長衣を纏って、両手を胸の前で合わせて礼を取っている。衣の色が違うのは、制服のように役割ごとに決まっているのかもしれない。

回廊を進みながら、羽流は何度も視線を上げた。けれど天井は見えない、おそらく相当首を上げなければ見えないのだろうと思う。歩くだけで大理石の床に靴音が響いて、それが天井に向かって反響し、消えていく。

回廊は外と同じで、文官が何列にもなるほど左右に奥行があり、間隔を置いて長いつららのように柱がある。一体どこまで続くのだろうと思っているうちに、巨大な円形の広間に出た。

——ここが中心？

見上げるとそこはまるで天井がないかのように白く淡く光っていて、放射線状に敷かれたタイルに反射している。

その先に泉があるのかもしれない、と思ったが、最後尾にいる羽流には見えなかった。

ガチッと杖《つえ》の鳴る音がして、儀仗兵が杖を持ち替え、それを合図に広間にいた全員が海燕に拝礼する。

ザッと衣擦れの音がさざ波のように広がって、文武百官の全てが平伏していった。

「ご無事にお戻りくださいまして、何よりでございます」

こっそり羽流が盗み見ると、長い顎髭を蓄えた老人が進み出て深く頭《こうべ》を垂れている。

広間に海燕の声が響いた。

「留守中は手間をかけた」

海燕の声はいつもと変わらない。けれど、広間に反響する響きは峻《しゅん》厳《げん》で、知っている声だったが、羽流には遠い世界の人のように思える。

「だが全ての五葉が揃い、これで問題なく新しい治世に入れるだろう」

同意を示すように、人々が再度頭を下げた。

これだけの人たちが、五葉を待っていたのだと改めて思う。

咳払《せきばら》いひとつできないような空気の中で、海燕の気配だけが快活で、とても力強い。

「不在にした分の遅れもあるだろう。これからすぐ実務を執《と》る。苦情はそこで受け付けるから、申し出るといい」

恐れ多い、と海燕の軽やかな口調に老人が恐縮している。羽流もそう思った。誰も海燕に不満など言えるわけがない。

やがて、外の武官とは違う、白銀の甲冑を身に着けた近衛《このえ》兵がザッと海燕の背後についた。きっと退出するのだろうと思って見ていたが、海燕はそれを片手で制して列の後ろにいた羽流を見た。

「羽流、来なさい」

「え……は、はい」

急に名前を呼ばれてドキリとする。

行ってよいものかどうか、と、隣を見ると滄がこっそり手で促した。滄に付き添われ、羽流は急いで海燕の前まで出る。

近づくと、海燕の後ろには大勢女性が控えていた。海燕を中心に、左右に分かれて一列に並んでいる。皆、桃李のように美しく髪を結い上げ、色とりどりの飾り帯と紐を前で結い、領巾を腕や肩にかけていた。

海燕は左右に並ぶ女性たちの中で、一番自分に近い女性に向かって声をかけた。よく見ると、海燕の左右だけ、装い方で格の違いがわかる人物がいる。

「新しく傍仕えを置くことにした。羽流という名だ」

海燕の左側に控えていたのは、黒地に金の刺繍が施された衣を着た女性。反対側はやはり金の刺繍が入っているが、紫の衣だった。それぞれの後ろについている女性たちは、似たような色合いを基調にした衣を身につけている。

「まだ王宮のしきたりは何も知らぬ。汀瑛《ティエイ》、そなたには羽流の教育を頼みたい」

　黒衣の女性が一礼する。

「かしこまりました」

　汀瑛と呼ばれた黒髪の人物は、女性にしてはきりっとした厳しい面差しで、丁寧だがにこりともしない。

　海燕は反対側の女性にも向き直った。

「年の頃は桃李あたりが近いだろう。組み合わせは氷彌《ヒミ》に任せる」

　紫衣の女性も視線を伏せて拝礼し、了解を示す。

「桃李が戻りましたら、命じておきます」

　紫衣の女性は、汀瑛より若く、美しい顔立ちをしていたが、表情が冷ややかだ。

　羽流はどうしてよいかわからず、途方にくれてふたりの女性を見ていたが、海燕と目が合った。

　衆目の中で、あまりわからないようにしながら、海燕が微笑んでくれている。

　――殿下にご迷惑をかけてはいけない。

礼を失《しっ》さないよう、深く頭を下げると、海燕は最後に滄に声をかけた。

「それと、滄、今回そなたには王都の視察で護衛を担ってもらった。そなたはこのまま近衛として任官してもらう」

「…恐れ多いことでございます」

　滄が頭を下げると、海燕が笑う。

「錬成隊《士官学校》では次席の腕前だったと聞いている。護衛官に配属されたと聞いて、惜しいと思っていたのだ」

　滄は恐縮して頭を下げたままだった。

　――知らなかった。滄は、そんなに優秀な人だったんだ。

「では頼んだぞ」

　海燕が太い笑みを佩いて踵を返す。同時に、ご退出、と先触れが声を上げ、白銀の正装をした近衛兵がローブを翻してそれに続いた。

その次が女官の出る順番だった。汀瑛がまっすぐ羽流を見て命じる。

「では羽流、こちらに来なさい」

「は、はい。よろしくお願いします」

羽流は頭を下げたが、汀瑛はそのまままくるりと向きを変えて歩きはじめてしまう。振り返ると、滄がついていけという仕草《しぐさ》をした。

頑張れよ、という顔をされる。けれど羽流は、頷いて走り出すのが精一杯だった。

女官たちは静々と列を崩さず、羽流が慌ててついていっても、まるで誰もいないかのように澄まして歩いている。羽流はいつの間にか圧迫感で息を呑み込んでいた。

——失礼のないようにしなきゃ…。

もう、今までのように万浬や遡淩たちに頼ったりはできなのだ。

羽流は詰めていた息をそっと吐いて、列に遅れないように急いで歩いた。

◆◆◆

女官たちは、王の生活空間である後宮にいる。

政務を執り行う場所と違って、後宮は主館をぐるりと庭が囲み、その向こうには森林が見える限りを覆っていた。どの外廊下も床は白い大理石で、御簾の代わりに薄い白の紗がふわりと下げられていて、何本もの色糸で編み上げられた飾り紐がそれを留めている。一年中暖かいからなのか、格子状の窓はどれも大きくて、観音開きの扉がついているが、全て開け放たれていた。

羽流は、足音を立てず衣擦れの音だけがする女官の列についていった。

後宮の一番奥まった場所まで来ると、列は二手に分かれる。黒衣の女官たちの列と、紫衣の女官たちの列だ。

　それぞれが向き合って優雅に礼をし、粛々と左右の扉に向かう。紫の女官たちが扉の向こうに消えていってから、女官長の汀瑛がくるりと羽流のほうを振り返った。

「ここは女官の起居する間です。国王陛下、王太子殿下以外の男性が居住することはできません。職務は女官と同じですが、貴方《あなた》には従者の詰める別棟に住んでいただきます」

「は、はい…」

　きびきびとした声の迫力に圧されて羽流は慌てて頷く。

「歩濫《ホラン》、珞柳《ラクリユウ》、宿舎まで案内するように」

「かしこまりました」

　汀瑛の左右にいた女官が、命じられてすっと頭を下げた。

「勤めは明日からといたします。明朝、この場所まで来るように」

「はい」

　それだけ言うと、汀瑛はすっと扉に入ってしまう。次々入る女官たちは、必ずちらりと羽流のほうを見てから消えていった。

「では羽流様、ご案内いたします」

「はい、よろしくお願いします」

　丁寧ではあるが、この女官たちも取り澄ました顔のまま、後ろも見ないで歩き出す。

「あの…、僕、今日は何をすればよいでしょうか」

「汀瑛様は〝勤めは明日から〟と申し上げませんでしたか」

「はい…」

　取りつく島もなくて、羽流はそれ以上話しかけられなかった。後宮の入口より一歩外に出た内宮に従者用の扉があって、ここです、と言ったきり、女官たちは踵を返して帰ってしまう。

「あ、あの…」

　声は聞こえているはずなのに、彼女たちは全く立ち止まらず、するすると後宮に消えてしまった。

「…………」

扉は施錠されていて開かず、ノックをしてから随分待ち、羽流はようやく入れてもらうことができた。

「………ふう……」

溜息しか出ない。

従者用の宿舎は、小さく区切られた部屋に、それぞれ寝台と小さな簞笥《たんす》がついている。従者の対応も、ほぼ女官と同じようなものだった。

どの人も、とても物腰は優雅だが、表情を変えることなく、そして最低限のことしか話してくれない。

《私など、王宮に移って最初のひと月は口もきいていただけませんでしたわ…》

羽流は、事前に桃李に聞いておいてよかったと思った。何も知らずに来たら、ショックでへこんでいたところだ。


――こんなことでくじけちゃ駄目だ。

そもそも後宮は女性が仕える場所だ。男の自分はそう簡単には認めてもらえないだろう、と羽流は思った。その分、女性より仕事ができなければならない。

明朝、寝過ごしてしまわないようにと思うと緊張して、あまりよく眠れないまま、まだ真っ暗で月が輝いている時間に起き、言われた後宮の入口に向かった。

◆◆◆

王宮の回廊から見える外はまだ夜で、柱ごとに透かしの蔓《つる》草模様でできた丸い鉄の灯明が下げられており、曲線の影が床で揺れている。

羽流は間違えないように何度か確認し、扉の前の衛士に挨拶をして開けてもらうと、後宮の廊下にはすでに桃李がいた。

「桃李！」

「羽流様。よかった！　お起こしに行こうと思っていたんですけれど、お部屋がどこかわからなくて…」

羽流はひとりで頑張るつもりだったが、桃李の優しい顔を見るとやはりほっとしてしまう。

「羽流様、大丈夫でしたか？　ご一緒に戻れればよかったのですけれど。おひとりでどんな目に遭ったか…」

案じてくれる桃李に、羽流は笑顔で答えた。

「大丈夫、ちゃんと宿舎に案内してもらえたし」

桃李はまだ眉を顰めている。

「もっと最初に事情をお話ししておくべきでしたわ」

周囲を窺い、声をひそめて歩きながら説明してくれた。

「後宮の女官は大きく二派に分かれているのです。ひとつは先王の代からの女官長であられる汀瑛様の派閥。もう一方は殿下のご生家の系統から次官長として入られた氷彌様と配下の女官たちです」

後宮には、のちのち国王にどんな配偶者が来るか、どの妃《きさき》が王子を産むかが、各系統の家の権勢を変えるため、どの家も有能で、娘を輿入れさせてもうまくサポートしてくれる女官が予《あらかじ》め送り込まれているらしい。

中でも女官長と次官長は女官としては最高ポストにあたるため、どちらも家の威信をかけて有力な縁家の女性を選出している。

「旧来の継承順位通りではない即位ということもありますし、殿下はあの通り形式ばったことをあまり好まれませんから、汀瑛様は典礼を軽視しがちな殿下のことをあまりよく思われておられません」

本来なら、王の代が変わった時点で後宮の人事も刷新される。当然、そのとき新しい王のための後宮作りで熾烈《しれつ》な権力争いが起きる。

海燕は無用の摩擦を減らすために、先代の女官をそのまま残し、一方で、女官を送り込もうと躍起になった生家の系統の面子《メンツ》も立てる人事にした。

「氷彌様からしたら、それでも納得はされていないと思います。本来でしたら、殿下と同じ系統の家から出ているのですから、ご自分こそが女官長になるはずだと思っても当然です」

海燕を快く思わない派閥と、新旧のぶつかり合いで、女官たちは真っ二つに分断しているのだという。

羽流も昨日の、丁寧だが冷ややかな汀瑛と氷彌を思い出して納得した。

「私は氷彌様のご采配で動くのですけれど、ご生家からお連れいただいたことが、やはりお気に召さないようで…」

自分より殿下に仕えた時期が長い、というのが不興を買う原因らしい。けれど、これぱかりは桃李ではどうにもできないことだ。

「桃李」

急に桃李がはっとした顔をして、目で緊張を訴えたので羽流も口をつぐんだ。

視線の方向を見ると、女官たちの起居する棟の扉が開き、汀瑛を先頭に次々と女性たちが現れる。桃李はさっと端に寄って深々と頭を下げた。羽流も慌ててそれに倣《なら》う。

「汀瑛様、お早うございます。昨日は不在で失礼をいたしました。ちょうど宿下がりで…」

「小芝居は結構」

ぴしゃりと話を遮られ、桃李がかしこまって再び頭を下げた。

冷ややかな眼が羽流に向けられる。

「殿下が直々に仰《おっしゃ》ったのです。否《いや》も応もありません」

一切の会話を拒まれた形で、桃李はただ頭を下げ続けている。

女官たちは皆、香を焚きしめた扇を帯に挿《さ》し、金糸や銀糸を織り込んだ領巾を肩にかけ、澄ました顔をして桃李と羽流の前を通っていった。

全員が通り過ぎたあとで、ゆっくりと桃李が頭を上げ、無言で羽流に頷いたので、羽流もその後ろに続く。

あとにつきながら、羽流は心の中で申し訳ないと思った。桃李が辛く当たられるのは、自分の世話を命じられてしまったからではないだろうか。

氷彌の配下にいると言っていたのだから、本来はこうして汀瑛の列につくことはないのだろう。自分のせいで、板挟みにさせてしまったのだ。

海燕の居室は、建物の一番奥の庭側にあった。奥廊下を進み、背の高い観音開きの扉の前で立ち止まる。雪花石膏《アラバスター》の錠輪がついた、美しい彫刻で飾られた扉だ。

衛兵が扉を開け、内側に二名の女官が迎えて頭を下げる。どちらも、声ひとつ立てていなかった。やはり神舟への旅のときのように、海燕が目を覚ますまでは、大きな物音をさせないようにしているらしい。

足音ひとつ立てずに部屋の中に入り、すぐ左にある女官の控え部屋に入る。控え部屋という名だが、そこはそれ自体が随分大きな部屋で、調度品も女性らしい優美なものがしつらえられている。

汀瑛が用意された大きな椅子に座り、他の女官は姿勢を崩さず静かに壁に沿って並んでいる。羽流も桃李の横で息をひそめて並んだ。

しばらくすると、リン、と小さな鐘を鳴らす音が聞こえ、それを合図に、汀瑛が立ち上がってまた列を作り控え部屋を出ていく。

天井の高い、テラスを臨む大きな部屋に天蓋付きの寝台があり、汀瑛をはじめ、女官たちが横一列に並んで深々と拝礼した。

「お早うございます。お目覚めでございますか」

天蓋の向こうで、海燕が短く返事をする。それがなんとなく面倒くさそうな声音で、羽流は、本当は緊張していなければいけないところなのに心の中で笑いが込み上げた。

――殿下はこういうの、お嫌なんじゃないかな。

旅の途中で、海燕は宮中の仰々しさをうっとうとうしそうに言っていた。布の向こうのうんざりした表情を想像するとおかしい。

「では、失礼いたします」

汀瑛が言うと、女官がふたり前に進み出て、部屋のカーテンを左右に引く。テラスからやわらかな朝陽が見えて、部屋が一気に明るくなった。

大理石でできた白いテラス、床は大理石の上に何十色も使った織の絨毯が敷かれており、黒塗りの柱から重そうに下がっている天蓋は、光を通さない布と、透ける絽《ろ》のような布と二重になっている。

天蓋の布を開ける係、着替えを受け取る係、お召し替えの衣装を捧げ持つ係、着せかけるのを受け持つ係、剣を両手に捧げ持っている係…それぞれ、ひとつずつ仕事を持っていて、ひとつの動作がとても優雅で丁寧だ。羽流も桃李も何もすることはなく、ただかしこまって手伝いを指示されるまでじっとしている。

海燕のお召し替えは、ゆったりとした重い紫絹の衣に黒い帯で、髪も下ろしたままだった。

海燕がちらりと羽流に視線を向けたが、他の女官が目ざとくそれを見つけたのに気付くと、すっと視線を外した。

黙って支度を任せ、着替え終わると海燕は別な女官が差し出す香りのよいお茶を受け取る。目覚めに喉を潤すためのものらしい。

金模様の入った蓋《ふた》付きの小さな高坏茶碗《たかつきちゃわん》を返すと、海燕が汀瑛に尋ねた。

「大臣は来ているか？」

「次の間でお控えでございます」

「わかった…ではそちらを先にしよう」

汀瑛が僅かに眉を顰める。

「大臣には朝餐《ちょうさん》のあと、とお伝えしてありますが」

「先に指示をしておけば、食事の間に事が進む」

汀瑛は承諾の意を示して拝礼したが、段取りを無視してさっさと次の間に行ってしまう海燕の後ろ姿に、せっかちな、と小さく呟いた。

桃李は聞こえないふりをして、深く汀瑛に腰を折ると、海燕のあとを追う。羽流も慌ててそのあとに続いた。

次の間は謁見用の椅子が一段高い場所にしつらえられた公務用の部屋で、寝室ほどの広さはないが、それなりの収容空間があり、雙龍図案の絨毯が敷かれている。大臣が中央に、左右に侍従、その後ろに何人かの文官が控えていた。

「こ、これは殿下…」

「待たせたな」

予定よりずっと早い殿下の入室に、大臣が慌ててとんでもない、と恐縮する。海燕はいつものように闊達《かったつ》な笑みで本題を切り出した。

「今日の予定はどうなっている」

「は…それでは恐れながら……」

内務大臣が予定を読み上げるのを、羽流は部屋の隅で聞きながら、その過密さと細かさに驚いた。

先王廟への拝礼、各領地をはじめとした国情の細かい報告に長い時間を取られ、昼食は主だった重臣たちとの会食、午後からは即位式典に関する決裁事項が立て続けに並ぶ。

進行手順、国内外の来賓リスト、接遇をどの家の者が担当するか、席次から入国順まで、ただ報告を受けるだけではない。それが今後の外交とも影響するので、各方面の意見を聞きながら決めるという、かなり時間のかかりそうなものだ。

「なにしろ、時期が押し迫っておりますもので…」

予定を聞くだけでも、一体いつに終わるのかと思うようなスケジュールに、読み上げる大臣も恐縮気味だった。けれど海燕は軽やかだ。

「強行軍になるのは仕方がないな。長く留守にしたこちらのツケだ」

「……恐れ多いことでございます」

汗をかきながらも、大臣はほっとしたような顔をしている。逆に、肩が重くなったのは羽流のほうだった。

海燕が王都に下りた時点で、すでに即位式までは三か月を切った状態だった。なのに、その半分近くを自分のために使わせてしまっていたのだ。

「……」

こんなに切羽詰まった状況だとは知らなかった。海燕も本当は内心時間がないことに焦っていたのではないかと思う。なのに、王都の屋敷でせかされるようなことは一度もなかった。

羽流は、できることなら目の前にいる大臣に弁明したいと思った。海燕が私的な理由で不在にしていたわけではない。自分が、訓練と称していつまでも頼ってしまったから、戻るのが遅れてしまったのだ。

「五葉の様子はどうだ」

一通り予定や報告を聞いたあと、海燕が尋ねると、濃紺の衣の神官が進み出て拝礼した。他にも同じ姿は見えたが、この色の衣を着た人物は皆剃髪《ていはつ》だった。

「申し上げます。最後の五葉も無事に熟成が進んでおり、もういつでも座の交替が可能な状態でございます」

「そうか、ではどこかで一度様子を見ておきたい」

「は…ご所望いただけますならば、いつでも可能でございますが」

いかがいたしますか、と神官が大臣に向かって問うと、大臣がしばらく先の予定を見比べて、明日ではどうかと提案する。

「わかった、では明日にしよう。羽流、そなたも見に行くか？」

急に振り返られて、羽流は慌てた。

「は、はい…」

どう受け答えをするのが礼儀なのかわからず、ぺこりと頭を下げると、海燕の笑いを含んだ声が響いた。

「では、明日の時間が決まったら女官に伝えてくれ。遡凌も呼んでおくように」

「かしこまりました」

大臣が拝礼すると、海燕はさっと立ち上がって、退出の合図を待たずに歩き出してしまった。

目の前を通るとき、すっと羽流のほうに寄り、一瞬だけ視線を交わす。

それだけで羽流は胸の中が何かで満たされ、ぺこり、と笑顔で深く頭を下げた。

◆◆◆

政務に入る前に、海燕の朝食がある。けれどそれはひとりではなく、王族や貴族が相伴する、かなり格式ばったものだった。そして長い卓を囲んでする食事には大勢の女官が給仕のために配置され、取り仕切っているのは氷彌だ。

「ご起床とご就寝のお世話は汀瑛様が、お食事と沐《もく》浴《よく》は氷彌様という役割です」

桃李は、海燕の後ろをついていきながら、他の女官に聞こえない位置のときに小声で羽流に説明した。

それぞれの役割には決して立ち入らないのだと続ける。

「お傍につく者は、それとは別に交替でそれぞれの派閥から二名選出されております」

そのふたりだけは、後宮に海燕がいる間、派閥の分担を問わず必ず傍についていて細々とした用を承る。汀瑛の派閥では歩濫、珞柳がその担当をしていた。

「氷彌様の女官からは、私と羽流様です」

「……」

ドキリとして羽流は顔を引き攣《つ》らせた。ふたりしか選出されないのに自分の名前があるということは、永彌派はひとり分仕事を取られてしまったということではないか。組み合わせの選出を永彌が、教育を汀瑛が担当することで、自分の所属を複雑にしているのだということもわかった。

桃李も笑ってはいない。相槌の打ちようがなくて、羽流は食事の席に目を戻した。

卓を囲む人々は、政務を預かる官吏たちとは違う、重厚で豪華な姿をしている。年齢も、若い人物も見かけるが、たいてい海燕よりずっと年上で、中には総白髪の老人もいた。それぞれが国情や宮中の内部事情を話しており、海燕はそれをゆったりと聞きながら、時おり質問を挟んでいる。

給仕は、海燕の席だけでも三人いて、とても羽流たちが立ち入ることはできない。声がかかったときすぐ動けるように、ただ、壁際で立って控えているだけだ。

次官長の氷彌も、全体を見渡せる位置にいる。

氷彌は、海燕と少し面差しに似通ったところのある美しい顔立ちだったが、いつでも眉を顰め、笑うということがない。桃李はもちろん、羽流に対しても、視界に入っているはずだったが、空気のように素通りし目を合わせることもなかった。

「……」

次々と供される料理、金箔《きんぱく》や銀細工の施された繊細な器、華やかで贅《ぜい》を凝らした食事だというのは羽流にもひと目でわかったが、どこか息が詰まってあまりおいしそうに見えなかった。

こういう場所で、いつもと変わらず何気ない様子の海燕は、羽流から見ると別格に思える。こんな堅苦しい作法だらけの場所でも、特に構えた様子もなく、かといってくだけているわけでも、行儀を無視しているわけでもない。

優雅な仕草で、どんな場でも常にゆったりとしている。そして精悍で闊達な空気を醸し出していた。

海燕だけを見ていると、あまり窮屈な感じがしないのが羽流には不思議だ。

食事中も、海燕は活発に他の王族と議論を交わしていて、そんな姿を見ると、たったひとりの五葉候補のために、あんなに時間を割いてもらったことが嘘のようだった。

——話しているスケールが違う…。

他国との国境の情勢について踏み込んだ話をした

海燕は、朝食の席が終わると、話が長引いたから、と休みもせずに政務に向かうために後宮を出ることになった。

女官、衛兵たちが付き従って後宮と内宮を分ける扉まで見送る。羽流も桃李と並んで頭を下げた。この日で、どうにか役目らしい役目があったのはこれだけだ。

高い観音開きの扉が閉まって、海燕ほか、内宮のお付きの人々の姿が見えなくなってから、羽流はほっと息を吐いた。桃李が羽流のほうを見てねぎらう。

「お疲れさまでした」

何をしたわけでもないのに、圧倒されたのか、見送りが終わるとどっと疲れが出た。そんな様子に、桃李がくすりと小さく笑った。

「気疲れされましたでしょう。今日はもうお勤めは終わりでございますから、お休みくださいな」

「え、もう？」

「ええ、半日交替ですから」

女官たちは基本的に後宮より前にはよほどのことがないと出ない。内宮には侍従たちがいるので、政務中の海燕の身の回りは、全て貴族の子弟である侍従たちが世話する。

「ご政務の予定が詰まっておりますから、きっとお戻りは遅いでしょう。戻られてからご就寝までは珞柳様たちがお付きを務めますので、殿下にご拝謁が叶うのは、明日ですね」

「…そうなんだ」

では、その間に学ぶ時間があるのだ。

「じゃあ、あの、できれば色々と教えてもらいたいことがあるんだけど…」

挨拶の仕方や返事の仕方、どうやったらただ眺めているだけではなくて、仕事ができるのか、羽流は少しでも明日に備えて学んでおきたかった。

桃李がもちろん、というように微笑んだが、距離を置いて眺めていた女官から鋭い声が飛んできた。

「桃李、お見送りが終わったのなら氷彌様のところに戻るべきでしょう。いつまで汀瑛様のほうにいるおつもり？」

「は、はい。失礼いたしました。ただいま参ります」

氷彌の配下だとわかる衣の女官に、桃李が慌てて頭を下げた。

「行きますよ」

ねめつけるような視線を送りながら女官はくるりと向きを変えて宿舎のほうへ向かう。桃李はすまなそうにそっと頭を下げて小走りについていってしまった。羽流は桃李を笑顔で送るのが精一杯だ。

「また明日…」

あれだけ縄張り意識の強い女官なら、桃李を返してはくれないだろう。

羽流は深呼吸した。

「……やっぱり、自力で頑張らないといけないね」

汀瑛に預けられたのだから、何かを尋ねるなら、汀瑛派の女官に聞くのが筋だ。羽流はもう一度、気合を込めて息を吸いこみ、桃李が消えていった方向とは反対側の扉に向かって進んだ。

◆◆◆

夕方——。

羽流は与えられた宿舎の寝台に腰掛け、深く溜息をついた。

「惨敗かあ……」

やり方がまずかったのか、と反省してみるが、あまりにはっきりした拒絶ぶりに、さすがにくじけそうだ。

——まずいも何も、返事をしてくれないんだもん……。

序列というものがあるのはわかっていたので、宿舎を訪問し、扉を開けてくれた女性から順に、丁寧に自分の頼みごとを説明した。

傍仕えとしての礼儀を学びたい、教えてもらえないだろうか。

教えることが手間なのなら、書物でもいい、自分に学ぶ機会を与えてほしい…そう、言葉を選んで話したつもりだったのだが、結果として、何も教えてもらえなかった。それどころか、下働きの女性たちは目を逸らすし、女官たちは皆「私に言われてもわかりかねます」と判で押したように同じ返事をするだけで、あとは関係ないと言わんばかりに立ち去っていく。

最後は、ここは男子禁制ですから、と嫌そうな顔で追い出されてしまった。

――どうすればよかったのかなあ。

女官の宿舎、というのがいけなかったのだろうか。

――こっちの宿舎で頼んでみようか。

女官のしきたりとは作法が違うかもしれないが、殿下にお仕えするという点では同じはずだ。

昨日の様子からすると、こちらの反応も女官とそう変わらない気はするが、尋ねたことをまるっきり無視するというほどではなかった。

「よし…っ」

羽流は自分で自分に気合を入れて、すくっと立ち上がる。

勢いが削《そ》げないうちに、とそのまま部屋を出て、羽流は一番最初に出会った人に声をかけた。

「あの、すみません」

「…」

聞こえているはずなのに、女官同様、すっと澄ました顔をして通り過ぎられ、羽流は慌ててついて歩いた。

「お忙しいところを失礼します。あの、少しお窺いしたいことがあって」

「……どのようなことでしょうか」

ぴたりと歩みが止まり、取り澄ました顔が羽流のほうを向く。軽やかな衣は女官のように美しい紐で飾られ、すらりと細い体躯《たいく》に、整って優雅な顔立ちをした従者だ。

「王宮でのしきたりや礼儀作法を学びたいのです。書物でもよいのですが、教えていただくことはできないでしょうか」

「後宮のしきたりは門外漢ですので」

――モンガイカン？

うっかり言葉の意味を取り損ねている間に、相手はすたすたと歩み去ってしまう。

「あ…待っ、お待ちください、あの」

立ち止まりもせず、相手はすっと扉を開けて自室に戻ってしまった。

「……失敗……」

ふう、と溜息をついてその場にしゃがみ込む。

しばらく待ってみたが、二、三人で歩いてくる従者たちは、遠くから羽流を見ただけで、そっけなく進路を変えてしまった。

そこまで嫌がらなくても…と羽流は思うが、桃李も身分の上下に厳しい場所だと言っていた。食事の場で聞いた僅かな会話でも、誰がどこの家の出かはとても大きな事柄のようで、侍従の宿舎でさえ、席の序列は決まっている。つまり、どこの家の出でもない自分は、完全に圏外なのだ。

おそらく、女官のほうもそうなのだろう。男だということ以前に、貴族階級ではない、ということが口をきいてもらえない理由でもあるのだと思う。

「でも、このままじゃ、何もわからないままだし…」

しゅんとしてうなだれかけたが、頭を振って弱気になりかけた自分を鼓舞した。

――頑張れ、自分。

このくらいでくじけてはいけない。

明日は、もう少し違う方法でアタックしてみようと決意した。そのためにも、まずはきちんと眠り、誰よりも早く扉の前に集合しなければならない。

そして、海燕の前では元気な顔でいよう、と思う。

「明日も早起きだ！」

羽流は大きく深呼吸して、自分の部屋に戻った。

◆◆◆

翌朝、羽流は昨日と同じように夜明けより早く女官のいる棟の前に行った。桃李も反対側の扉からかなり早く出てきていて、汀瑛が出てくると同時に頭を下げたが、やはり一瞥《いちべつ》もされない。

じろりと見るのは女官たちだ。

気のせいか、昨日よりずっと視線が冷たくなったような気がした。一列になって海燕の居室に向かうとき、羽流はほぼ全員にひやっとする視線を投げられて身を竦めた。

――昨日の訪問は、やっぱりまずかったのかな…。

それに、今日は少し昨日より人数が多い気がする。

――でも、数えてたわけじゃないし…。

変にドキドキしながら、作法通りの起床儀式を繰り返し、何もすることがないまま、羽流は傍でじっとお召し替えを見ていた。

支度が終わったとき、海燕がふいに羽流のほうに顔を向けた。

「その巻物を持ってきてくれ」

「はい」

返事をして、羽流は寝台のすぐ脇の小卓に置いてあった書物を取ろうとしたが、すっと別の女官が卓から取り上げ、捧げ持つとそのまま澄まして歩いていってしまう。

――出遅れた…。

自分のほうを向いて言いつけてもらったが、名指しで言われたわけではない。もたもたしていた自分が悪いのだとは思うが、せっかく用を言いつかったのに、できなかったことが羽流には悔しかった。

次の間に行くときも、昨日は桃李とふたりだけだったものが、今朝は倍以上の五人に増えている。海燕が苦笑気味に汀瑛のほうを振り向く。

「やけに多いな」

「羽流はまだ見習いでございます。殿下にご不自由をおかけしてはいけませんので…」

「……」

にべもない返事に、海燕はやれやれ、という顔をしたが、あとはすぐ次の間で控えていた大臣の報告に入ってしまった。

朝餐の席でも同じだった。ぞろぞろと増えた傍仕えが入ってくることに、氷彌はあからさまに嫌な顔をし、見えない覇権争いのようなものがひしひしと伝わってくる。

うかつな自分の行動が原因だろうか、と思うと、羽流の背中に冷や汗が伝う。

桃李と一緒に、ほっと息をつけたのは、内宮の大扉を抜けてからだった。昨日の海燕の話通り、今日は羽流と桃李が内宮までお供で出られる。

衛士は何人かいたが、侍従はひとりで先導を務めていて、回廊を歩き出すと、海燕が後ろを振り向いて笑った。

「女の園は面倒だからな。うっかり口もきけぬ」

「殿下…」

心配そうに桃李が目で侍従のほうを指す。後宮と同じで、こちらも貴族の子弟だ。何かあったら家を通して筒抜けになることは明白で、桃李はそちらを心配している。

「大丈夫だ。今日は李梅《リバイ》が勤めている」

「まあ」

名を呼ばれて振り返った亜麻色の髪の侍従に、桃李がにこっと笑った。桃李は、羽流に『従弟《いとこ》です』と紹介した。

「初めてお目にかかります。羽流殿」

「ありがとうございます。羽流と申します。どうぞよろしくお願いします」

羽流は、侍従できちんと会話してくれる人に初めて出会った。残念なのは、彼は宿舎住まいではないということだ。

桃李に似た優しい顔立ちの李梅が、先導しながら説明してくれる。

「竣季《シュンリ》が遡淩を案内しております。先に五葉の間におりますので」

五葉の間は後宮に一番近い広間なのだという。李梅は、羽流にもわかりやすいように地図を広げながら歩いた。

「ここが大門で、一昨日はこの回廊を通られて謁見の間に行かれたと思います。今いるのはここで、ちょうど真ん中にある泉の門の真後ろにあたります」

「あれは泉の間ではなかったんですね…」

羽流は驚いた。随分広かったから、てっきりあの場所が真ん中なのかと思っていたのに、地図で見ると謁見の間はそう大きいものではなく、その後ろにとても大きな円形の場所が描かれている。

「泉の間は基本的に王以外入れませんので」

謁見の間、泉の間、そしてその奥に五葉の間があって、それぞれ垂直に並んで続いている。初日は、これらの間を避けて、外回廊を歩いて後宮に入ったらしい。

五葉の間は、地図上ではそれほど大きくはなく、後宮に近い場所のせいか、すぐに着いた。

そこは鉄の扉がずっと壁のように続いているところだった。

青銅色の扉はほぼ天井と同じ高さで、全体に模様が浮き彫りされている。草花とも違う、幾何学的な曲線が複雑に続いているが、真ん中にある観音開きの扉だけは二枚で一組の円模様になっていた。

地模様からすると、まるで雙龍紋のように見えるが、向き合うのは龍ではなく人の姿をしている。

「これは雙龍紋ではありません。五葉の間ですから、背景に彫られているのは五葉ですが、左右にいるのは王と祖環《ソワ》です」

「祖環？」

李梅は指差しながらにこやかに解説してくれた。

「はい、建国神話に出てくる、天地開闢の王と五葉の祖を表した図なのです」

「へえ……」

龍ではなくなぜ人の姿なのかが不思議で、羽流が尋ねると、季梅が龍が水を司るこの国のシンボルだから、だんだんこの模様が龍に変化していったのだと教えてくれる。

五葉の間の扉には扉番の兵士がふたり控えており、海燕の姿を見ると最敬礼をして扉を開けた。

——わあ……。

海燕のあとについて一歩足を踏み入れると、そこは地図で見て予想していたよりずっと大きい、がらんとした空間だった。

色の違う大理石を嵌め込んだ床は、不思議な幾学模様になっていてはるか向こうまで続いている。

外側の扉がそのまま壁になっていて、五葉の間の半分は鉄の扉が続いていた。

天井はドーム状で、吹き抜けになっている空間に、人の背の高さより大きい、丸い球体が浮いていた。全部で五つある。


コーン、と球体同士が金属音を上げて軽くぶつかると、その反動でゆっくりと違う方向に球が動いてゆき、高さも位置も、常に一定していない。

——五葉の色だ。

黄色、緑、黒、赤と青、白。それぞれの球体が、五葉の色をしている。金を司る鋼玉は、まるでシャボン玉のような膜で交互にあざやかな赤と青の色に変わっていて、白は白銀を混ぜたような乳白色に輝いていた。

「……」

音もなくゆっくりと動き、ぶつかって不思議な音を響かせる球体に見入っていると、青い衣と濃紺の衣の人物が近づいてきた。そのうちのひとりは遡凌だ。

海燕に拝礼したあと、遡凌は茶目っ気のある笑みを浮かべた。

「やあ羽流。よかった、元気そうだね」

「遡凌…」

遡凌は御殿医の立場を示す金の飾りを下げていた。遡凌だけは、海燕を前にしても、あまり態度が変わらない。

「五葉の様子はどうだ」

「だいぶ力が小さくなっております。ですが、機能は交替までもつでしょう」

遡凌の隣にいた神官が答えた。先王の五葉の話らしい。

羽流は壁の半分を占める鉄の扉に気を取られていたが、よく部屋を見てみると、円形の向こう側は扉と同じ幾何学系の模様を象《かたど》った壁が続いていて、そちらはところどころ小ぶりな扉があり、何人もの人が出入りしている。

遡凌と同じ青い衣を着た医師たちと、昨日見た濃紺で剃髪の神官たちだ。

「殿下の五葉もご覧いただけます。どうぞこちらに」

遡凌の案内で、壁に沿う扉のほうに移動する。その間も五葉の間は五個の球体がゆったりと空間を移動し、時おり互いが接触しては硬い音を響かせた。

「どうぞ、お入りください」

扉は古びた鉄でできていて、開けられたその奥は、天然の洞窟だった。床から天井まで、五葉廟の天井にあったのと同じ紫水晶が、鍾乳洞《しょうにゅうどう》のようになめらかな曲線を描いて広がっている。

「これが、最後に覚醒した〝鋼玉《コウギョク》〟です」

「もう光っているな」

「はい」

鋼玉、と呼ばれた五葉は、まるで紫水晶の寝台の上で、眠っているように目を閉じて横たわっている。

——これが、五葉……。

長い髪も、衣の裾や袖から覗く手足も、全て金色の鱗粉をつけたようにうっすらと光っていた。

——なんだろう、何かがたくさんいる…。

花粉のように小さなものが、五葉全体を取り巻いていた。それが光っているのだ。

「五葉は、覚醒するともう自分では動くことがない」

海燕が説明してくれる。

「身体についているのは〝麟《リン》〟だ。五葉が受け取る気のエネルギーに吸い寄せられて来るが、その代わり五葉を養う。だから、彼らはもう自ら食事を摂ることも、排泄《はいせつ》することもない」

五葉が生きるために必要な身体の循環を麟が代行する代わりに、麟は五葉のもたらすエネルギーの余分をもらい、五葉と共生する。

遡淩も、隣で説明してくれる。

「だからね、ここにいる御殿医と神官たちの世話だけで、彼らは退任後も寿命を全うできるんだよ」

羽流は他の四人の五葉にも会わせてもらった。それぞれ色の違う水晶の洞窟の中にいて、ほとんどの者は眠っている。けれど、目を開けていた五葉とも言葉を交わすことはできなかった。

御殿医の介助を受けて半身を起こしてはいるが、麟との共存を始めた彼らの皮膚は、金色に透けているように見える。これが、昨日他の神官が言っていた〝熟成〟ということらしい。

皆穏やかな表情をしているが、どこか別な世界の人のようで、宝石のような瞳は視力機能を放棄しているらしく、感情を読み取れない。

《覚醒したら、別人になる……》

王と大地を繋ぐ神経になるのだという説明は、羽流も何度も聞いていた。けれど、それがここまで特化した『機能の一部』になるのだとは思っていなかった。

「……」

五葉は皆、上質な絹の衣を着せられ、丁寧に世話をされている。

――でも……。

「この五葉は、即位式典のときに現在の五葉と交代する」

「……今の五葉は、どこにいるんですか?」

「あそこだ」

指差されたのは宙に浮かぶ球体だった。そのひとつひとつに五葉が単座しているという。

「代が替わるときに彼らは降りる」

役目を終えても、麟との共存が続く限り、五葉自身は生き続けることができる。けれど、たいてい王という命令系統を失った時点で五葉は弱りはじめているので、さほど長くない期間で、王のあとを追うように永遠の眠りについてしまうのだという。

……王の機能の一部。

なんとも形容しがたくて、羽流は言葉もなく五葉を見つめていた。すると、ふと五葉のほうが羽流を見た。

あまりよくわからないが、目が合ったような気がする。遡淩が軽く感嘆した。

「珍しいな。覚醒した五葉が自分から動くなんて」

五葉は明らかに意志を持って、他に人がいるにもかかわらず羽流のほうを見ている。

「笑っているような気もしますわね」

桃李が言って、海燕も面白いな、と興味深そうに呟いた。

それは、もしかしてかつて自分が候補だったからだろうか、と羽流は思う。

——仲間だったから？

視線を返してみたが、それ以上は何も起きなかった。

海燕は五葉の状態を確認できればそれで十分だったらしく、部屋を出るときに羽流に声をかけてきた。

「私はこれから政務に戻る。そなたたちはもう今日の勤めは終えただろう。羽流は久しぶりなのだから、遡淩のところでゆっくりしていきなさい」

「はい…ありがとうございます」

水入らずでお過ごしください、と桃李も李梅たちと一緒に退《ひ》けていった。

ひとり残されて、羽流は五葉の間を改めて見上げる。

——これが、自分がいるはずだったかもしれない場所……。

覚醒した五葉は、羽流の想像とは全く違っていた。こうして実際に見て、改めて五葉に成りたいかと問われると、羽流には答えられない。

神々しくて重要な役目を果たす。けれどもう、自分の人生を生きることはできない存在。

羽流は、覚醒するかもしれない、と言われたときの海燕を思い出した。

決して喜んではいなかったあのときの表情の意味が、今になるとわかる。

そして実際の五葉を見ると、少し胸が切なくなった。

神様のように崇拝はされるだろう。けれど、これは彼らにとって幸せな結果だったのだろうか。

「羽流…」

「遡淩」

じっと見ていると、隣に遡淩が来る。

「滄が、五葉になんか成らなくていいと言い張ってた理由、わかっただろう?」

「……うん」

努力で成るものではないというのもわかった。これは、まさに〝覚醒め〟て成るものだ。

「五葉になった人は、さみしくないかな」

「ん…?」

「育ててくれた人とも、ちゃんとお別れできたかな」

遡淩が笑ってぽんと肩に手を置いてくれる。

「それは大丈夫だよ。だいたい兆候が出はじめたらそれとなく説明するし、私の見る限り、覚醒する直前の五葉はみんななんだか幸せそうだったしね」

「他の候補も見てたの?」

少し意外で振り向くと、遡淩が肩をすくめた。

「私の担当の卵はひとつじゃなかったからね。だから、数か月に一度しか会わなかっただろう?」

「あ……」

羽流は都に薬草を買い付けに行く、という兄たちの説明を鵜呑みにしていたが、よく考えたら、買い付けだけでそんなに長い間いないのはおかしかったのだとようやく気付いた。

「だから、万浬や滄に比べたら、思い入れが違うのは仕方がないことだと思う。あのふたりは本気でお前の失格を望んでいたからね」

「……そうなんだ」

遡淩は、東領にいたいくつかの卵を担当していて、どの卵のところにも定期的に診察に巡回していたと話した。卵は文官・武官一組で預かり、あとは遡淩のような五葉に詳しい御殿医が診《み》て回る。

「でも、羽流のところが一番楽しかったかな」

「…ほんと？」

遡淩がもちろん、と笑う。

「五葉が全部揃うまで、医師も神舟には戻れないんだけど、その間、私の家はずっと羽流たちのいたゲルだと思っていたよ」

四人で暮らした、草原の家…。ゲルと聞いただけで懐かしくて胸が詰まった。

「本当に、役目なんてほとんど忘れるほど居心地がよかったな」

懐かしいね、と言われると、それだけ草原が遠い世界に思えた。それはもう、過去の暮らしになってしまったものなのだ。

ここはもう、地上ですらない…。

「それより、女の園はどうだい？　うまくやれてる？」

「…う…ん…まあ、なんとか」

海燕と同じ形容に、羽流が苦笑いで曖昧に濁すと、遡淩はおっかないところだからねえ、とからかう。

「滄と万浬にも、いつか会えるかな」

同じ宮殿内なら、そのうち余裕ができたら、会いに行けないだろうか。

「万浬はここからだとだいぶ遠いからなあ。滄は宮殿内を巡回で担当してるだろうし」

——もう、万浬も滄も新しい任務についたんだ。

「どこかで会えるといいな」

遡淩がいつものように片目を瞑って笑う。

「滄のほうで見つけてくれるだろう。私も見かけたら言っておくよ」

「うん！　ありがとう！」

羽流は元気に手を振って、五葉の間をあとにした。

◆◆◆

羽流が自分の部屋に戻ろうとすると、宿舎の扉の前に女官が立っていた。薄紫の衣を着ているところからすると、おそらく氷彌派の女官だろう。

「羽流様」

「はい」

頭を下げて通り過ぎようとすると声をかけられる。

「氷彌様より、特別のお計らいです。沐浴のお支度をお教え申し上げます」

「はい……あ、ありがとうございます」

お越しください、と言って女官がくるりと向きを変え、後宮に向かう。

――……？

羽流は不思議な気持ちになった。自分が習いたかった後宮の仕事だ、わざわざ呼んでまで教えてもらえるなど、本当なら飛び上がって喜びたいところなのに、戸惑う気持ちのほうが先になる。

何故こんなに急に言われるのだろう。

それも、氷彌派の女官に……。

日中も、まるでいないかのように無視されているだけに、態度の急変には違和感が残ったが、だからといって次官長からのご下命を拒むことはできない。

言われるままにあとについていき、今まで行ったことのない湯殿に入った。

湯殿は周囲より一段高くなっていて、碧《みどり》がかった大理石が使われている。真ん中に円形の広い浴槽が埋め込まれていて、風通しよく中庭を臨む造りだ。

華奢な大理石の柱がバランスよく配置してあり、柱の石は金を含んだ複雑な模様をしている。

すでに湯はたっぷりと張られ、浴室全体に蒸気が満ちていた。湯殿のお世話をしやすいようになのか、女官は、足元は隠れているが袖は肩を覆うくらいまでしかない着物だった。全部で五、六人いて、さりげなく羽流を見る。

「お履き物をお取りあそばして、どうぞこちらにお上がりください」

「はい…よろしくお願いします」

女官は澄ました顔をしているけれど、言い方は親切だ。

「殿下の沐浴には、香りを出すための花と、効能を効かせるための薬草とを使います」

「はい」

女性たちは綺麗な葡萄蔓で編んだ籠に花びらや葉を選《よ》り分けていた。

「これをお湯に浮かべます。羽流様もこちらをお持ちください」

「はい」

羽流は、甘い香りのする野生種の薔薇《ばら》と、白く可《か》憐《れん》な花弁を持つカミツレ草の籠を渡され、湯の縁まで促された。他の女官も籠を持って傍に集まってくる。

「このようにいたします」

女官のひとりが花びらを籠から掬い取り、湯の上に撒《ま》いた。

「さあ、羽流様もどうぞ」

「はい」

羽流はほっとして笑みを浮かべた。てっきり桃李以外の女官は皆自分を嫌っていると思って構えてしまっていたが、本当に仕事を教えてもらえるのだ。

少し冷たい感じはするが、こんなに丁寧に教えてもらえるのだから、汀瑛派の女官が敵視するほど、氷彌派の女性たちは悪い人ではないのかもしれない。

隣に、先ほど呼びに来てくれた女官が来る。

「お袖が邪魔でしょう。お湯に濡れてしまいますよ」

「あ…」

花びらを掬おうとすると、スッと手を伸ばされて袖をまくられる。

「すみません。ありがとうございます」

優しいな、と感動して笑顔で礼を言ったが、女官の視線は腕のほうにあった。

腕に嵌めた金のお守りが湯気の中できらりと光る。

「……ああ、やっぱり〝百葉《ひゃくよう》〟」

声音が下がり、そういうこと…、と急に女官が酷薄な笑みを浮かべた。その瞬間に、周囲の女官たちもクスクスと忍び笑いをする。

急に、周囲にぞわりとした視線が集まった。

――――え…?

笑顔はみんな優し気なようで、能面のように張り付いたものだ。

「さあ、どうぞ、撒いてごらんなさい」

「は、はい……」

羽流は気にしないように、一生懸命花びらを湯に散らしたが、他の女官たちは手を止めて眺めている。


〈どうりで……ね〉

〈おかしいと思っておりましたのよ〉

どこか嘲笑のような忍び笑いと一緒に、ひそひそと囁く声が聞こえる。湯が波打つ音しかしないなかで、どんなにひそめても声は聞こえた。

〈成れなかったということでしょう?〉

〈未練がましいこと……そんなに宮中に勤めたかったのかしら〉

「……」

百葉が何を指すか、羽流には明確にわからなかったが、聞きながら顔が赤くなっていく。誰も手を動かそうとはしなくて、まるで監視されているようだ。

思わず手を止めると、優雅な声が響いた。

「どういたしました？　まだ籠の中が残っておりますよ」

「…はい」

羽流は唇を噛みしめた。

籠の中の花がなくなるまで湯に撒かなければいけ

ない。何故ならそれが、もらった仕事だから……。

「……」

嘲るような視線と、聞こえているのがわかっているのにやめない話声を聞きながら、羽流は染まった頬を隠すこともできなかった。

――本当のことだ……。

五葉に成れなかったのに傍仕えをしているのだから、他人から見たらただの未練に見えるだろう。みっともないと笑われるのに、反論できる余地はない。はらりと花びらが芳香を放ちながら湯に落ちていくたびに、遠巻きに嗤《わら》って眺めている人々の目が腕輪を見る。

身体が弱い自分のために、万浬たちがつけてくれた、お守りの腕輪……。

羽流の視界はにじんできたが、どうしても涙だけは零したくなかった。

彼女たちの蔑むような視線から、羽流にもこの腕輪が何かの形で五葉候補の百人につけられたものだとは想像できた。けれど、たとえこれが識別用の腕輪だったとしても、万浬たちの気持ちは、本当にお守りの腕輪だったはずだ。

他の九十九人にとって識別用の腕輪だったとしても、自分にとってだけは違う。

――誰にも、恥じるものじゃない……。

そう思うのに、込み上げてくる気持ちにぎゅっと奥歯を噛みしめる。

「羽流様、そのくらいでよいでしょう」

満足気に女官が言って、整った笑みを浮かべた。

「本来、湯殿のお世話は氷彌様の女官でなければできぬこと、貴重なお勉強をさせていただいたこと、感謝をなさいませ」

口を開いたら嗚咽になってしまいそうで、羽流は一呼吸置いてから、ようやっと礼を言った。

「はい……ありがとうございました」

頭を下げる。これがどんなに悪意あるものでも、従わなければならない。反抗すれば礼儀知らずだと言われるだろうし、泣きだしたらそれこそ面白おかしく扱われるだけだ。

そのとき、羽流の脳裏に海燕の声が響いた。

《顔を上げなさい…》

涙をこらえて俯いていた顔を上げる。

《お前が悩んだり恥じたりすることは何もないのだ》

五葉に成る、成らないは適性の問題…自分は、誰にも恥じる存在ではない。

――役目をいただいたのは傍仕えとしてだ。

五葉候補者として失格したことを、自分は恥じたりしてはいけない。

「……」

海燕の言葉を噛みしめると、すっと胸の中の塊《かたまり》が溶けた。

笑顔が自然に出る。落ち着いて考えれば、確かに女官長の元に預けられている身で、沐浴のお手伝いをさせていただくのは貴重な経験だ。

「貴重な勉強をさせていただきました」

丁寧に頭を下げ、籠を返すときには、余裕を持って歩けた。

周りの女官たちは、まだ口の端に嘲笑を残していたが、羽流はもう泣きべそにはならなかった。

にっこりと笑って女官のほうを向く。

「あの、次は何をすればよいでしょうか」

連れてきてくれた女官に尋ねると、女性は鼻白んだ顔になる。

「準備はここまでです。終わりましたから、お下がりなさい」

「はい。では、失礼いたします」

羽流が笑顔のままぺこりと頭を下げて浴室を出ると、背後からざわざわとした話し声がした。

きっと自分の噂《うわさ》をたくさんするのだろう、と羽流は思う。けれど、もうそれはどうでもよかった。

――僕は恥じない。

羽流は覚悟した。たとえ腕輪を外したとしても、出自は変えられない。隠したとしてもいずれ知られてしまうだろう。けれど、誰が何を言おうと自分がきちんと仕事をすれば、いつか周りも「五葉に成り損ねた候補者」ではなく、「傍仕え」として認めてくれるのではないかと思う。

――だから、この腕輪は外さない。

羽流は左腕をしっかり摑み、顔を上げて後宮を出た。

――殿下のお役に立てる人になるって、決めたんだから。

五葉に成れなかったときに比べれば、このくらいどうということはない。

「それに、ほんとに貴重な経験だったもん」

得をした、と思うことにしよう。と、宿舎に帰る頃には気持ちを整理することができた。

食事の時間もとうに過ぎてしまい、羽流はがらんとした侍従用の食堂で夕食を摂り、明日の朝に備えて早々に寝具に潜り込んだ。

◆◆◆

翌朝も、その次の朝も、羽流と桃李にはなんの仕事もなかった。

傍仕えはまだ見習い中、という名目で五人に増やされたままで、どこに行くにも羽流は一番端の場所になる。海燕が何か用事を言いつけても、結局他の女官たちがやってしまい、羽流はおろか、桃李すらただ並んで見ているだけになっていた。

けれど羽流には、汀瑛の言うこともある面では正しいとも思えていた。宮中の作法を知らない人間に、手伝いなどさせられないだろう。

だから一生懸命見ることにした。書物で勉強できないのなら、見て、覚えるしかない。そして何かを命じられそうなときに、さっと手伝えるように立ち位置をずらしておく。

だが、どんなに構えても、今のところ羽流は他の女官たちに押しのけられてばかりいる。

見ているだけの時間は少し苦痛だった。ただ立たされていると〝あなたは役に立ちません〟と思い知らされているような気がしてしまう。

今日も羽流は壁際でじっと控えていた。海燕が着替えていくところを見ているだけだ。

「……」

海燕の横顔が目に焼き付く。

神舟に戻ってから、日を追うごとに海燕のスケジュールは過密になっていった。即位式だけではなく、この行事を機に新国王として近隣国との親交を持つ、大事な外交戦略がある。それと並行して、式典が終わってからの通常政務の準備もはじまっている。

海燕は従来の王政を継ぐだけでなく、下界と半ば分断されている現状を修正していこうとしていた。そのための打ち合わせや打診を各方面に行っているために、今までの国王よりこなさなければならないことがずっと多い。実際、次の間でその日のスケジュールを読み上げられるたびに、羽流は一体いつ殿下はお休みになっているのだろうと心配になった。

つい考え込みながら眺めていると、ふいに海燕が羽流を見た。

「羽流、今日は外に出る。それ用の帯取り紐を持ってきてくれ」

「は…はい」

名指しで言われて、他の女官もさすがに動かない。緊張したが、帯取り紐がいくつも入った箱のほうに進み、繡の匂いのする飾り紐を選んだ。

見た目はどれも同じ革だ。他の女官にはわからないかもしれない。けれど、外に出るのなら妖獣避けになる精霊の匂いがついたこの紐だろう。

選びながら、羽流は心臓がドキドキした。海燕が自分にわかるように、役目を与えてくれたのだ。ただ紐を取るだけの仕事でも、羽流にはとても幸せだった。

「どうぞ…」

もちろん、直接手渡せるはずもなく、海燕との間に太刀を持つ女性がいて、紐を結わく係の女性が当然という顔で手から紐を受け取る。

それでも、自分にできる仕事があったのが嬉しい。

太刀持ちの女官を挟んで、その向こうの海燕に笑顔を向けると、海燕も微かに笑ってくれた。

「外出用の帯を選ぶのは、羽流のほうが向いているだろう」

「ありがとうございます」

海燕の言葉が嬉しくていつまでもにこにこと笑ってしまい、汀瑛にじろりと睨《にら》まれたが、それでもいいと思うくらい幸せだった。

海燕はすぐに食餐の間に向かってしまい、そのあとはいつも通り、壁で模様の一部のようにじっとしているしかない。

後宮を出る海燕を見送り、深く頭を下げたあと、隣の桃李と目を合わせる。

よかったですね、と笑顔で示されて、羽流もこっそり頷き返していると、前にいた女官たちが振り返った。

「取り入るのがお上手なのは、桃李の入れ知恵かしらね」

いつもは目も合わせずに帰る女官が袂《たもと》で口元を覆いながら、さも嫌そうに羽流たちを見る。

「どういうことでございましょう」

桃李が丁寧に尋ね返したが、答えは逸らされてしまった。女官は桃李を無視して羽流のほうを向く。

「殿下へのご迷惑を考えたら、自ら身を退くのが筋でしょうに、いつになったら気付くのかと思えば…」

もうひとりの女官も、眉根を寄せて羽流に非難の目を向ける。

「氷彌様のお仕込みがよいから、居座るだけの図太さはお持ちなのでしょうね」

「私はともかく、羽流様は氷彌様の女官ではございません」

桃李の反論に、女官たちの視線がさらに嫌悪を含んだ棘《とげ》のあるものに変わった。

「おお嫌だ。口だけは生意気で…これだから氷彌様の女官は…」

「地方官吏の娘に成り損ないの百葉…汀瑛様もとんだお荷物を持たされたこと…」

「本当に、山肌の雛《ひな》育ちのくせに、よく恥ずかし気もなく王宮についてきたものだわ」

口を開きかけた桃李より先に、羽流は声を上げていた。

「お待ちください、あの…」

自分のことはともかく、桃李を貶《おとし》められたことが嫌だった。

「桃李の育ちは殿下のご生家です。失礼ではないですか」

女官たちが眉を吊《つ》り上げる。

「僕は確かに草原の育ちなので、至らないところがあると思います。けれど、桃李は殿下のご生家にいたのですから、そんなふうに言うのは失礼だと思うんです」

まあ、と女官が言葉を濁して羽流を睨んだ。

羽流はとっさに、また女官との亀裂を生んでしまうかもしれないと思ったが、こんなに親切にしてくれる桃李が侮辱されているのすら助けられないのは嫌だと思う。

「僕はできるだけ殿下のご迷惑にならないように頑張ります。なので、今後ともどうぞよろしくお願いします」

身を退くなんて考えません…と心の中で続けて羽流は頭を下げた。

下げられたほうは、どうとも返事のしようがなかったらしく、こそこそと聞こえるような聞こえないような捨て台詞《ぜりふ》を囁いて、互いに、行きましょう、とその場から逃げるように去っていった。

女官たちが消えたあと、羽流は桃李のほうを向いて謝った。

「ごめんなさい…僕のせいで、桃李まで悪く言われて」

　言い返したものの、そもそも桃李が理不尽な言いがかりをつけられるのは、自分と組まされたからだと思うと、羽流は申し訳なくなる。

「いいえ。羽流様が仰らなかったら、私のほうで言わせていただいたと思います」

　桃李がかわいらしく拳を作った。

「言われっぱなしにしておくと、あの方たちはもっと増長していきますから、毅然《きぜん》とされたのはよいことです」

　もっと言い返してもいいんですよ、と言われて羽流は目を丸くした。

「桃李…強いんだね…」

「後宮の序列に従うのと、何もかも言いなりになるのとは違いますもの。だから私も負けません」

　くすっとお互いに笑う。

「僕も、負けないようにする」

「ええ、一緒に頑張りましょうね」

　まだ何ひとつ殿下のお役に立てていないけれど、絶対くじけない、と羽流も心に誓って扉の前で別れた。

◆◆◆

　翌日、羽流は昨日と同じように海燕に帯取り紐を持ってくるよう命じられた。けれど、紐を入れた箱の中に、繍の匂いのついたものがない。

「昨日の帯紐はどこにあるのでしょう？」

　羽流が箱を持っていた女官に聞くと、つんとした声で返される。

「中の紐は昨日と同じです」

「でも、昨日の紐が見当たらなくて……」

「同じ革でしたら、こちらです」

　でもそれは繍の匂いがしない紐だ。

「色は同じなんですけれど、違うんです」

訴えても、女官はいらいらした顔をしている。

「私共に違いはわかりません。中身は昨日から触れておりません」

「……」

なんの言いがかりを、と小さく言われて返しようがない。確かに、傍目《はため》には昨日と本数は同じで、色や革素材も変わっていない。

たまたまその革に精霊の匂いがついていない、というだけで、同じ革素材であることには違いない。だから、精霊の気配のわからない者に区別はつかないのだ。

羽流も説明のしようがなく、仕方なくもうひとつ、海燕が旅のときに使った紐を選んで持って行った。

「あの…申し訳ございません。外出用のものが見当たらなくて……」

謝ると、海燕はどうということはない、という顔をした。

「ああ、ではそれでいい」

――せっかくお仕事をいただいたのに、役に立てなかった……。

そのまま支度が済み、海燕は公務に出てしまった。しかも今日は宮中で会食があり、羽流は食餐の間へのお供も、次の間へのお供もできない。

全員で内宮への扉まで見送りをし、汀瑛を先頭に皆で拝礼する。羽流のいる最後尾からでは、後ろ姿もはっきりとは見えなかった。

「……」

気持ちが沈んで小さく溜息をつくと、すっと汀瑛が振り返り、厳しい声を響かせた。

「帯取り紐に細工をしたのは誰です」

女官たちの空気がざわつく。汀瑛はきりっとした表情を変えないまま、女官全員に問いただしている。

「差し替えた者が名乗り出ないのなら、明日から帯取り紐の管理は私がします」

女官たちが互いに目を見合わせた。誰も面と向かって汀瑛に意見はしなかったが、ひそひそと声は聞こえる。

〈百葉でもなければ気付けないことでしょう？〉

〈私たちに言われてもね…〉

なんとなく、こういう声だけは羽流にもよく聞こえた。自分のせいで汀瑛の怒りを買い、いい迷惑だという空気だ。

「いかなる理由であれ、殿下にご迷惑をおかけするようなことは許しません」

紐の件は、名乗り出るまで私の預かりとします、と宣言して汀瑛は女官を解散させた。

女官長は職務にプライドを持っている。だから、自分のことは気に入らないかもしれないが、職務に差し障りの出る妨害を許さないのだと羽流は思う。

女官たちのうちの何人かは、百葉のせいだ、と遠回しに皮肉って通り過ぎていった。桃李が気遣ってくれたが、さすがに羽流も元気には笑えない。

意地の悪い言動も無視も、だいぶ免疫がついたし慣れてきた。けれど、百葉と蔑まれるたびに心のどこかが傷ついている。

「負けちゃいけない…」

——ん、だけどね……。

カラ元気を頼りない声で口にして、羽流は宿舎に戻った。


その夜、羽流は、いつもなら挨拶をしても素通りされる侍従に、部屋まで呼びにこられた。

「後宮から使いの女官が来ている。ついていくように」

「はい…」

——なんだろう。

羽流はとっさに前回の嫌がらせを思い出したが、居留守を使うわけにはいかない。第一、後宮からの呼び出しならばどうあっても行かなければいけない。

「お待たせいたしました」

急いで出ていくと、使者は氷彌派の女官だった。

「殿下がお呼びでございます。おいでください」

「はい」

――ほんとかな。

すっかり疑い深くなった自分を嫌だなと思いながら、でもまだ少し疑ってしまう。

「あの…、なんのご用でしょうか」

「……」

問いかけてみたがやはり答えてはもらえず、羽流は仕方がなくついていった。

がらんとした廊下を通り抜け、海燕の居室に入る。夜に入室するのは初めてだった。

「羽流様をお連れしました」

女官に続いて頭を下げると、部屋には氷彌をはじめ、氷彌配下の女官たちが数人控えており、海燕は政務を終えて戻っていた。

――本当に殿下がお呼びになったんだ。

少し意外で、驚いて見ると海燕が笑って手招いてくれる。

「庭に出る、人払いを」

「夜分に危のうございます。だれか、衛士を」

眉を顰めて女官に護衛を呼ばせようとする氷彌を、海燕の覇気のある声が止めた。

「よい、羽流は精霊だけでなく、妖獣の気も察知できる。用心にはこれで十分だから呼んだのだ」

「…」

氷彌は険しい目で羽流を見る。

その視線を押し伏せるかのように、海燕が羽流の肩に手を置いて、押し出すようにテラスのほうに向かった。

「今日は妖獣避けの帯取り紐ではないからな。羽流を連れていけば散策も安心だ」

氷彌の美しい顔がもう少し険しくなったが、海燕が歩き出すと礼節通りに拝礼して見送る。女官たちも扉を開け、言われた通り、ついては来なかった。

夜の庭に出ると、地上より月が近いせいか、煌々と輝いていて、水路を流れる水が、きらきらと反射している。

羽流は精霊の気配はわかるが、その善悪は判別できない。帯取り紐ほども役に立たないことを、海燕が敢えて伏せてくれたことに、羽流は恐縮して謝った。

「すみません。庇っていただいてしまって…」

羽流は、海燕が呼び出したのは、朝の帯取り紐の一件で、氷彌に説明するためだったのかもしれないと思った。

ぺこりと頭を下げると、海燕が振り向いて笑う。

「気を回し過ぎだ。私はただ、そなたに会いたくて呼んだだけだ」

「殿下…」

「勤めはどうだ？　辛くはないか？」

海燕の案じるような表情に、羽流は頭を振って笑った。

「大丈夫です。楽しいです」

「…」

「まだ、全然お役に立てていないですけど」

羽流が笑うと、すっと頭に手が伸ばされる。

「頑張っているのはわかっている。毎日見ているからな」

「殿下……」

海燕の手が温かくて心地よい。

「不自由なことはないか」

背中を抱えるように腕が回り、羽流はゆっくりと海燕の胸元に引き寄せられた。

心地よくて、うっとりして、目を開けていられないほどだ。

「大丈夫です。少しずつですけれど、僕、ちゃんとお行儀とか覚えて……あ！」

羽流は、がばっと夢の中から覚めたように両手で海燕の胸を押して離れる。

「あのっ…殿下！　お行儀の書物をお借りできないでしょうか」

「行儀…？」

海燕が目をぱちくりさせた。ずうずうしいかもしれないとは思ったが、海燕からしか書物を借りたことがない。他の相手を思いつかず、羽流は勢い込んで頼んだ。

「僕、もっとお行儀とか、宮中のしきたりとかを勉強したいと思うんですど、そういう本がどこにあるかわからなくて…」

海燕が呆気にとられたような顔をし、そしてこらえられないように笑う。

「何を言いだすかと思ったら……それか」

「殿下、僕は真剣なんです」

呆れたように笑ってから、海燕がぽんと羽流の頭を撫でた。

「……ねだられるのがそれではな…」

「…？」

「まあいい……おいで」

海燕が笑いながら嘆息して、羽流の手を引く。

「あの…殿下、どこへ」

「博士たちのところだ」

――――え…？

「ただ書物を貸すより、そなたは気に入るだろう」

「…？」

海燕は庭の中を迷路のように走っている水路に沿って歩き、階段になっている場所を下りていく。

細かく段差があり、泉から伝う流れが小さな滝のように落ちる水路沿いは、全て草花が植えられ、立体的な庭が月下に浮かび上がった。

「ちょうど、後宮の下の場所が博士僚になっている。そこにはあらゆる学問を修める博士たちがいるのだ」

一階層分下りると、また庭に面した建物がある。そこは後宮ほど華やかな庭ではなく、整然とした木立が並ぶすっきりとした庭だった。その向こうに、王宮よりずっとシンプルな、灰色の石でできた学舎が建っている。

「なかでも一風変わった博士がいてな。こんなことがなくても、いずれそなたに引き合わせようと思っていた」

「殿下…」

要所要所に衛士がいて、海燕の姿を見ると、カチッと踵を鳴らして最敬礼する。

石造りの列柱が並ぶ学舎も、数メートルおきに鉄灯籠が吊り下げられ、中の灯《あか》りが揺らめいて地面に蔓草の模様を落としていた。

学舎に扉はなく、石段を数段上がると、がらんと広いタイル敷きの広間がある。灯りを持った衛士がすっと寄ってきて隣に並び、別な者が報せに走る。

ほどなくして、長い鼠《ねずみ》色のガウンを羽織った驚くほど小柄な老博士が現れた。

深い皺が年齢の高さを示していたが、強い知性の輝きを宿した瞳は、逆に年齢をわからなくする。

「これは殿下、いつものことながら、不意打ちですな」

「思い立ったものでな」

老学者が椅子を勧めると、若い弟子と思われるふたりが、後ろからすっと出てきて海燕の椅子を引き、別な学者が茶を持ってくる。

老博士は動じる様子もなくふぉっと笑った。

「相変わらず風来坊な王子じゃ。いや、もう陛下でしたかの」

「まだ即位はしていない。今日は百葉を連れてきたのだ。名を羽流という」

羽流は、海燕の口から百葉と言われてどきりとしたが、老学者はほう、と視線を向けてきただけだった。

「最後まで五葉の候補だった者だ。今は傍仕えとして召し上げている」

「相当視えている、ということでしょうな。よい人材じゃ」

黒目しかないように見える老人の眼が興味深そうに羽流を眺めた。

小柄で、禿頭《とくとう》寸前の毛髪は名残しかなく、ただ真っ黒な瞳だけが黒曜石のように強く光っている。

「本人が学びたいというのだ。昼間は勤めがあるが、夜の空いた時間でここを使わせてもらいたい」

「あ、あの、よろしくお願いします」

老博士が真っ黒な目を細めた。

「それは善いことですな。ここは扉も鍵もない学舎。お好きなときに、お好きなように来られるとよい」

「はい！　ありがとうございます」

羽流が勢いよく頭を下げると、海燕が笑った。

「私も時々様子を見に来る」

「はい！」

老博士の名は混崘《コンロン》と言った。博士は、自身の個人書架に案内してくれながら、海燕が立太子前からここに入り浸りで学んでいたのだと教えてくれる。

「もう、住んでおられると笑われるくらいここに居ついておいでだった」

――――そんなに勉強されていたんだ……。

書架のある部屋に招き入れられると、そこにはどれがどの種類なのかわからないほど書物が収められており、博士が、ひとつひとつの分類から教えてくれた。こんな書架が、専門分野ごとに何棟もあるらしい。

博士は、自分の書架は無許可で入って読んでよいと羽流に言った。

――――殿下に少しでも追いつけるように学ぼう。

海燕のようにはとうていなれないだろうが、少しでも早く宮中や神舟のことを学びたい。

羽流は、博士に宮中の行事について記した書物を取り出してもらい、夢中になって読んでしまい、いつ海燕が帰ったのかすら気付かなかった。

◆◆◆

翌朝、帯取り紐を入れた箱には、繍の匂いがついた紐がきちんと戻されていた。箱の中にはもうひとつ桐《きり》の仕切り箱が入れられて、外出用と区別がつくようにされている。これで、誰でも妖獣避けの紐がどれか、わかるようになっていた。当然、紐を渡す係も元の女官に戻っている。

　結局誰の仕業かは公式には明らかにされず、羽流の仕事はないままだった。けれど、浴びせられた雑言に強気で反発したせいか、前ほど聞こえよがしに羽流に対して悪口を言う女官はいなくなった気がした。

　友好的になったわけではなかったが、汀瑛の厳しい対応も響いたのだろう、色々とつついて困らせようという空気は減った。

　それは羽流にとって前進と言えなくもなかったが、それよりも、羽流は博士僚に連れて行ってもらえたことのほうが嬉しかった。学ぶための道筋があると、ただやみくもに探し回るような不安が消える。朝から女官たちと一緒に海燕を見送り、そのあとはできる限り博士僚に行く時間を作った。

　学べることが楽しい。礼節のための書物も、精霊の仕組みを書いた巻物も、果ては果物の育て方の本まで、ありとあらゆる知識が書棚に詰まっている。

　天体も学問の分野としてあるのだということを羽流は初めて知った。夜通し星の運行を観測するために、博士僚は昼夜を分かたず開かれており、いつ訪れても、いつ帰っても咎められることはなかった。

　その夜も、羽流は灯りを借り、書棚の傍の机に本を広げて読んでいた。ふと気付くと、急に隣でふぉ、というくぐもった笑いが聞こえる。

「博士…」

　真っ黒な瞳と、口元の見えない髭がすぐ傍にあって驚く。

「だいぶ、のめり込んでおるの」

「…あ、すみません。長々お邪魔して」

「いやいや…」

　勤めに障りが出ないように、とは注意しているものの、一度博士僚に来てしまうと書物に没頭して時間を忘れてしまう。

「殿下も期待されておるようじゃ、私も楽しみでの」

「そんな…」

博士と呼ばれるほどの人に言われると、羽流もどう返事をしていいかわからない。照れていると、博士は部屋の棚を開けて、茶器を取り出した。

「まあ、休み休みやりなさい。先は長い」

「はい…あ、あの手伝います」

「ふぉ…気が利くの」

博士の所有する書架は、ゲルを何倍にもしたようなだだっ広い部屋に、斜めの格子状の棚が並んでおり、書物も巻物もその斜めに交差した場所に並べられていた。それぞれの隙間を作ることで、書物の通気をよくするのだという。

書架のある部屋は一方が廊下に、もう一方が窓になっている。窓のほとんどは陽射しからの劣化を避けるために鎧戸《よろいど》で閉じられていて、入口の、小さな部屋分くらいしか開けられていない。そこに書を読むための机と、細々したものをしまう棚があるきりの、簡素な造りだ。

燭《しょく》の火で湯を沸かすという、女官が見たら眉を吊り上げそうな雑なやり方だったが、お互い気にせず深夜のお茶を楽しむ。

博士は口数多く話をするわけではなかったが、何故か羽流にとって居心地がよく、いつまででも一緒にいたいと思える人だった。

「あの、博士…窺ってもいいですか」

「ふぉ…なんだね」

とぼけたような口調で茶碗を手にする博士に、羽流は思い切って他の人に聞けなかったことを尋ねてみた。

「百葉って…どういう意味でしょう」

海燕も、こともなげに自分を指してそう言った。けれど、女官たちがことあるごとに侮蔑を含んで口にするので、どうしてもその言葉を聞くと、羽流は構えてしまう。

「僕、小さいときからこの腕輪をしていたんです。

これが、百葉の徴《しるし》ですか？」

羽流が腕を出して金輪を見せると、博士はやはりふぉっと笑った。

「その通り。たまに紛れて見失うこともあるからの。識別用に百個作られる」

――やっぱりそうなんだ。

想像できていたが、やはりがっかりした。万浬たちの〝お守り〟と言う言葉を、信じたかったのに。

「書いてあるのは護符じゃ。そうでないと、精霊に連れて行かれることもあるからの」

「え？」

「百葉は精霊と人の両方にまたがる貴重な存在。あちらに持って行かれては敵《かな》わぬ」

「……」

「どうした？」

「本当に、お守りなんですね？」

「もちろん」

ずずっと茶をすすりながら頷く老人に、羽流は大きく息を吐く。

――嘘ではないんだ……。

「百おっても、精霊が見えるのはほんの僅かじゃ。そなたは、なかなか貴重であろうよ」

淡々と言ってくれる博士の言葉が、重苦しかった心を救ってくれる。

羽流も茶碗を取りながら、苦笑して白状した。

「よく、後宮で女官から〝百葉が〟って言われるので、ちょっと落ち込んでいたんです」

ふぉふぉ、と博士が笑う。

「かしましい女どもじゃの。妬《や》っかんでおるのじゃ、放っておけばよかろう」

「ふふふ…」

博士に軽く笑い飛ばされて、羽流は背中が軽くなったような気がした。

〝百葉〟はただの呼び方でしかない。貴族階級の女官からすれば家という血縁から外れた存在で、博士のように学術的な面から見れば、違う価値になる。

立場や人によって、価値観はいくらでも変わるのだ。それはその人にとっての価値であって、絶対ではない。

――そういうことなんだな……。

否定する人ばかりではなかったのに、羽流は女官の言葉にばかり囚われていた自分に気付いた。

――それに、博士は〝貴重〟って言ってくれたし。

傷つかないつもりでいても、悪意のある言葉は心に刺さる。同じように、何気なくても、自分を思ってくれる言葉は、温かくて自分を支えてくれる。

「博士に窺ってよかったです」

にこっと笑うと、博士も目を細めた。

「そなた、読めぬ筋だからの…私も殿下によい預かりものをした」

「…？」

首を傾げると、入口から声がした。

「預けた覚えはないのだが、さっそく入り浸っているな」

「殿下！」

羽流は、入口で微笑んでいる海燕に急いで駆け寄り、前回の不作法に頭を下げて謝った。

「この前は、すみませんでした。あの、お帰りになったのにも気付かなくて…」

「書物に夢中のようだったからな」

少し拗《す》ねたような顔をしているのに、頭は撫でられる。けれどなんとなく不興を買った気がするので、さらに詫びた。

「……すみません」

「まあいい…夢中になるのをわかっていてここに連れてきたのだ」

「左様、殿下同様に、ここに住みつかんばかりじゃ」

博士は、当たり前のように海燕のために小さな丸椅子を壁のほうから持ってきた。羽流は慌ててそれを受け取って自分の椅子と取り替えたが、後宮での厳《いか》めしい作法を見慣れてしまうと、王太子殿下に使い古した椅子を勧める、ということも恐れ多い気がしてしまう。

けれど、ここでは身分はあまり重要視されていないらしい。博士も海燕も構う様子がなかった。

「秘蔵の逸品を出すかの」

博士がごそごそと書棚の奥から古めかしい壺《つぼ》を持ってきて、茶の代わりに碗に注ぐ。

「ほう、年代ものだな」

「ふぉ…こっそり造るのが楽しみでしてな」

金色に揺らめく蜂蜜酒は強い花の香りがして、海燕も博士も何年置いたとか、どこの酒がベースで、という話をしている。

羽流は博士から壺を受け取り、給仕係に徹した。

どちらも酒には強いらしく、様子を見ながら注《つ》ぎ足しているが、顔色も態度も一向に酔う気配がない。

「殿下、お忙しいのにこんな夜更けまで、お戻りにならなくてよいのですか？」

心配になって聞くと、海燕は変わらない涼やかな笑みで言う。

「むしろ、ここでの息抜きはいい調整になる。連日、しかめ面の官僚ばかり見ているからな」

「…そうですか」

博士との話は楽しいのだろうと思う。羽流も、数術の話や天文の話などは、理解できないけれど聞いているだけでワクワクした。

黒いすすけた壺からは、ぷうんと濃く甘い香りがする。

「羽流も少し味わってみんかの」

「え…ぼ、僕はまだ……」

博士が急に羽流に話を向けた。羽流は辞退したものの、博士はもう空になった茶碗に勝手に酒を注ぎ足している。

「子供という年でもあるまいて」

「あまり無茶をさせないでくれ。羽流はまだ子供だ」

ふぉふぉ、と博士が笑い飛ばす。

「なんの。百葉であるからには、年など関係あるまいよ」

私の秘蔵の酒だ、味わってみなさいと言われると、羽流にも断りようがない。恐る恐る茶碗をもらい、口をつけた。

「……おいしい」

驚いた顔をした羽流に、博士は、そうだろう、と自慢気に笑う。

酒は茶のように軽く、喉にいつまでもふんわりと甘い味を残した。

「博士はなんでもできるんですね。お酒も造れるなんて」

「ふぉふぉ…」

博士は笑うだけで何も答えない。けれど、こうして海燕や博士と一緒に酒が飲めることが、羽流にはとても幸せなことだった。

嬉しいな、と顔を緩ませながら、羽流はしばらく勧められるままに口をつけた。すると、海燕が隣から手を伸ばして茶碗を取り上げる。

「殿下？」

「酔いが入っただろう。そこまでにしておきなさい」

「……はい…？　……」

頷いたものの、自分の声がとろんとしたことがわかる。目を細めて笑っている博士も、苦笑いしている海燕も、どうしてか少し遠くにいるように見えた。

いつの間にか、海燕に身体を引き寄せられている。

「殿下？」

「やはり早かったな。子供に飲ませるものではない」

「僕……子供では……」

ないです…と言おうとするのに、不思議なほど力が入らない。海燕に寄りかかっているのがとても気持ちよくて、いけないと思うのに動けなかった。

「これでは宿舎に帰せぬな」

「……？　…」

すっと抱き上げられてしまい、恐れ多いと思うのだが、地面に下りられなくなる。

「博士、あの部屋を借りるがよいか？」

「もちろんですとも、いつなりと…」

——あの部屋？

「僕……あるき……ま、す……」

「まあ無理だろうな。やめておけ」

海燕が笑っている。

抱かれたまま歩かれると、まるで揺り籠にいるようにに心地よく身体が揺れた。口をきくことさえ億劫《おっくう》になって、身体が眠りに引き込まれていく。

——殿下、ごめんなさい。

自分で歩かなければ。礼を欠いている…と思うのに動けない。

伝わってくる体温。耳元で聞こえる海燕の声。

頭を預けると、幸せで目を開けたくなくなった。

「……ん……」

どこまでが現実で、どこまでが夢なのかわからない。

——あれ……？

額に柔らかな感触がする。それが何か、どこかで同じ温かさに触れたはずなのに、羽流にはよく思い出せなかった。

甘く、蕩《とろ》けるような心地よさ。軽く離れていくと、間を置いて唇にまたしっとりと同じ熱が重なる。

「…ん……ふ……」

軽く繰り返される感覚に、羽流は頬をすり寄せて吐息を漏らした。

——きもち、いい……。

ふわりと花のように甘くとろりとした蜂蜜酒の香りが鼻腔《びこう》をくすぐる。

このまま、いつまでもこうしていたい…。羽流は夢心地のまま心地よい感触に向かって腕を伸ばした。

まるで誰かを抱きしめているように温かい感触がする。

——え……？

「いつになったら気付くことやら……」

溜息のように苦笑する声に、聞き返そうとしながら、いつの間にか羽流の記憶が途切れた。

◆◆◆

「……羽流、起きなさい。そろそろ夜が明ける」

肩に大きな手の感触がして、耳元で囁かれる声に、羽流は我に返ってがばっと起き上がった。

――僕……！

眠ってしまったのだ。とっさに思ったのは、今何時だろうという心配だった。

――出仕に遅れてしまう。

見回すとそこは寝台の上で、うっすら月明かりが射し込んでおり、隣には海燕が座っている。

「私はよいが、そなたはもうそろそろ女官のところに行かねばならない頃だろう」

「……殿下」

羽流は起こしてくれた海燕を見つめて、まとまらない頭を整理した。

夜中に、博士たちの酒席に相伴したのだ。それで、海燕に寄りかかっていて、気持ちよくて……。

「すみません…僕…」

お仕えどころではない。眠りこけたことを謝ると、窓からの明かりしかない部屋で、海燕が笑った。

「いや。私も止めずに飲ませたからな」

部屋は書架のあるところと同じように、格子窓のある部屋で、窓側には大きな書斎机と椅子があり、品のよい棚が壁に沿って置かれている。飾り気はあまりなかったが、博士たちの私室よりかなり広く、上等な装飾が施されていた。寝台も、後宮の主室にある寝台ほどではないが、質素な博士僚のしつらえにしては上質で大きなものだ。

「ここは……」

「資料室のひとつだ。私が昔、あまりに入り浸るので、周りが気を利かせて私専用の部屋にしたのだ」

羽流はまるで暮らしているかのようだった、と言った博士の言葉を思い出した。鎧戸を閉めていない窓からは、夜明け前の最も暗い空が見える。

「すみません、殿下もお帰りにならなければいけなかったのに……」

付き添っていてくれたのだと思うと、羽流は恐縮して身が縮む。

だが海燕は笑っていた。

「いや、楽しかった。後宮ではまず口もきけぬからな」

「殿下…」

寝台から下りて、すっと襟元を整えると海燕はもういつも通りの様子だ。

「私は庭から帰る。そなたは広間に繋がるほうの出口から行くと近いだろう。侍従宿舎までは比較的真っ直ぐな道だ」

戻り方まで説明されて、本当に申し訳が立たない。

「すみません」

いいから急ぎなさい、と言われて背中を押され、羽流も一緒に部屋を出た。


「この部屋は自由に使うといい。博士には了解をとってある」

「え……」

「書架の硬い丸椅子で長時間過ごすよりは快適だろう。部屋は私しか使わないものだ。遠慮せず使いなさい」

「殿下…」

そんなずうずうしいことはできない、と羽流が頭を振ると、海燕が笑った。

「そのほうが私も訪ねやすい」

「はい…あの…では……ありがとうございます」

「早く行きなさい。私は今朝は寝坊することにする」

「殿下！」

軽く笑う海燕に大慌てで頭を下げ、羽流は全速力で僚を出て内宮の扉に向かった。

冷や汗をかいたが、どうにかいつもと同じ時間に女官の列に加わることができた。

それから、海燕は言葉通り、頻繁に博士僚を訪れた。

公務が終わって夜も更けた頃に、供もつけずに王専用の庭からふらりと博士僚のほうへ下りて来る。羽流は、はじめはわざわざ足を運ばせてしまうことに恐縮したが、毎晩楽しそうに来られることにだんだん慣れて、むしろ羽流自身も心待ちにしはじめてしまった。

姿は昼間も後宮で見ることができるが、会話などはとてもできない。傍仕えという立場もあったが、衆人環視の状況では、視線ひとつすら、交せば女官がすかさずそれを見つける。その場にいても、会えていないようなものだ。

博士僚では話せるだけではない。寄り添うように座り、書物をひも解きながら、わからない部分を教えてくれた。ふたりきりの時間は、かつて王都の屋敷で過ごした四阿での日々のようだ。


誰に見咎められることもなく、いつまでも海燕を独占できて、好きなだけ話ができる。

なんて幸せなのだろう、と羽流は思う。

今朝も勤めが終わり、海燕を内宮への扉まで見送ってから、羽流はすぐに博士僚に行こうと思っていたのだが、途中で寄り道を思いついた。

海燕の主室の前からは階段状になっている庭を下りて、下の階層に行ける。それならば、他の場所からも庭伝いに博士僚に下りられないだろうか。

――時間もあるし、道を探しながら行ってみよう。

学んで覚えはじめた新しい精霊も、見つけられるかもしれない。そう考えて進路を変え、後宮の外廊下に向かった。

外回廊を回って歩くと、白い紗の布が風にあおられてひらひらと青空に裾を揺らしている。陽射しを反射した日干しレンガが眩しく道を作っていて、その両脇にはよく手入れされた草花が花弁を広げていた。

アネモネ、ポピー、ムスカリ、ユキヤナギ、アリウム、エリカ…色とりどりでやわらかな風に揺れ、花かと思って近づくと、蝶がふわりと飛び立つ。

——きれいだなあ…。

水路を流れる水は泉から溢れたもので、一段下がるごとに、小さな滝のように水路も段になっている。段差は僅かなものだが、霧がかかっていた。これが神舟を下りるまでには全て霧となって、白い雲が下界とを分かつ。

——あれ？

道を探しながら歩いていると、金打ちに色細工が施された水差しを持った女性が、林に近い水路のほうで屈みこんでいるのが見えた。しばらく見ていても、女性は動く気配がない。

——具合でも悪いのかな。

苦しくて立てないのなら、誰かを呼んできたほうがよいかもしれない。顔を上げないのが心配で、羽流はついそちらに近づいた。

「あの…、どうしました？」

声をかけると、女性ははっとしたように顔を上げる。まだ桃李とそう変わらない年の女性で、服装からして、汀瑛の女官の世話をする下働きの女性のひとりだとわかった。

女官より簡素だが、上品な薄ねず色の着物を着たその女性は、慌てたように立ち上がった。

「な、なんでもないんです、すみません」

涙を拭きながら、それでも返事をしてくれた。

「こちらこそ、すみません。具合が悪いのかと思って、心配で…」

自分と口をきいたのが知られたら、おそらく仕えている女官に怒られるのだろう。けれど、この場所は建物からだいぶ離れていて、林の陰になっているからまず見えない。

相手も同じことを考えたのだろう。普段は顔を伏せて逃げられてしまうばかりなのに、女性は辺りを見回しながらだったが、きちんと受け答えしてくれた。

「いえ…ありがとうございます。具合ではないんです。ちょっと叱られてしまって…落ち込んで」

涙ぐむ様子が、ほんの少し前の自分と重なって、羽流はそうですかと聞き流せなかった。

「何を叱られてしまったんですか」

落ち込みそうなとき、自分は海燕や桃李に励ましてもらったことがとても支えになった。聞いたところで、彼女の悩みを解決できる保証はなかったが、気持ちだけでも受け止める相手がいたら、少しは楽にならないだろうか、と思ってしまう。

つぶらな瞳の女性は、ぐずっと鼻をすすりながら無理に笑った。

「私、汀瑛様のお気に召していただけないみたいで、何をやっても駄目で…」

今朝も、殿下がお目覚めのときに召し上がるお茶のことで怒られたのだという。

「お毒見をされたときに、おいしくないと叱られて、別な方に淹《い》れ直しを命じられて……」

だんだんと女性の顔が俯く。

「何度も水を汲《く》むところから練習してるんですけど、私は前の係の方ほどおいしく淹れられなくて」

最終的に海燕にお茶を差し上げる女官は大貴族の娘だが、下働きになるにしたがって身分は低くなっていく。彼女は貴族ではなく、裕福な商家の娘だった。

「駄目ですね。羽流様はあんなにいじめられても頑張っていらっしゃるのに、私なんて、叱られただけでもう家に帰りたくて仕方がなくて…」

奉職し続ける自信がない、と言われて、なんとか励ましたくなった。同時に、自分のことをそんなふうに見ている人もいるのだ、と羽流は意外な見方に驚きもしている。

女性が、少し自嘲気味に苦笑する。

「自分で辞めなくても、そのうち汀瑛様のほうで、役目を取り上げておしまいになるかもしれないんですけれど」

「そんな…」

女性が気弱な顔をした。

「改善しないようなら、担当を変えることも考える、と今朝は強く仰って……それで……」

もうあとがない、と声が消えかけて黙る。そんな様子に羽流も心が痛んだ。

なんとか力になりたい。けれど、具体的にはどうすればよいだろう。考えながら、ふと彼女の持っている水差しに目がいった。

「……」

――この辺に、〝蜂蕗〟はいないかな。

蜜蜂に自分たちの子供を預けるこの精霊は、子育てを昆虫にさせる代わりに、取れる蜂蜜をとびっきりおいしくさせる。そしてこれにはおまけがあって、蜂蕗を預かる蜜蜂が立ち寄った花にも、その成分が花粉のようについて回るのだ。ものが蜂蜜でも花でも、触れたものの味にまろみと甘やかさが出るのは同じだとされる。

――書物の受け売りなんだけどね。

けれど、書物に書いてあるのだから効能は確かだろう。羽流が少し目を瞑って気配を探してみると、運よく水路沿いに咲く紫色のヤグルマギクに蜂蕗の匂いが残っていた。

「あの、ちょっと一緒にあそこまで行ってもらっていいですか?」

水路の先を指差すと、女性は怪訝《けげん》な顔をしながらも、水差しを持ってついてきてくれる。

「水がおいしくなったら、たぶん、お茶もおいしくなると思うんです」

水を汲み直してもらい、羽流はヤグルマギクの花を摘んで散らした。

「この水を一晩置いて、明日の朝お茶を淹れてみてください。きっと、おいしいって言ってもらえるんじゃないかと思います」

女性は、本当か、という顔をしている。

「本当はもう少し時間を置いたほうがいいと思うんですけど、よかったら試しに水を飲んでみてください」

半信半疑の様子の女性に、羽流は水差しを傾け、両手で受けて飲んでもらった。

「……おいしい」

「ね…」

相手の驚いた顔が、羽流も嬉しかった。

「一晩置いたら、もっとおいしくなるはずです」

「…甘いというか、なんだか、柔らかくて、水なのに……何故？」

不思議そうな顔をする女性に、羽流はなるべくわかりやすく説明してみた。それでも、精霊の見えないこの女性に、蜂蕗のついた花を探すのは大変だろう。

「おそらく、このあたりの花は好まれているはずなので、ご自分でやるなら、味がちゃんと変わるまで、いろんな花を摘んでみて試すしかないと思うんですけど、僕でよければ、摘むのを手伝いますから」

「羽流様…」

「もちろん、みんなに見えないようにして手伝います」

一緒にいるのがわかると、この女性の立場が悪くなる。そう思って笑いかけたら、女性は本当に泣きそうな顔をした。

「すみません…ありがとうございます」

何度もぺこぺこと頭を下げる女性に、何本か予備の花を摘んで渡す。

「とんでもない。汀瑛様に怒られるのは、誰でも辛いですよね」

「羽流様…」

ゴーン、と刻限を告げる鐘が鳴って、女性がはっとしたように水差しを抱え直した。きっと、早く戻らないとそれもまた叱られる種になるのだろう。

「どうぞ急いで行ってください。明日、わかるようにここに花を摘んでおきますね」

女性は慌てながらも、何度も振り返って頭を下げてくれた。

「ありがとうございます。すみません」

手を振って見送りながら、彼女が実家に帰ってしまわず、ここで頑張ってくれたらいいなと思う。

それに、ひとつ仕事ができたのが嬉しい。

――明日、殿下がおいしいお茶を召し上がっていただけたらいいな。

爽やかでほんのり甘い、おいしいお茶になっていますように…と願いながら羽流も別な道を通って外廊下に戻った。

◆◆◆

翌朝、海燕が着替えたあとお茶を一口含んで、ほう、と感心したように言った。

羽流は顔に出さないようにしたが、内心は踊りだしそうに嬉しかった。やはり蜂蕗の水で淹れたお茶はおいしかったのだ。汀瑛もこれならきっと満足してくれる、羽流がそう思ってちらりと視線をやると、なぜか汀瑛も海燕ではなく羽流のほうを見ていた。

「……？」

特に睨んでいるというわけでもないので焦りはしなかったが、なんだろうとは思う。

今朝は定例の朝餐ではなく、諸外国からすでに先触れの使者が入国しているため、会食が設けられていて、海燕はすぐに内宮に出る。女官全員で扉のところまでお見送りして厳かに扉が閉まったあと、汀瑛がくるりと女官全員のほうを振り向いた。

「今朝のお茶は、殿下のお気に召していただいたようです」

身分ある女官たちの後ろで、下働きや女官の世話をする女性たちが控えている。頭を下げているので見分けはつかなかったが、羽流はきっと昨日の女性もいるだろうと思った。

——よかったね。

汀瑛が皆の前で褒めたのだから、きっと彼女の立場はよくなるだろう。

後宮の女官には厳しくあたられることが多いが、決して理不尽なことばかりではないと羽流は思っていた。

汀瑛は羽流に対して厳しいが、身分ある貴族の娘に対しても容赦はない。行儀や決まり事には厳格だが、その分筋は通っている。

羽流には、汀瑛のそういう気質が、血筋ばかりを偏重する氷彌と合わないのではないかと思えた。

ときにしきたりより実利を取る海燕の行動に眉を顰めるものの、王族や国王という立場の相手に対しては、絶対の忠誠心を持っている。だから、汀瑛はどんなときでも海燕を中心に動くのだ。

自分の人事に対しても同じ考えなのだろうと羽流は思う。個人の好悪の感情ではなく、行儀をわきまえていないから仕事をさせない。けれど、殿下のご推挙があったから、職務からは外さない。汀瑛にとってはそれだけのことなのだ。

羽流も、そうやって頑固に職分を全うしようとする汀瑛のことを特に嫌だとは思わなかった。堅苦しい人ではあるが、汀瑛なりの実直さで、海燕に仕えているのだとわかるから。

「お茶の番については、これまで通りの担当者に任せるとともに…」

汀瑛がざっと厳しい目で女官を見渡す。

「羽流、そなたが手伝いをするように」

——え……。

ざわっと女官たちの声が揺れる。

「事情は奏花《ソウカ》から聞きました」

羽流にはそれが、昨日の女性の名なのかどうかすらわからなかったが、心が躍り出すほど嬉しかった。

公式に、名指しで役目をもらえた。女官長の汀瑛に、認めてもらえたのだ。

顔を上げて、力いっぱい返事をする。

「はい…！」

きりっとした表情を崩さないまま、黒衣の汀瑛が厳粛に女官たちに宣言した。

「百葉ほど、お茶の味を調《ととの》えられる水をつくれる者はいません」

百葉にしかできない…。羽流にはこの言葉が心の底から嬉しかった。かつて失格者の印のように思えた金の腕輪が、袖の下で誇らしく思える。

「それと…」

汀瑛が表情を変えずに続けた。

「見習いの期間も終了としてよいでしょう。傍仕えの人数は、明日から二名体勢に戻します」

――え……。

「羽流、桃李、よいですね」

「は、はい…」

ちゃんと見ていてくれたのだ。ただ立たせていただけではない。本当に、見習わせてくれていた…。


「以上です。戻ります」

女官たちの反応は様々だったが、汀瑛を筆頭に歩濫たちが続き、皆静々とその列に従って下がっていく。

もう誰も、羽流を睨むことはなかった。汀瑛が認めるということは、女官たちも異議を挟めないということなのだと、その発言の重さを実感する。

仲間になれたわけではなかったが、羽流にとっては、一歩女官たちの中に入れた気持ちだった。隣で桃李も嬉しそうに頷いてくれる。

――よかった……。

海燕の傍にいられて、百葉として、何か役に立つことができて…。

「よかったですわね。羽流様」

「うん、ありがとう」

早く海燕に報告したい。少しでも早く、ふたりきりで会える夜にならないかと、待ち遠しくなりながら、羽流は博士僚に向かった。

◆◆◆

夜、羽流が胸を躍らせながら待っていると、いつもより少し遅い時間に、海燕が博士僚の私室に来た。

「殿下!」

羽流が駆け寄ると海燕が笑う。椅子が一脚しかないこの部屋で、海燕とはもっぱら寝台に上がって、寝転んだり座り込んだりして話していた。汀瑛や氷彌が見たらきっと青筋を立てて怒るだろうが、海燕が、このほうが楽だと言うのだ。誰も見ていないのに、何故行儀に気遣う必要がある?と聞かれると、羽流もなるほどと納得してしまう。

一日中公務で疲れている海燕に、せめて好きなようにくつろいでもらいたい、と思うので、羽流はふわふわの絹の上掛けの上で胡坐をかく海燕の隣にちょこんと座る。

海燕が手を伸ばして羽流の頭を撫でた。

「どうした?　何かよいことがあったか?」

「ふふ…そうなんです」

言いたくて仕方がない。羽流はにこにこと見上げて、お茶のための水をつくる仕事がもらえたことを報告した。

「だからか。確かに、今朝は味が違うと思ったのだ。それは博士の蜂蜜酒にも使われていた方法だしな」

「そうなんですか?」

どうりで、あの酒はおいしかったはずだ。

海燕が目元を和ませて羽流を抱き寄せる。

「まあ、それにしてもよかったな。あの堅物がよしとしたのだ。後宮にそなたが必要、という判断だろう」

海燕は、汀瑛の判断力をそう評価しているのだ。

「見習いも卒業してよいと言われました。明日から、桃李とふたりでお仕えできるんです」

「よかったな」

「はい！　僕頑張りますね！」

――殿下に喜んでもらえた。

何よりもそれが嬉しくてならない。羽流は引き寄せられた胸元に頬を預けたまま、海燕に宣言した。

「僕、もっともっと汀瑛様に認めてもらえるように頑張ります」

――そして、もっと殿下にお仕事を命じてもらえるようになろう。

王都でずっと随行を務めた万浬のように、信頼され、頼りにされる存在になりたい。

「…そなたは、傍仕えとして私に仕えることが目標か」

頭上の海燕が穏やかに尋ねてくる。

「いえ、もっと、万浬くらいお役に立てる人になりたいです！」

そして、いつか内宮の従者のように、外でもお傍にいられたら…そう思って笑顔で将来の目標を言おうとしたが、顔を上げた瞬間、海燕の表情を見て羽流は言葉を呑み込んだ。

海燕は笑ってはいなかった。まるで問いかけるように、静かな眼差しを向けている。

――殿、下……？

「目標は万浬か…」

「あ……の…」

失言をしたのだろうか。てっきり喜んでもらえると思い込んでいたから、予想外の海燕の表情に、羽流は戸惑うだけで言葉が出ない。

海燕が苦笑して羽流の頬に触れる。

「そなたがそう望んで、それが幸せだというのなら、仕方がないな……」

――殿下？

何故だろう。海燕の顔がどことなく悲し気で、羽流は、自分が何か失礼なことを言ってしまったのではないかとは思うのだが、どこが悪かったのかがわからなかった。

「……そなた、本当は万浬や滄に会いたいのではないか？」

「え…あ…」

だしぬけに聞かれて、羽流には肯定も否定もできなかった。確かに、王宮に来てから一度も会っていないし、遡淩に聞いてもなんとなくはぐらかされてしまっている。

けれど、何故それを海燕が気にするのだろう。

「あれは、私に遠慮しているのだ」

「え？」

「〝里心がつくといけないから、しばらく会うのを控えようと思う〟という名目だったがな」

「……殿下」

「……」

穏やかで、決して怒ってはいないと思ったが、羽流はこんな海燕を見たことがない。

触れている海燕の手が、すっと離れる。

「私が言わねば、万浬は来ないだろう。引き合わせるから、明日の夜は、庭のほうに来なさい」

「殿下…」

今日はもう遅いから、と海燕は寝台を下りて後宮へ戻ってしまった。帰り際はいつもと変わらなかったし、最後は笑顔でお休みと言ってくれたが、羽流の心の中は不安で埋まっていく。

自分は一体、何をしてしまったのだろう。

――殿下……？

自問自答し続けたが答えが出ず、羽流は重苦しく夜を過ごした。

◆◆◆

――昨夜の殿下の表情はなんだったんだろう…。

羽流はずっと不安が消えないまま、翌朝後宮での勤めを終えた。せっかく桃李とふたりに戻してもらった仕事も、心が弾むというよりは、張り詰めて神経が尖るばかりだ。

海燕の一挙手一投足、ほんの僅かな表情さえ見逃さずに昨夜の真意を探そうとしてしまう。だが、海燕の様子はいつもと変わらず、桃李にも自分にも穏やかな顔をするだけで、結局羽流には何もわからなかった。

ただ、それが博士僚の部屋で見せてくれるような笑顔でないことだけはわかる。今目の前にいるのは、公的な顔をした『殿下』だ。

どんな相手にも態度を変えない、王太子殿下としての振る舞い。優しいけれど、どこか遠い存在のようだ。

突き放されてしまったような心細さと、ぽっかり空いた心の中の空洞に、どうしていいかわからない。

――殿下……。

勤めを終えても博士僚に駆け込む元気はなく、あれほど時間を見つけては読みふけっていた書物も、手に取ることすらできなかった。

自分は海燕の期待に添えないことをしたのだろうか。

万浬を目標にしたことがいけなかったのか…？

違うことを考えようとしても、海燕の表情が頭から離れなくて、一日中何も手につかないまま、夜になった。

万浬に会えるというより、引き合わせてくれる海燕に会うことだけを思って、羽流は約束の庭に向かった。

夜空は白銀に輝く月が満ちて膨らみ、煌々とした明かりに木々や花の色まであざやかだ。

衛士には伝えておく、と言われていたので、羽流は博士僚のほうから後宮の庭に上った。

百葉の金の腕輪は、割符のような役目もするらしく、衛士は姿と腕輪を確かめると、通ってよい、というように階段を指し示す。

水路沿いを駆け上がり、蜂蕗の好んでつく花だまりの場所に行くと、そこにあった人影はひとりだけだった。

「……万浬…」

懐かしそうな顔で、万浬が微笑む。

「よかった、羽流、元気そうだね」

――殿下は、いらっしゃらないんだ…。

てっきり、海燕が引き合わせてくれると思っていたのに、万浬もこの場所を女官に案内されただけで、海燕には会っていないのだと言う。

胸の中がざわつく。万浬に会えて嬉しいはずなのに、海燕のことで頭がいっぱいだ。

「羽流…？」

「あ……万浬……あの…」

殿下はお忙しいのだ。それに、兄弟水入らずで会えるようにしてくれたのかもしれない…。よいほうに考えようとしても、次々に不安が込み上げてきて、それを打ち砕いた。

「どうした？　何か、悩んでいることでもあるのか？」

――どう伝えればいいだろう。


不安の内容をうまく説明できず、羽流はただ昨夜の出来事を万浬に話した。

「……僕、何か失礼なことをしたのかなと思うんだけど、よくわからなくて」

言葉にするほど、わからなくなっていく。

「殿下に……嫌われてしまったのかな……」

何も言われていないのに、避けられているような気がするだけで、心が弱気になる。

俯きがちになる羽流の肩に、万浬が手を置いた。

「そんなことはないよ。多分、その反対だ……」

「え……？」

顔を上げると、万浬がどうしたものか、という顔をしている。

羽流は促されて水路の縁に並んで腰掛けた。

「羽流は、殿下のお気持ちには気付かなかったかい？」

「……？」

何を聞かれているのか、羽流は意味を取りかねて返事ができなかった。海燕の、なんの気持ちを指すのだろう。

羽流が考え込んだままでいると、万浬が苦笑した。

「五葉に成らなかったのに、何故殿下が傍仕えに、と仰ったと思う？」

「それは……」

もう一度、自分にチャンスを与えてくれたのでは…？　と思ったが、万浬の顔が、違うと言っているような気がしたので黙った。

万浬の手が羽流の肩に置かれた。

「お前が王都の屋敷から出て行こうとしたときにね、殿下はお前を救いたかったのだよ。だから、あのときのお前ではとても無理だろうと思える宮仕えを提案されたんだ」

「……」

「お前に役目を与えることで、居場所を作ろうとしてくださった。それは、殿下がお前をお気に召していたからだよ」

「え……」

万浬は伏せ目がちに笑う。

「お前は気付かなかっただろうね……私たちは推測をするしかないけれど、殿下は深くお前を想っていらっしゃる」

「想うって……」

少し苦笑しながら、万浬が諭すように言った。

「まだ羽流にはわからないかな。世の中にはね、男女が恋をするように、性別を問わず人を愛することがあるんだよ」

「え…あ……」

言葉を聞いただけで、羽流は耳の辺りがドクドクと血流を速めていくのを感じた。

とっさに唇が触れた庭での夜を思い出す。

――殿下が……僕…を……？

「出て行こうとするお前を止めて、けれど、お前が心を許して泣いたのは身内の私に対してだった。殿下は、自分より兄弟という絆《きずな》のほうが強かったことに、少し気落ちをなさっていたと思う」

「…そんな……」

「〝自分では羽流の気持ちを救ってはやれなかった〟と残念そうに仰っておられたからね」

だから、そのあとからはなるべく自分たちが傍にいないようにしようとしていたのだ、と万浬が言った。

「私がいると、どうしてもお前は兄弟のほうに懐いてしまうからね。殿下からしたら、立ち入れない気がしてしまわれるだろう」

——知らなかった。そんな配慮があったなんて…。

そう言われて羽流は思い返したが、あの頃は自分のことでいっぱいいっぱいだった。

五葉に成れなかった自分に納得することで精一杯で、立ち直るのに必死で、誰が、どんな気持ちで自分を見守ってくれていたかなど、考える余裕はなかった。

——でも……。

「人の感情は強制するものではない。たとえ殿下がお前を想われていても、言い聞かせたところで恋になるとは思えなかったし、おそらく殿下もそのようなことは望まれていないだろう。だから、私も敢えて何も言わなかったけれど…」

万浬が月夜に照らされて柔らかく微笑む。

「もうそろそろ、そういう気持ちはわかるくらいになったんじゃないかな」

「万浬……」

「無理に応えようとしなくていいけれど、私から見ると、お前が一番気付かなくてはいけないのは、自分の気持ちなんじゃないかと思う」

——自分の、気持ち…?

「よく考えて、自分の中の答えを見つけてごらん」

万浬はそう言って立ち上がり、そろそろ失礼しよう、と促した。

「あ、あの…僕、博士僚のほうから来たから」

「ああ、そうだね。じゃあ気を付けてお帰り」

「…うん……」

滄にも言っておくから、そのうち会いに行くといい、と万浬が言って、後宮の外廊下に向かって行った。きっとそこで女官が控えているのだと思う。

「ありがとう万浬…また…こんど……」

羽流はどうにか手を振って見送ったが、その場を動けなかった。

――――殿下が……。

羽流は、そう言われて初めて、毎日のように会う時間を作ってくれた日々を思い出した。

眠る時間すら惜しむほどのスケジュールにもかかわらず、毎夜、まるで暇だからふらりと立ち寄った、とでもいうようにゆったりとした素振りで来てくれた。

ともすると落ち込んで思いつめてしまっていた龍山の道中で、一緒の馬に乗せてもらって、どれだけ励ましてもらっただろう。それだけではない、そもそも王都の屋敷で、覚醒める保証のない候補者の自分に、一体どれほどの時間を割いて傍にいてくれたか……。

抱き寄せてくれる腕、包み込んでくれる温かい手、抱きしめて触れた頰。思い返すと、なんの抵抗もなく寄りかかっていた自分に気付き、そしてその感触に動悸《どうき》がした。

何故あれを当たり前のように思っていたのだろう。

ドキドキし過ぎて、心臓が痛い。

――――殿下………。

羽流はぎゅっと引き絞られるような胸を押さえて恋しさに身を縮めた。

どうしてだろうと思う。たった今まで、気付かなければ平気だったのに、今は思い出すだけで、海燕の傍に行きたくて、恋しくて切ない。

――――役目を与えられたから頑張れたわけじゃない。

羽流は、海燕がずっと自分を見てくれていたから前を向いていられたのだ、ということに気付いた。

ただ見習いで見ているだけだったときも、女官たちに敵視されていたときも〝殿下のために〟頑張っているつもりだった。けれど、本当はそうではなかった。

ただ、頑張ったら海燕が褒めてくれると思ったから、あの瞳が自分を見て微笑んでくれると思ったから、だからくじけずにいられたのだ――。

「僕……」

海燕が見守っていてくれた間、ただ自分のことでいっぱいになっていたことに、羽流は反省した。

――殿下の気持ちにも気付かないで……。

愛されることを当たり前のように受け止めて、自分の気持ちにも気付かなかったなど、失望されても当然だと思う。

――謝りに行きたい。

「ううん、殿下に会いたい……」

自分の気持ちを間違えてはいけない、と羽流は思った。海燕に許しを乞いたいのではない、ただ自分が海燕を好きで、海燕に嫌われたくないだけだ。

――殿下に、どうやったらお会いできるだろう。

博士僚で待っていてはいけない気がした。だが、公式の場で会っても、おそらくなんの話もできない。

――どうしよう……。

うろうろと水路沿いを彷徨《さまよ》い、羽流は、まるで蜜蜂が花の蜜に誘われるように、さわさわと沙羅双樹が揺れる一角に出た。

◆◆◆

白い花弁を夜空に開いた沙羅双樹の木々が取り囲むその場所には、水路沿いに小手毬《こでまり》や黄色く可憐な木香《もっこう》薔薇が枝を茂らせている。レンガの地面は満月になろうとしている月光に照らされて、夜とは思えないほど明るい。

水路のせせらぎと風にざわめく木々の音しかしない庭に、海燕の後ろ姿が見えて、羽流は入口で足を止めた。

「……」

天を仰いでいた黒い瞳がゆっくりと振り返る。海燕も羽流も、しばらく互いを見つめたまま、言葉がなかった。

先に口を開いたのは海燕だった。

「万浬には会えたか」

「…は、い」

胸が詰まって、声が出ない。

海燕の顔を見ただけで、羽流は胸がいっぱいで泣きそうだった。

いつもならいつの間にか傍に来てくれるのに、ふたりの間は手を伸ばしても届かない距離を保っている。まるで、もう海燕はそこから踏み出したりはしないと決めているかのように、微笑んではいるけれどその場から動かなかった。

「殿下……」

そのまま遠くに行かれてしまうような気がして、羽流は追いかけるように足を踏み出してしまう。

「万浬とは、これからは気軽に会えるだろう。そなたが望むのなら、万浬の助手として働くこともできる」

そなたなら今からでも学んでいくことは可能だ、と穏やかに言う声に胸が詰まって、羽流は顔を歪めて首を横に振った。

「僕、僕は殿下の傍仕えでいたいんです」

「……」

「僕は……殿下のことが……」

好きですと言おうとしたのに、海燕は苦く笑う。

「万浬に何か言われたのか？」

「ち…違っ……」

あともう少し、という距離で、海燕に手が届かない。それが心の距離のようで、羽流は焦って手を伸ばし、海燕の腕を摑んだ。

「僕は、殿下が好きでっ……！」

硬直気味に叫んで、頰がぶわっと熱くなった。喉が詰まって声にならない。

けれどどうしても伝えたい。

「で…っ…でんか…っ……僕、僕は、本当に…っ」

息を詰まらせた羽流の顔がみるみる赤く染まった。

海燕がこらえきれないように吹き出し、羽流を抱き寄せてぽんぽんと背中を叩く。

「ああわかった。わかったから、まず深呼吸しなさい」

そのままゆでダコになる気か？　と笑われて羽流も懸命に息を吸う。けれど、背中を撫でて呼吸を促されながら、心の中が違う安堵に満たされた。

――いつもの殿下だ……。

向けられる笑みが、今までと変わらない。どこか心を隔てた笑みではなく、何もかも包み込んでくれるような優しい眼差しに戻っている。

「殿下…っ」

気持ちを伝えたくて、羽流は懸命に腕を伸ばした。回りきらない背中を抱きしめ、精一杯の愛情を込めてみる。

たじろいだような気配がして、やがてゆっくり抱き返された。

うなじの辺りに唇が寄せられて、低い囁きが聞こえる。

「……もう、思い切るべきだと思っていたのだ」

背中の手の感触が羽流の胸を締め付けた。

「そなたの気持ちが忠誠心だけで、私的なものに変わることがないのなら、これ以上、追いかけるべきではないと思ったのだが…」

羽流は懸命に胸の中で頭を振った。そんなつもりではなかったのだ。

「僕…、一生懸命頑張れば、殿下とずっと一緒にいられるんだと思って……そればかり考えて……」

馬鹿だったと思う。海燕がわざわざ博士僚まで来てくれる理由を、思いつきもしなかった。

「どうして、自分の気持ちに気付かなかったんだろうって反省しました」

くすりと忍び笑いが聞こえた。

「私も、どうしてこんなに鈍い相手を選んでしまったのだろうと思うが…」

「殿下…ひどい」

随分な言われようだ。羽流が憤慨して顔を赤らめると、海燕が笑う。

「仕方がない、そういうところも含めて、そなたなのだから」

「殿下…」

銀色に輝く月明かりの下で、心地よく海燕の声が響いた。

「はじめはただ、万浬たちに頼まれて演じた叔父という立場が楽しいだけなのだと思っていた」

海燕に兄弟はいない。初めてできた弟のようで、かわいかったのだと楽しそうに言われて羽流は照れた。

「素直で、愛らしくて、放っておけなくて、そのくせこちらの気持ちにはまるで気付かない相手で…」

聞かされながら、恥ずかしいのといたたまれないのとで、羽流はぎゅっと海燕の衣を握りしめた。

「我ながら、随分難しい相手に恋したものだと思っていた」

海燕が抱きしめたまま包むように羽流の頭を撫でた。

「立場で考えれば、私は王位につく身だ。そなたを望むべきではない。だからこそ一度は理性で断ち切ったつもりだったのだが」

抱きしめてくれる手が強くなる。

「私はもう二度と後悔したくない…」

「後悔？」

海燕の声に陰りが響く。

「五葉が覚醒する寸前、私は本当にそなたのほうが五葉になるのだと思っていた」

羽流は、あのとき海燕が顔を曇らせていたのを思い出した。

「口では仕方がないと言いながら、気持ちの上では全く整理できていなくてな…」

海燕も思い出したように苦い顔をしている。

「あれで本当に覚醒していたら、私は生涯、そなたに目覚めを促したことを悔やみ続けただろう」

「殿下…」

海燕が夜空を眺めながら、懐かしく思い返すように話し出した。

「博士僚で学んでいた頃、色恋沙汰で失権する歴史上の人物たちを愚かだと思っていたことがある。民を預かる身で、たかがひとりへの思慕に溺れて己を見失うなど、執政者としてあってはならぬと…」

まして、自分は慣例を破っての即位だ、誰よりも己を律して座につかねばならぬ…そう思っていたと海燕は告白した。

「……結局、ただ情を知らぬ若造の戯言だったということだ。いざ自分が恋に落ちてみると、こうやって感情に歯止めが効かぬ」

「そんな…」

とてもそんなふうに見えなかった、と羽流は目を丸くして言った。海燕は笑ったがこれは本心だ。羽流から見ると、海燕はいつも何事にも動じず、己の感情に流されることのない、瑕疵《かし》のない為政者だとしか思えない。

「買いかぶりだ。私も所詮人生経験の浅い若輩に過ぎない」

正しいと思って踏み出し、間違っては反省してやり直す…自分も平凡なひとりの人間だと、海燕は諭すように言った。

「理性で諦めたつもりで、五葉覚醒に向かわせたことを後悔して…だから、二度と同じ思いをしないために、己の気持ちは偽らぬことにしたのだ」

腕が緩められて向き合うと、ゆっくりと海燕の唇が額に触れる。

「愛している…」

低く、夜に溶け込むように声が響いた。

「殿下……」

「そなたが何者であっても、己の気持ちを貫くことにしたのだ」

そなたの代わりはない、と言われ、応える言葉を口にするより先に、鼻梁を伝った唇で塞がれる。

長く甘い接吻《くちづ》けに、羽流は目を閉じた。

月下に草花が揺れて、青い影が地面に美しい絵を描いた。

◆◆◆

翌日、羽流は後宮で殿下のお支度に列席しながら、自分の感情に驚いていた。昨日と何も変わらない朝なのに、海燕の顔を見ることができない。

姿が視界に入るだけで、心臓が跳ね上がり、自分の頬が熱を持ってくるのがわかる。

「……」

誰かに見咎められはしないだろうか。そう思って懸命に平静を装おってみるものの、できているかどうか甚だ心もとない。

羽流は俯きがちに視線をずらしていたが、海燕のほうはいつもと変わらなかった。むしろ、澄ました顔をしている海燕に、昨夜のできごとは夢だったのではないかと思うほどだ。

「……」

勤めの最中に俯くばかりではいられず、顔に出てしまわないように気を付けながら羽流も海燕の動作を追いかけていると、ふとした瞬間に視線が合う。

眼差しに甘い疼《うず》きが込み上げてきて、羽流は隠しようもなく動揺してしまった。

――殿下…。

海燕は僅かに笑みを見せて、すっと身を翻し、汀瑛の先導で内宮への扉に向かった。羽流もこっそり呼吸を整え、すぐそのあとにつく。

――落ち着け、心臓。

皆で見送りに頭を下げ、羽流は女官たちから何か言われはしないかとビクビクしながら朝の勤めを終えた。

女官たちが退けてから、ふう、と大きな溜息をつく。

ほっとしたくせに、夜まで会えないと思った瞬間に、さみしくなる。

ドキドキして顔も見られないのに、海燕の顔が見たくてたまらない。

――恋って、大変なんだなあ……。

毎日顔を合わせているのに、自覚した途端に、こんなふうにさみしくなったり見惚《みと》れてしまったりする。

博士僚の部屋にいるときのように、あの腕にすり寄ってしまいたくなるのは、病気だろうか。

ただごろごろとくっついていたくて、たまらない気持ちになるのだ。


自分の気持ちを持て余しながら、海燕の姿の余韻を振り切るように、羽流はお茶のための花を摘みに庭に出た。


夜になると、羽流は博士僚の部屋で形ばかり書物を開きながらそわそわする自分の気持ちに手を焼いた。自分でも、学習に身が入らないのはわかっている。さっきから、何行か行きつ戻りつするだけで、頁《ページ》が少しも進まない。

耳を澄ますと、月夜に騒ぎ出す虫の音や浮き浮きと飛び回る精霊たちの気配に混じって、ひときわ輝く気配がした。

「きっと殿下だ…」

学問をおろそかにして、せっかくこの場所を提供してくれた海燕の配慮を台無しにしてはいけない…そう思うものの、じっと机で待っていられず、羽流はパタンと書物を閉じて衣擦れの音がするほうへ駆け出した。

「殿下！」

廊下に出ると絹の夜着を羽織った海燕が笑みを浮かべている。

「出迎えか？」

「はいっ…」

とん、と飛びつくとそのまま抱きしめられた。

――殿下……。

顔を埋《うず》めるだけで胸がいっぱいで、言葉が出ない。日中も姿を見ているのに…と自分でもおかしいと思う。けれど、こうして傍に行きたくて仕方がないのだ。

「ずっと会いたくて…昼間は長いなあって思っていました」

頭上で笑う気配がして、ぽんぽんと背中をなだめるように叩かれながら、羽流は海燕と一緒に部屋に戻った。

「私も、この時間が来るのが楽しみだった」

「本当ですか？」

広い寝台に腰掛け、海燕に抱き寄せられる。枕を押しのけ、ふたりで壁に寄りかかるようにして寄り添って座った。

「政務を手早く片付けたくなるほどだ」

「ふふ……」

そう言ってもらえるのがとても嬉しい。羽流がすりすりと胸元に頬をつけると、髪の間に指を差し入れるように頭を抱えられて、上を向かされた。

「ここなら、そなたとふたりきりでいられるからな」

こつん、と額を合わせて、ずっと顔が近くなる。

なんだかまた接吻けられるのではないかと思って、羽流は期待と恥ずかしさでぎゅっと目を瞑った。

あの蕩けたような感覚と身体の芯から疼くような熱を思うと、海燕を正視できない。

――……？

唇の被さる感触を、肩を竦めて待っていたが、いつまでもその気配はなく、そっと目を開けてみると、海燕が微笑んだまま自分を見つめていた。

構えていたくせに淫《みだ》らな期待をした自分に、羽流は羞恥心で頬が熱くなる。

「こういうことは苦手か？」

「え…いえ……えっ…と……」

――どうしよう。

本当は昨夜のようにしてほしかったのだ。けれど、それを口にするのははしたないような気がして、なんとなく言えない。

けれど、接吻けられるとどうしてよいかわからないほど緊張するのに、あの恍惚《こうこつ》とした感触を望んでしまうのも本心だ。

「あの……まだちょっと恥ずかしいですけど、でも…あの、苦手とかではなくて…」

「慣れの問題か」

「はい！」

慌てて返事をすると、海燕が笑う。

「学問ではないのだ。ガチガチに構える必要はない」

顔を赤くしたまま見上げていると、羽流は赤ん坊を抱くように抱えられてしまった。

「少しずつ慣れてゆけばいい…」

「……殿、下……」

子守唄を歌うように、低く静かに海燕が言って、抱いた手と反対側の手で羽流の頬を撫でた。

気持ちよくて、胸が疼いて目を開けていられない。

「……ん……」

海燕の指が唇をなぞる感触がする。ゆっくりと輪郭を縁取って、悪戯のように上唇を指先でめくられた。その感触に、羽流は甘い吐息を零す。

「…ん…っ……」

少しずつ、やんわりと唇を押して、指が歯列をこじ開けていく。沸き上がってくる淫らな感触に呼吸が上がり、身体ごと動いてしまいそうになるが、片膝を立て、腕で抱きかかえられた身体は、顔を逃がすこともできないまま上を向かされていた。

「ぁ……ふ……」

指が緩く唇を押して割り入り、指先が舌の上で淫猥《いんわい》に動く。たまらない感覚に、羽流の閉じた瞳は潤んで溜息が漏れた。

キスでもなく、ただ指が触れているだけなのに、自分の身体がどうしてこんなに熱を持つのかわからず、そしてこれがどの行為に相当するのか、羽流には見当がつかない。

ただ、差し入れられていく指がまさぐるように口腔《こうこう》内をなぞり、抱きしめてくれる手が熱っぽさを増している気がするだけだ。

すっと指を引き抜かれると、さみしくなって追いかけたくなる衝動に駆られる。心に追従するように目を開けると、入れ替わりに唇が触れた。

「ん……」

顔を傾け、唇で開かされたままの口腔を甘く吸われて、切ない吐息が鼻から抜けていく。

「…ん…っふ……」

「慣れてくれそうだな…」

「は…ぃ…」

頭がふわふわして返事がまともにできない。海燕が笑って額にかかる髪を撫でた。

「今宵《こよい》はこのまま泊まろうか…」

はい、と返事をしそうになって、羽流は慌てて現実を思い返した。

がばっと海燕の胸を押し、体勢を立て直して起き上がる。

「駄目ですっ……明日は朝から閣僚会議があります。寝坊は絶対できないですよ」

「……」

海燕が目をぱちくりさせている。羽流は、海燕はもしかしたら明日の予定を忘れているのかもしれない、と慌てた。

明日は王都からの中間報告がある、各大臣の集まる重要な御前会議なのだ。前回のように、自分のためにわざと後宮に戻ってから起床時間を遅らせたりしたら、大変なことになる。

「午後からのご会食の予定は後ろ倒しにはできないし、夜までご予定が詰まってるんですから、今夜中にお戻りにならないと…」

「……」

重要な政務のことを言ったつもりなのに、海燕は呆気にとられたような顔をした挙句、声を上げて笑いだした。

「殿下…」

「そうだったな…ははは…」

――本当に大事なことなのに、笑うなんて…。

あまりにも楽しそうに笑うので、羽流はなんとなく釈然としない。そういう感情が顔に出ていたのか、海燕はくりくりと頭を撫でてなだめてくれる。

「我ながら、よい傍仕えを持ったものだ」

「殿下」

それは本当に褒めているのだろうか…と思う。まだ笑っているので、どうも素直に頷きにくいのだ。

ひとしきり笑い納めてから、海燕は爽やかな顔で身支度を整え直した。

「では、熱心な傍仕えの言う通り、今日は早めに退けるとしよう」

「……殿下」

寝台を下りて、部屋を出そうになるとそれもそれでさみしい。そう思いながら見送ると、海燕が帰りしなに羽流を抱き寄せた。

「やれやれ……難しいな」

「…？」

羽流の額に甘く唇が落ちる。

「そうあからさまにさみしそうな顔をしないでくれ。戻れと言ったのはそなただぞ？」

「…そうですよね」

羽流はしょんぼりと頷いたが、海燕は笑っている。

「もう少しだけいようか」

「殿下…」

部屋の入口で柱に寄りかかったままふたりで抱きしめ合った。

「あと一刻、月がもう少し傾くまではいいことにしよう」

「はい…」

――嬉しい……。

トクトクと温かい胸を抱きしめ合い、沈んでいく月を見ないようにしながら、長いことふたりでそうしていた。

◆◆◆

何日か過ぎた後、羽流は海燕に届け物を命じられた。〝お茶がおいしいから、遡凌に〟という言いつけだったが、届け物を口実に、遡凌に会わせてくれようとしているのがわかるので、ありがたくて頭を下げた。

いつもより多めに蜂蕗のついた花を摘み、後宮専用の厨《くりや》に持っていく。そこは貴族階級ではない女性たちが大勢勤めていた。もちろん、お茶の当番を担当している奏花もいる。

「こんにちは、お花をお持ちしました」

「ああ羽流様、ありがとうございます」

にこっと笑ってタイル敷きの広い厨に入ると、何人もの女性たちがにこやかに会釈をしてくれる。

汀瑛が役目を任じてから、女官たちは羽流を正式に傍仕えのひとりとして認める空気になっていた。個人的な好悪の感情はともかくとして、誰も汀瑛の決めたことには逆らわない。上の女官の態度に倣って、下働きの女性たちも、自然と羽流を避ける理由がなくなる。

もともと彼女たちは羽流に対してそう悪い印象は持っていなかったので、主人たちが禁じない限り、とても友好的な対応だった。

「お茶のほうは、もう少しお待ちくださいませね」

「はい。ありがとうございます」

五葉の間まで届けるために、貝細工の嵌め込まれた白く丸い盆に、よく温めた鉄瓶が乗せられ、冷めてしまわないように、ドーム型になった陶器の覆いも用意されている。

「羽流様、お茶菓子もご用意してみたんです」

花を受け取りながら、水路で泣いていた奏花が元気な笑顔を見せてくれる。彼女の力になれたことも、羽流にとっては嬉しかった。

彼女はあの日、茶の淹れ直しを特訓しているところに汀瑛が現れ、味見をされたために、水の味が変わった理由を汀瑛に話してしまったのだとあとから告白された。内緒で手伝うつもりだったのに、その日のうちに汀瑛に知られていたことに羽流は驚いたが、それより汀瑛が、たとえ下働きの女性であっても、叱った相手をきちんと気にかけていることを尊敬した。

「お好みに合うかどうかわからなかったので、いくつか選んだのですが、いかがでしょう？」

配膳用の大きな台に盆が置かれていて、その隣に華奢な焼き菓子や、蜂蜜で練った練り菓子がいくつも並べられている。

「せっかくのお茶ですから、ぜひこちらもご一緒にお届けになられては」

「おいしそうですね。ありがとうございます」

お茶を待つ間、どれがいいかな、と女性たちと選ぶ。ああでもない、こうでもないと相談し合う女性たちと話せるようになったことは、羽流にとってとても嬉しいことだ。

隣で、自らの主人たちの食器を磨いていた女性たちも、華やいだ菓子につられてこちらの膳を覗く。けれど、綺麗ね、と言いながら、噂話に盛り上がり続けたままだ。

「でも、その話は本当らしいのよ」

――…？

ぴくりと耳だけ傾ける。女性たちは三人で、それぞれ自分の仕えている女官からの情報を披露していた。

「毎晩こっそり庭からお出になられて、明け方までお戻りにならないこともあるそうよ」

「まあ…じゃあ、本当に？」

情熱的ねえ、という女性たちの感嘆を聞いて、羽流はこっそり顔を向けた。話は、海燕のことらしい。

「でも、お輿入れの話は別にちゃんと進んでいるんでしょう？」

「ええ、だって即位式のときのあの席次で…」

歩濫の下に仕えているという女性は、即位式典のときに、女性たちが並ぶ場所の最前列に、海燕の花嫁候補が並ぶのだと、自慢げに家名と姫君たちの名を列挙する。

「もう、どの姫を真ん中にするとか、衣装の色を被らないようにするとか、毎日汀瑛様とお打ち合わせがあって、歩濫様も大忙しでね」

「じゃあ、その、殿下の通われている方って、花嫁候補とは別ってことね」

歩濫の下働きが得意そうに頷く。


「そりゃあそうよ。でも、ご成婚前から側室にご寵《ちょう》愛《あい》があるとなったら、これは大変なことになるわね」

もしお相手が氷彌様派の女官だったりしたら、壮絶な争いになるわよ、と何故か波乱を楽しむかのように彼女は言った。

羽流はそれを背中で聞きながら、冷や汗がにじむ。噂話の内容は、推測するに、海燕が夜半に博士僚へ来ていることを指している。それを、通う女性がいると思い違いされたのだ。

勘違いの部分はいいとしても、海燕の伴侶の話に、心の中が波立つ。

日々窺う公務のスケジュールでも、即位式で王家ゆかりの姫君たちが多数列席されることは耳にした。朝餐の席でも、他の王族方がお妃問題を口にしたことがある。

海燕はまもなく即位する。正妃なしなどということは考えられないのだ。羽流はそんな現実を改めて意識した。

――僕は……。

愛情を告げられ、夜毎《よごと》訪れてふたりだけの時間を作ってくれている。隣にいられるだけで幸せで、もっと、無性にくっつきたくなるような衝動すら起きるほどだった。

羽流はこれ以上は望むべくもないと思っているが、それはずっと続くものではないのだ。

今は即位の話が優先される。国王となってからも、しばらくは政務の調整が続く。それでも、治世が安定してくれれば、誰でも次に考えるのは伴侶と世継だ。

そのとき、自分はどうすればいいのだろう。

海燕が妃を迎え、その女性を愛してしまったら……。

自分はそういう状況にたえられるだろうか。姫君を愛する海燕の傍で、仕える自信がない。

息ができなくなりそうなほど心が重苦しかった。

「羽流様、お待たせいたしました。お淹れできました」

「あ、ああ、はい。ありがとうございます」

殿下の想い人が誰か、という話で盛り上がる女性たちを背に、羽流は沈んでいく心を隠しながら、お茶を持って厨房を出た。

◆◆◆

茶を運んで五葉の間を訪れたが、そこは相変わらずがらんとして人気《ひとけ》はなく、五つの球体は宙に浮いていたが、今日は揃って低い位置にいた。

――中に五葉がいるんだよね。

乳白色の球体が、ちょうど自分の胸の高さくらいのところに浮いていて、羽流は盆を持ったまま回って見てみた。

「そうか、座ってるんだ」

球の真ん中あたりが平らになっていて、中に単座した五葉がいる。身体も衣も、金色にぼんやり光っていた。どうなっているのかはわからなかったが、乳白色の壁はうっすらと時々中が透けて見える。

ふわんと珠が光り出すと中は見えなくなり、光がやむと少し透けて見える。まるで脈や信号が送られていくかのように規則正しく間隔を空けて球体は音もなく発光した。

「……？」

目の前の白い球体はいつまでも動かない。脈打つようにゆっくりとそれ自体が光るが、どこにも行かなかった。

――じっとしていることもあるのかな。

羽流が見ていると、中にいる五葉がふいに閉じていた目を開ける。

「……」

五葉と目が合った。穏やかで中性的な顔立ちの五葉は、年齢も不明に見える。

「…？」

中の五葉が笑った気がした。

――殿下の五葉と同じだ……。

特に表情が大きく変わるわけではないが、視線が合って、心なしか唇の端が上がったように見え、全体的に柔らかい気配になる。

それ以上は何も変化は起きず、五葉は動かないままだったが、羽流はその表情にほっとした。

初めて五葉を見たとき、彼らが人ではなくなってしまったような気がして複雑な気持ちになったのだが、今感じる気配からはそういう印象はない。

胞宿の大群に遭遇する羊のような感じだ。周りに精霊の気配がしても、のんびりと自分の食事にいそしんでいる…そんな羊のような、穏やかな感じを受ける。

「羽流」

「あ、遡湊！」

新しい五葉が待機している洞窟から出てきた遡湊が、近寄ってくる。一緒にいた紺色の衣の神官は、一礼してから去っていった。

茶を運んできた経緯をひとしきり説明すると、遡淩は喜んだあと、少し首を傾げて尋ねてきた。

じっと見ていたからかもしれない。

「まだ、五葉のことが気になる？」

「え、ううん……もう、なんとなく五葉は辛いわけじゃないってわかるし」

「そうだね、お前はどうも五葉と気が合うようだし」

遡淩がからかうように言いながら、すっと五葉の入った球に手を伸ばす。てっきり球面にぶつかるのかと思ったら、手はまるで何もないかのように膜部分をすり抜けて中の五葉に触れる。五葉の衣を整えてから、遡淩はすっと手を退いた。

硬いのか柔らかいのか、わからない球だ。

「五葉と話ができて、精霊と大地を感じることができて…きっと大昔はお前みたいなのが祖環だったんだろうな」

「祖環…？」

遡淩はにっこり笑って、羽流が持って来た茶の盆を受け取った。

「…神話の時代の話さ。祖環がいた頃は、五葉はもっと自由に歩き回って会話をしていたというからね」

「そうなの？」

それが五葉を操る王の力とも関係しているのかと思って尋ねたが、遡淩はそうではないと言う。

「あくまでも創世神話の話だからね、祖環の存在は半分伝説みたいなものだ」

羽流はまだ神話の本をきちんと読んでいないので、創世神話についてはよくわからない。

「その昔、王は天の神様が造って、五葉は地の神様が造った…と言われている。羽流も見てるだろう？扉に彫られたレリーフの話だよ」

「あ…あれ」

羽流は雙龍紋に似ているのに、龍ではなく人が向き合っている図を思い出した。

「その頃の五葉は五葉の要、〝祖環〟が立っていて、祖環はもちろん、五葉も普通の人と変わらない生活をしていたんだそうだ」

　李梅もそう言っていた。国旗の雙龍も、もともと王と祖環を表していて、のちに龍の姿に変わったのだ。王も祖環もともに国を支えるのに欠かせない存在で、現在はそのどちらも王が兼ね備えている。

　一説には、王と祖環はもともと同じ人物だとも言われている、と遡凌は教えてくれた。

「まあ、それは神学の領域だからね。学説の真偽は私にはわからないよ。ただ現在においては、王が五葉を操り、同時に大地の気脈を整える。だから、王は双《ふた》つの龍そのものだ」

「……そうなんだ」

　海燕は神のような存在なのだ…そう思うと、自分のような普通の人間が、海燕と恋をするということそのものが、有り得ないような気がする。

　――僕が、間違えていたのかもしれない。

　羽流はどこかで、自分たちの関係が世の中の恋人たちと同じものなのだと思っていた。けれど、海燕は王だ。ただの人ではない。

　ひっそりと過ごす親密な夜は、あくまでも即位が終わり、正妃が決まるまでの、許された期間だけのことなのだ。お妃様が来られたら、当然そちらが優先されるだろう。自分はただの傍仕えなのだから、当たり前のことだ。

　再認識すると、反論の余地がないほど、それは正しいことだと思えて、そして羽流にはそのことが辛かった。

　遡凌がじっと羽流を見た。

「元気がないね。どうした？」

「…ううん。なんでもないよ」

「万浬から聞いているよ。女官長に認められたんだって？」

「うん……まだまだなんだけどね」

　でも頑張るから、と無理に笑って、羽流は泣きそうな気持ちをしまい込み、五葉の間を出た。

その夜——。

海燕は普段と変わらず、公務を終え就寝の時刻をかなり回ってから博士僚に現れた。

羽流は、いつもなら駆け寄って抱きついてしまうのだが、今日はそうできなかった。

——殿下とこうして毎晩会えるのは、あと何日だろう。

そう思うと、胸が塞がれて駆け出す元気が出ない。

「どうした？　何かあったのか？」

「え…？　いえ」

羽流は取り繕って笑みを返してみたが、目前に迫った即位式典のことが脳裏にちらついて消せなかった。

——式典で並ぶ姫君のうちの誰かを、殿下が選ぶ…。

沈む気持ちを押し隠した。けれど、海燕がそっと、抱えこむように羽流の背中を引き寄せる。

「どうした？」

「………」

向き合ったまま、答えを待たれる沈黙にたえかねて、羽流は口を開いた。うまい誤魔化《ごまか》し方が思いつかない。

「もうすぐ、即位式だなと思って」

海燕がふわりと笑って羽流の顔を覗きこむ。

「それで、式典の何がそんなにそなたを悩ませるのだ？」

「……」

「素直に言えるように、その口を慣らしてみようか」

「え……ん…っ……ぁ」

頤《おとがい》を摘まれ、上を向かされて唇が重なる。小鳥のようについばむ接吻《せっぷん》を繰り返して、いつの間にか、海燕の唇が割り込んで、口腔に舌が入り込む。

「…ぁ……ふ」

熱い粘膜の感触に目が眩《くら》んで思わず襟元にしがみついた。口の中を掻き混ぜられる恍惚感に、思考を手放してしまいそうだ。

吐息を漏らすと、ゆっくりと背を抱えられたまま唇が離される。

「どうだ？　もう少し慣らすか？」

「……」

そんなふうに言われたら、黙り通せない。

「即位式で、お妃様の候補とお引き合わせが終わったら…」

「……」

「もうこんなふうに会えなくなるんだなあと思って……」

このまま即位式なんて中止になればいいのに…。そうすれば、いつまでも海燕と会える。そんな無謀な妄想さえ浮かんできて、羽流は涙ぐんだ。

「…すみません。言っても仕方のないことなのに」

こんなことでぐだぐだと泣くなんて、うっとうしいだろうと羽流が謝ると、海燕は驚いたような、複雑な表情で顔をしかめていた。

「…」

「そなた、本当に私の言葉をわかっていないな」

呆れたように言われて、羽流は思わず身を竦める。

「…？」

海燕が溜息をついていた。

「告白しただけでは駄目だったか」

「殿下……？」

「残念だが、私は何人も同時に愛せるほど、器用な男ではないのだ」

すっと抱き寄せられて、海燕の胸元に羽流の頬が触れた。

「そなただけだ。正妃の話など、受ける気はない」

「殿下…」

羽流は驚いて顔を上げようとしたが、海燕の腕がそうさせてくれなかった。甘やかすように海燕の手が髪を撫で、額に唇が落ちる。

「もう少しそなたの成長を待とうと思っていたが…」

「…？」

「女官たちの軽口で、またそんなふうに悩まれてはかなわない」

「え…あ…ぁっ……殿下？」

抱き寄せた手が、背中から腰へ下がり、羽流は身体ごと抱き上げられて寝台のほうへ移動した。

そっと下ろされても海燕は腕を緩めてくれず、いつの間にか裾のほうから手が忍び込んでいる。

肌に直接触れる手が熱い。

「誰も娶《めと》ることはない。抱きたいのはそなただけだ」

「で、んか……」

「嫌か？」

じっと見つめられ、海燕の瞳からいつもはない、熱っぽい感覚を受けて、羽流の鼓動が跳ね出す。

――殿下…と…？

愛情を告げられても、男女のように唇を重ねても、羽流には同衾《どうきん》という行為が全く思いつかなかった。

万浬の言葉が、脳裏に蘇る。

《男女のように愛することがあるんだよ…》

羽流には閨室《けいしつ》の知識はなかった。ただ、草原でシユニの姉が子供を身籠ったとき、遡淩に「羊の種付けと同じだよ」とさらりと言われただけだ。

恥ずかしくて、きちんと聞いたことがなかったが、今、海燕に望まれているのが、それに類したことなのだというのは羽流にもわかる。

問う眼差しに、羽流は訳もわからず頷いた。海燕がそう望むのなら、従いたい。

海燕が苦笑した。

「本当に、わかって承諾しているか？」

「だ、大丈夫です。わかってます」

ぎゅうっと広い胸を抱きしめると、頭上からは嘘をつけ、とからかうような声がする。

確かに本当はわかっていない。けれど、羽流の中にも、抱きしめるだけでは治まらない熱がある。

触れるだけでは足りない。もっと強い希求を、自分でも抑えきれなかった。

「殿下…」

羽流は伸び上がって唇を押し当て、海燕がそれを支えるように頭を抱えて深く接吻けた。

抱き込まれたまま角度を変えて唇が交わり、こじ開けられた口腔を、舌が舐《な》める。羽流は、肉厚な舌の感触がたまらなくて、目を閉じたまま喘《あえ》いだ。

「ん……っ…ん……ふ」

息ごと奪われるような唇に翻弄されながら、海燕が手を襟元に忍ばせ、肩をなぞるようにして、服を剝《は》いでいく。

——うわあ……。

裸になるのだとはわかっても、羽流は衣を外されるたびに羞恥で頬が熱くなった。抵抗しないようにしてはいるが、脱がせながら愛撫《あいぶ》してくる手に、快感と気恥ずかしさで身悶《みもだ》える。

下帯まで解かれて、全裸の頼りない感覚に目を開けると、海燕が微笑っていた。

「着せ替えはできるだろう、ちゃんと道中で練習したからな」

「はい…」

自分がされたことと同じことを、海燕にするのだ、と羽流も理解して手を伸ばす。襟元をくつろげ、帯を緩めて脱がそうとするが、お召し替えのときのようにうまくできない。

毎朝見ているのに、すぐ目の前でちらりと胸元がはだけただけで、何故か呼吸が上がって指が震えた。うまくできない羽流に、海燕が手を添えて手伝ってくれる。

「す、すみません」

「いや…」

全て脱がせ終えないうちに、羽流は海燕に両手首を取られ、後ろ側に押し倒されてしまった。

「私は楽しい」

羽流が顔を赤くしたまま見上げると、海燕は本当に楽しそうに笑う。

「本当はずっと、そなたを抱きたかったのだ」

すっと身体を覆うように海燕の顔が近づいてくる。

「そなたは、私の辛抱など知るまい？」

「殿下…」

低く、からかうように囁きながら、返事を待たずに海燕が唇を吸い上げた。

「ん……っ」

先ほどよりずっと深く舌が差し入れられ、脳髄を掻き回されるような陶酔感に、身体が揺れる。だが、両腕とも張り付けたようにしっかりと握られていて、羽流は快感を逃す身動きすらできなかった。

「ぁ……ん…ふ………」

瞳が潤むほど甘い責めに羽流は喘ぎ、ようやく唇が離れたあとも、喉元や鎖骨の辺りを辿って這《は》う海燕の舌先に、止めようもなく声が漏れた。

「で…ん、か……ぁ…」

甘い疼痛《とうつう》を訴えて名を呼ぶと、海燕が摑んでいた腕を離した。

「嫌か？」

声にならなくて、羽流が涙目になりながら首を振ると、海燕が髪を梳くように指を差し入れて掻き混ぜる。

「では感じたままに任せてしまいなさい」

手のひらと指で、確かめるように身体のあちこちを愛撫され、触れられる感覚に、羽流の呼吸がどんどんせわしくなる。

いつの間にか覆い被さった海燕の筋肉質な身体が、ぴったりと羽流の脚《あし》や腹に密着した。

身体の重みと、重なる肌の熱さに脳が沸騰しそうだ。

「殿下…ぁ……ぁぁ…っ…」

腰全体が痺《しび》れたように快感を纏う。ずくずくと腹の奥から熱い塊が込み上げてきて、羽流は、自分でもわからない衝動にひたすら息を荒らげた。

無意識に身体がガクガクと揺れる。

重なった身体を少しずらされて、海燕の脚が割り込むように羽流の脚の間に入り込み、硬く熱を持った部分が擦《こす》れ合った。海燕の手が羽流の腰へ回って引き寄せられ、より強く熱を持った芯が触れ合う。

「……っ————っ…！」

——あ、あ…あ…っ。

声にならないほど強い快感で腰が震え、羽流はビクビクと身体を痙攣《けいれん》させ、あっという間に性器が体液を吐き出した。

荒く肩で息を乱していると、海燕が髪を撫でながら少し案じたような顔をした。

「…もしかして、初めてか？」

「……」

羽流は嘘のつきようがなくてこくりと頷くと、海燕が迷ったような顔をする。

「…初めてか……」

「あ…の…でも……きもちよくて……」

まだ呼吸が整わない。これほど強い快感は、羽流には初めての経験だった。

「少し、時期が早いかもしれないな…」

もしかしたら、海燕は自分の身体を慮《おもんばか》ってやめてしまうかもしれない…。とっさにそう思って、羽流は離れていきそうな腕を掴んだ。

「大丈夫です、もっと、こうしたいです」

抱き返してくれるものの、海燕の声はまだためらいがちだ。

「受け入れるのは、だいぶ違う話だ。快楽だけで済むかどうか」

それでもいい。このまま終わらないでほしい…言葉の代わりに羽流は海燕の背中に腕を伸ばした。

「そうしたいんです、殿下……」

「……羽流」

抱擁は、ありったけの気持ちを込めたつもりだった。ややあって、海燕が額に唇を落としながら、羽流の腰骨から内側をなぞるようにして手で脚を広げていった。

「ではそのまま、身体の力を抜いておきなさい」

羽流が頷くと、内腿《うちもも》を撫でていた海燕の手のひらが、吐き出したばかりの場所をやんわりとなだめたあと、さらに奥に伸ばされ、指が侵《はい》り込んできた。

「なるべく負担のないようにしてみるが…」

羽流が、息を呑み込んだまま海燕を見上げる。

「ここで受け入れるのだ」

海燕の指が秘部の入口を撫でて、緩みを促した。

羽流は、違和感と羞恥で脚を閉じそうになるのを必死で止めた。もし少しでも嫌がったら、海燕は本当にそこでやめてしまいそうな気がするのだ。

言われた通り、深く息をして身体の力を抜く。海燕の指はゆっくりと様子を見ながら羽流の内襞《ひだ》を押し広げていった。

「…っ…」

腹を圧迫されるような違和感で何度か肩を引き攣らせたが、そのたびに海燕の手が止まって、内部がその感覚に慣れるまで待ってくれる。

「痛むか?」

低く様子を窺う声に羽流は首を振った。

「大丈夫です」

指がどんどん奥のほうに進んでいく。最初は異物を飲み込んだように感じていたのに、中で淫靡《いんび》な動きをされるにつれて、羽流の中で違う感覚が広がっていった。

身体のあちこちを舌で愛撫されながら、指で挿《お》し抜かれたり、試すように擦られたりするうちに、じわんとその場所が熱くなっていく。

「ん…っ……」

――ぁ、気持ちいい……。

腹から広がる快感に羽流の頬が熱くなる。それは吐精とはまた違う、強烈な感覚だった。身体ごと反応するとその場所を何度も擦られ、羽流はだんだんたえきれなくなって身悶えた。

「ぁ…っ…は……っぁ」

ぐりぐりと増やされた指で弄《いじ》られて、じわんと腰が痺れて忙《せわ》しなく喘いでしまう。

羽流のひらいた唇から漏れる吐息を吸い上げるように、海燕の唇が割り込む。

「ん…んん…っ…んっ」

ぐにぐにと指が羽流の内襞を掻く。同時に口腔内を熱い粘膜の感触が蹂躙《じゅうりん》して、襲われる快感に、吐き出しておさまったはずの場所が再び勃《た》ち上がりかけた。

「は…ぁ」

溢れてくる唾液で、舌が淫靡《いんび》な濡れた音を立て、それが耳に響いて、羽流の感覚は余計鋭敏になる。

海燕の身体が少しだけ離れ、羽流の脚の間に完全に割り込まれて広げられてしまう。

羽流は気持ちがよくて身体に力が入らず、何もできないまま海燕のすることを見つめているだけになってしまった。

指が抜かれた場所に、海燕の硬く熱いものがあてがわれ、ゆっくりと中に挿《はい》ってくる。

「…ん…」

「辛いか？」

気遣う囁きに、羽流は首を横に振った。指よりずっと質量のあるものが押し入ってくるが、それはずしんと気持ちいいだけで、まったく痛みはない。

「きもちい、い…です」

下腹部を押し上げられるような感覚に声を詰まらせながら、答える声が快感で甘く蕩ける。

海燕が目を眇《すが》めながら少し笑った。

「これは、嘘ではないようだな」

「……は……ぁ……ぁ、んっ…」

抗議したくても、抑えられずに上がる声で言葉にならない。

指よりずっと奥まで押し進められて、ただじっとされているだけでも、内襞をみっしりと掻き分ける滾《たぎ》った感触が、たまらなく羽流の腰を痺れさせた。

「…っ…ん……ん」

やがて、ゆっくりと抽挿《ちゅうそう》を繰り返された。

激しくならないようにしてくれてはいたが、海燕とは体格が比較にならない。両肩を押さえられても突き上げられる衝撃で羽流の身体が動き、それと同時に、強い快感が身体を貫いて、あられもない声を上げてしまった。

「ぁ…ぁ、あ、ああっ…」

必死に手で押さえても、溢れてくる快感に止めようもなく喘ぎが漏れる。

「んっ…あ…っ…あん…っ」

上下に揺らされて、抜き挿していく肉塊が鋭い愉悦の感覚を走らせ、こらえようがない。

羽流はぎゅっと目を瞑り、唇を噛みしめたが、灼《や》けるような快感を抑えることができなかった。

「大丈夫か?」

羽流が襲ってくる快楽にたえきれずにいると、官能的に目を眇めた海燕が逞《たくま》しい笑みを浮かべた。

「加減はしているつもりなんだが…」

声を塞ぐように、海燕の唇が羽流の喘ぎを呑み込んで重なる。

「ん…んっ…ん」

突き上げられながらぐにぐにと舌が舌を絡め取った。

口の中を擦られる快感に、再び熱を持っていた羽流の半身はあっという間に弾けた。

「ぁ…んっ」

何度も強く刺し貫かれ、硬く総量を増したものが勢いを増し、羽流の中に深々と挿し入れられたまま、熱が広がるように中に温かいものが注がれる。

「…んぁ…ぁっ!」

「羽流…」

羽流の頭を抱き込むように海燕の身体が覆い被さって、幸福感と愛おしさで、精一杯腕を伸ばして海燕の背中を抱きしめた。

海燕の向こうに、青い月明かりが射し込んでいた。

◆◆◆

異変が起きたのは、海燕を見送ってからだった。

海燕は夜明けギリギリまで羽流のために部屋にいた。羽流の体調を案じながら、庭を経由して後宮に戻り、見送った羽流も急いで宿舎に向かう。

まだ夜の暗さを残す回廊を歩きながら、羽流はなんとなく身体がふわふわするのを感じた。

――寝てないからかな。

初めての経験は、思い返すだけで身体が熱くなりそうだったが、海燕が心配していたような痛みはなかった。だから、身体が辛いということはないのだが、何故か感覚がおかしい。

眠くなると、動作は鈍くなるはずなのに、身体は綿のように軽く感じるまま、意識だけが眠りに引き込まれる。

――でも、急がなきゃ。遅刻しちゃう…。

一階層上の王宮まで上がり、灯りが床に反射する回廊を進み、宿舎が見えた辺りで、羽流は自分の足元がふらついたのを自覚した。

「どうされました！」

衛士が驚いたようにかける声も、羽流にはまるで水中で聞くようにくぐもって遠くなる。

「だ、い…じょうぶ…です……眠く…て………」

羽流はきちんと答えたつもりだったが、ろれつが回らなかった。

「羽流様！」

焦ったような衛士の顔が揺らめくように見えて、そのあと羽流の意識が遠のいた。


それは、眠っている間に、自分が眠っているという自覚がある、奇妙な状態だった。

――あれ？　僕、夢を見てる？

そこは周りになんの景色もなく、羽流はずっとふわふわした光の中にいるような感じがした。

――？

辺りを見渡すと、乳白色の明るい世界に、色々な形をしたものが一方の方向に向かって流れていく。

薄桃色の丸いもの、全身が突起物のような黄緑色のもの、手のひらくらいの淡い黄色の粒。どれもまるで水の流れに乗るように、空の高いところから足元までを流れていく。

――どこに行くんだろう？

はためく平たい布のような形や、数珠繋ぎになって流れていくものもいる。そのどれもに綺麗な色がついていて、羽流は長いことそれを見上げていた。

時々、あまり綺麗ではない色のものが混じってくる。色がくすんでいて、嫌な感じがするのだ。嫌だと感じたまま眺めていると、光の珠《たま》が飛んできて、あっという間にそれらが霧のように砕け散っていく。

砕け方が妖獣退治に似ている…と思いながら見ると、顕《あらわ》れる珠は、五葉の珠のようにも思えた。

――世界の境目って、こんな感じかな。

外の世界から入ってくる、あらゆる生き物が通過する場所。通過の是非を判定するのは王で、実際に働くのは五葉…。

不快な色の何かが来るたびに、顕れては光る珠が、時おりその近くにいる綺麗な色の生き物のことも消してしまっている。

羽流には、なんとなく珠の狙いが定まっていないように見えた。それだけではなく、じっと見ていると生き物の流れが、時おり滞留している。

――世界の境目が、狭いんだろうか。

もっと境目が大きかったら、もっと勢いよくこれらは動くだろうに…。そう思うと、羽流は無性にその場所を広げたくなる。

――あの場所が、もっと広かったら。

どうしてそう思うのかわからなかったが、ただ生き物が流れていく先を見つめて、その場所を押し広げるような幻想を持った。

すると、それだけでぐわん、と生き物の群れが大きく揺れて、大河から海に向かう奔流のように、勢いよく生き物たちが世界の向こうに泳ぎはじめた。

――わあ……。

すうっと肺の奥から呼吸をするように、手足の隅々まで酸素が廻《まわ》り、まるで流れていく路が、自分の身体の延長線のように感じられた。

飛び出した向こうの世界まで、羽流の意識が広がる。

手足が大地深くまで伸びていくように、どこまでも自分の感覚が広がって、自分が自分であることを忘れてしまいそうだ。

――五葉って、こんな感覚だろうか……。

羽流は、五葉はもう揃ったはずなのに、おかしいなと冷静に思いながら、大地と一体化する気持ちよさに目を瞑る。

精霊と、生きとし生けるものをただ感じているのは心地よい。

羽流は、うっとりとしながらふいに海燕の接吻を思い出した。

額に落ちる柔らかくて温かい感触。

「羽流…」

気持ちよくて、抱き返したくて羽流は無意識に手を伸ばした。

――殿下……。

それは夢だったはずなのに、目を開けると目の前に海燕の顔があって、羽流は本当に海燕に手を伸ばしていた。

「……殿下……」

――あれ……？

これもまた夢だろうか。けれどやけに感触がリアルだ。

「お目覚めになられましたぞ」

「誰か、御殿医を…」

海燕の後ろで、何人もの慌てた声がして、羽流にも、ようやく現実がこちらなのだとわかった。

「……僕……？」

「そなたは倒れたのだ。憶えていないか？」

「殿下」

海燕が心配そうな顔をしている。羽流は起き上がろうとしたが、海燕に手で止められた。

「急に動いては危ない」

「でも…」

そこは見慣れた宿舎だった。海燕がいるからだろう、周りに何人もの従者たちがいる。

わざわざこんな場所に足を運ばせてしまったのだ、と恐縮していると、海燕の後ろから、万浬の顔が見えた。滄も、その後ろで近衛の制服のまま立っている。

「万浬……」

「何時間も目を開けなくて、何が起きたのかわからないんだ。今、遡淩が来るから、そのまま寝ておいで」

倒れたのは朝で、今はもう夕刻に近いらしかった。

「殿下も、ずっと傍についていてくださったんだよ」

「殿下……」

――ご政務があるのに…。

「すみません……」

羽流が謝ると、海燕が労《いたわ》るように頭を撫でる。

「どこか、痛むところはないか？」

「いえ…」

首を振ると、なぜか羽流の周りで麟が舞った。海燕もそれを見つけて目で追っている。

「…麟……？」

海燕が何か考え込むように沈黙した。

「殿下……」

「博士たちと、神官を呼んでくれ」

従者たちが慌ててそれぞれを連れてくるべく部屋を出ていき、その間、海燕はずっと羽流の手を取って握っていた。

「…そなたの気配が違うのだ」

「気配？」

「自分でわからないか？」

羽流は枕の上で頭を横に振った。自分では特別何も変わった気はしない。

けれど海燕はそう思っていないようだ。

「五葉はもう揃っている。それに…」

「…？」

何故かはっきり言葉にせず、海燕はそのままずっと黙ってしまった。

やがて混綸博士をはじめとした学者や神官が参じて、次々に海燕の隣に来ては羽流を見ていく。

「私の感覚だと、今までの羽流とは違うのだが、そなたたちの見立てではどうだ？」

学者たちは言葉を探し、袖を合わせてから海燕に奏上した。

「確かに…、異様なお力を感じますが、五葉とも違うような……」

「五葉は揃っている」

隣で神官が口を開く。

「お倒れになっている間、ずっと五葉の間が光り続けておりました」

「……」

「五葉に影響できるということじゃの」

混綸博士の言葉に、海燕と博士たちが顔を見合わせた。まるで、何か推測でもついたかのような顔をしながら、それを言葉にするのをためらっているようにも見える。

眉すら剃《そ》っていて無い神官が、表情の読み取れない顔で言った。

「麟は大地と王を繋ぐ〝神経〟となった五葉を守る〝鞘〟です」

神官がこちらを見る。

「五葉にしかつかないはずの麟が身辺に寄ってくる、しかし共存は起こさない……」

神官は黙りこみ、やがて海燕に向き直って奏上した。

「いかがでしょう、もしお歩きになれるようでしたら、五葉の間のほうにお越しいただいて確かめては」

何を〝確かめる〟のか羽流には見当がつかなかっ

た。けれど、神官の言葉も海燕たちと同じで、まるで見当がついているかのようだ。

海燕が気遣うように羽流を見た。

「では私が連れて行こう」

「え…あ、殿下……」

抱え起こされ、危ないからと抱き上げられて五葉の間まで向かった。

◆◆◆

海燕も博士たちも、うかつにその推測を口にできない、とでもいうように、言葉に出すことを憚《はばか》っている。

羽流にもただごとではないことは感じられた。羽流は自分で歩くと何回か申し出たが、取り合ってもらえない。

海燕が五葉の間で、そっと羽流を床に下ろした。

すると何故か、宙に浮いていた五葉の球が、するするとすべて羽流の前に集まってきた。

単座した中の五葉は動かないものの、全員目を開けて羽流を見ている。

「……これは」

動揺するように、学者たちが声を漏らした。無表情でほとんど話さない神官たちも、驚嘆したような目で羽流を見る。

羽流だけが、やはり何が起きているのかわからずに戸惑っていた。

全員が沈黙するなかで、神官が神妙に口を開いた。

「五葉が反応しておりますな」

「そういうのは、伝説上ひとりしかおらぬの」

博士が面白そうに言う。他の学者たちが驚いた顔をしているのに、海燕と博士だけ、何か確信を得たように強い笑みを佩く。

「控えている五葉に引き合わせてみれば、もっとはっきりするだろう」

おいで、と言われて、羽流はどんどん先に行ってしまう海燕についていく。周りの神官たちも、慌ててそれに従った。

水晶の洞窟への扉を開けると、眠っているはずの五葉は寝台の上で起き上がっており、羽流が近づくと手を伸ばしてきた。

動けている、と背後で驚く声がする。

「あの…」

羽流は海燕のほうを見た。海燕は力強い笑みを浮かべている。

「手を取ってみるといい」

――いいのかな…。

神官や医師でもない者が五葉に触れてよいのかわからなかったが、海燕に促されるままに、羽流は五葉が伸ばした指先に触れた。

――あ……。

手が触れると、ぴりっと細い電流のようなものが流れた気がして驚いたが、そのあとはさらに周囲も驚きの声を上げた。

「ハル…？」

「え…」

「五葉が…」

――五葉が話した……。

驚き過ぎて羽流は言葉にならなかった。目の前の、金色に光る五葉が名前を呼んで微笑むなんて…。

背後を振り向くと、海燕が笑っている。

「お前は本当に自覚がないか？」

「はい…あの…なにも……」

「よほど鈍いんだな」

「殿下…」

ははは、と笑われて、羽流は意味もなく恥ずかしかったが、それからひとつひとつの洞窟に入って、五人全員がなんらかの形で反応したことで、最終的に、何が起きたかが確定したらしかった。

博士が、恭《うやうや》しく拝礼して海燕に結論を申し出る。

「やはり、〝祖環〟であるかと…」

「だろうな」

――ソワ…？

ようやっと、前に遡湊が話していたことを思い出した。

建国神話に出てくる、伝説の〝五葉の要〟だ。

――でも、僕が…？

今でも、どこが変わったのか全くわからないのに、本当に？

羽流はどんな顔をすればよいのかわからず、ただ茫然と立っていたが、だんだんと博士や神官たちが羽流にかしこまっていく。

――どうしよう…。

途方にくれている羽流を前に、海燕は悠然と笑っていた。

羽流の肩に海燕の手が置かれる。

「そなたが祖環なら、粗略には扱えぬな」

その言葉で確定したように、五葉の間についてきた全員が、膝をついて海燕と羽流に拝礼した。

「……」

羽流が、この光景を一番信じられなかった。

◆◆◆

海燕の宣言と博士の見立てで、羽流の立場は〝祖環〟だということになった。居住はただちに侍従の宿舎から大急ぎで模様替えされた殿下の居室の隣、もとは大臣らとの謁見に使われていた次の間になった。

着るものも待遇も、まるで魔法のように一日で変わってしまう。ひとりでは何もしてはならず、海燕からは女官をつかせる、と言われた。

気の休まる相手を選べと海燕に言われたものの、海燕の傍仕えの桃李を所望するわけにもいかず、羽流は、その件だけは暫定的に、と言って汀瑛から選出してもらうことにした。

今まで、列の後ろについていた相手に傅《かしず》かれるのは、本当に身の置き所がないくらいいたたまれない。そそくさと身支度だけしてもらい、早々に引き上げを頼んで、ようやくほっと寝台に腰掛け、大きく息を吐く。

「そなたも、世話を焼かれる面倒さがわかったか」

「殿下…」

振り向くと海燕が笑いながら部屋に入って来て、羽流の隣に座った。

「でもまあ、どさくさに紛れて続き間にしたのはよかったな」

海燕がくすりと悪戯めいた笑いをする。

「ぐずぐずしていると、神官たちが〝五葉の間に〟と言いだしただろう。先に言ったもの勝ちだ」

祖環は王と並ぶ立場なのだから、王と同じくらいの格の場所でなければならない、と言って海燕が自分の居室の隣部屋を祖環の居室と定めてしまったのだ。

「でも僕、本当に〝祖環〟なんでしょうか」

五葉たちの変化を見ても、羽流には、まだ何かの偶然ではないかという気がしてならない。なにしろ、自分では何ひとつ変わった気がしないのだ。

海燕が微笑む。

「こんなにはっきりわかるのに、本人に自覚がないというのが不思議だな」

「殿下…」

本当に伝説通りの役目が果たせるのなら、傍仕えでいるよりもっと海燕の役に立てるのだから、嬉しいはずなのだが、羽流には実感がなさ過ぎて不安だった。

そういう顔をしてしまったのだろう、海燕がからかうように、羽流の眉間に寄った皺をぐりぐりと指で押した。

「そう悩むな。いくら鈍くても、即位式のときなら実感できるはずだ」

「……そう、鈍い鈍いって言わないでください」

――自覚はしてるんですから…。

羽流は口をへの字に曲げて抗議した。けれど、今度は指の代わりに唇でなだめられてしまう。

「…ん……」

「本当は、傍仕えのままでいてほしかったがな」

「殿下…」

甘い唇が離れ、互いに額をつけるようにして向き合った。

「これ以上、身分の縛りでそなたを引き離されるのは勘弁してほしかったのだが…」

けれど、と背中に回った海燕の手が羽流の身体を引き寄せた。

「祖環誕生は、枯渇しはじめたこの国の大地にとって寿《ことほ》ぐべきことだ」

「……」

羽流は海燕の言葉の重みを感じた。

海燕は弱体化した国の気脈を憂えて、敢えて即位という重責を背負ったのだ。

海燕がくすりと微笑んだ。

「私の願い通りでもあるが、そなたの願いもかなったな」

「…殿下?」

「祖環ほど、私にとって必要で、役立つ存在もあるまい。そなたはこの先の私に、なくてはならぬ存在だ」

「殿下……」

なくてはならない…羽流もそう言われることを望み続けていた。嬉しいし、役目を果したいと思うが、今はそれ以上に、海燕の笑った眼差しが嬉しい。

「だが、祖環かどうかより、やはり本当は、ただそなたが隣にいてくれることのほうが、私には嬉しいのだがな」

「…僕もです」

じゃれ合うように額から頬を寄せ合い、くすくすと笑って抱きしめる。

本当に、自分は何者でもいいと思う。どんな形でも海燕を支えていけると思うから。

「でも、僕、祖環としてお役に立てたら嬉しいし、そうなるように頑張りますね」

即位が済んだら、行政面だけではない、海燕は空洞化しはじめているという国の気脈を整えることに全力を尽くすだろう。その手伝いができることは、何よりも幸せだと思う。

同じ未来に向かって、一緒に歩いていけるのだから。

「頼みにしている」

「はい！」

とびっきりの笑顔で答え、羽流は海燕の首に腕を回した。

◆◆◆

即位式は、祖環と判明した日から十日後だった。

式典の準備をしていた関係者は、予想外の事態に幾晩も夜を徹した作業に追われたらしい。なにしろ、ことは祖環用の席をひとつ増やすだけでは済まない。

建国神話以外に資料のない状態で、祖環の扱いから衣装まで全て揃えなければならず、また参賀に駆け付ける周辺国にもあらかじめ触れを出しておかなければならないのだ。

続々と登城してくる各国の王族や使者たちも、新王だけでなく祖環の誕生を祝うための献上品や祝辞に頭を悩ませたことだと思う。

かくいう羽流も、朝から晩までびっしり予定を組まれた。

衣装にはじまり、全ての式典に同席するため、手順を案内され、来賓の席次を説明され、細々としたしきたりやら国内王族たちからの内々の挨拶を受け、気が付くと傍仕えでいた頃よりずっと海燕と会える時間が減っている。

こんなことなら祖環などではなく、ただの傍仕えでよかったのに、と夜中にこぼしたら、海燕には「即位式までの辛抱だから」と慰められた。

まさに強行軍で式典の再準備が行われ、当日が来てしまった。後宮はいつもと変わらない様子だが、扉の外は息を詰めるような緊張感と人の気配に満ちていて、送り出す女官たちも、すでに朝から正装をしている。

羽流は大勢の女官に身支度を世話され、海燕と並んで内宮への扉に向かって歩く。いつもはここで見送る女官も、今日はそのまま扉の向こうまでずっとついてくるのだ。

海燕が、歩きながらふと羽流のほうを向いて笑った。

「肩が上がっているぞ、ゆっくり深く呼吸しなさい」

教えただろう？　と、すっと肩に手を置かれて、いつの間にか緊張してがちがちになっていた羽流の肩を緩めてくれる。

海燕も厳かな正装をしているのに、少しもそれを感じさせない。いつもと変わらないゆったりした様子なのを、羽流はすごいと思った。

羽流自身は、神官と博士たちが古代図を見ながらああでもない、こうでもないと検討をして、結局真っ白に輝く絹で作られた衣装を着せられている。

祖環は、実在したとは言われているものの、その資料は五千年も昔の話でほぼ残ってはおらず、文字による記述がほとんどだ。

後世に造られたレリーフの建国神話図画をもとに、足元まで裾を引いた着物を帯で締め、絹糸で織られた五色の飾り紐を胸の前で垂らしている。なんとなく女官の服と王族の正装との間のような恰好になっている。だがこの服は軽やかに見えてかなり重厚で、歩くと裾を踏みそうで、とても気を遣う。

海燕がゆったり歩いてくれながら、途中で転びそうになるのを時々助けてくれた。

隣にいるので、こっそり話せるのが嬉しい。

「大丈夫だ。転んだら、私がそのまま抱き上げる」

――大勢の前でそんなことできない！

「ぜ、絶対転ばないように頑張ります」

息を吸いこんで羽流が返事をすると、海燕がくすりと笑った。

「なに、そなたが転ぶのには慣れている」

「…」

気楽に言う海燕に返しようがなかったが、その軽やかな笑顔に、羽流も少し気が楽になった。

内宮を隔てる扉が開くと、五葉の間まで緋色の絨毯が敷かれており、その両脇にはずらりと列席者が並んでいた。今までこの場所にこんなに人がいたのを、羽流は見たことがない。

五葉の間が見えてくると、鉄の扉が全て取り外されていて、中の広間が見えるようになっていた。

――あの扉は、固定じゃなかったんだ…。

五葉の間の正面にある〝泉の間〟に向かって、左右両側に分かれるように列席者が五葉の間を取り囲み、王の到来を待っていた。

楽の音がする、と羽流が気付くと、五葉の間の壁に並ぶように、古代の衣装に身を包んだ一団がおり、彼らの掻き鳴らす弦の音や高い笛の音が、天井に跳ね返って響き渡っている。

神官に先導され、海燕と羽流が並んで五葉の間の正面に並んだ。背中側には泉の間がある。

右を見ると、緩やかな絹の袷を着た正装の五葉がそれぞれひとりずつ神官に付き添われて立っていて、神官が手を添えるようにして中央へと促す。彼らが広間の中央に辿り着くと、五葉の球はすべてゆるやかに下降し、吸い寄せられるように五角を成して地面に下りた。

楽の音がやみ、人々がしんと静まり返って見守る中、別な五人の神官たちが光る五葉の球に手を差し伸べ、中にいる五葉の手を取った。

彼らは促されるままにゆっくりと球の中から下りてくる。五葉がいなくなると、球は沈んだように光を失った。

どの五葉も穏やかで、神官たちに丁寧に導かれて光に包まれた姿のまま広間から下がっていく。そして、新しい五葉たちが代わりにそれぞれ定められた球の中に単座した。

見送るように神官たちが手を離して広間から下がる。ここから初めて新しい王と世界が繋がるのだ。

隣ですっと海燕が目を閉じ、千人以上いる人々が、息をひそめてその静寂を守った。

隣にいる羽流もドキドキした。

海燕の力がゆっくりと身体の奥底から外側へ、そして広間全体に広がっていくのを痛いほど感じる。

――殿下が集中している……。

どんな訓練をしてもらったときでも、これほど海燕の神経が研ぎ澄まされているのを感じたことはなかった。

常にゆったりと構え、けっして気負うことのない海燕でも、この瞬間は特別なのだろうと羽流は思う。

これは、王として生涯で一度しかない儀式なのだ。

怖いほど張り詰め、鋼のように強く硬い圧迫感を持った海燕の気が辺りに満ちる。それはやがて結晶構造を変えていくように、より硬度を増し、金剛石のような透明な煌めきへと変わっていった。

その気を隣で感じている羽流は、王となるものが、どれだけの神力を持つのかを、肌で感じる。

――殿下の気って、こんなにすごいんだ……。

海燕の力は光の帯のように空間に広がりはじめ、やがて揺らめいて天井のほうまで立ち上り、オーロラのように虹色の膜を作って場を包み込んだ。

ひとつずつ、五葉の球がその波動に反応していくのが羽流にもわかった。海燕の発した力の中から、自分の受け取るべき波の領域を認識し、波長を合わせた五葉から順に光り出す。それぞれが、球を中継地点にして、己の主となる者を決めたのだ。

この瞬間から、この五葉は海燕にだけ繋がる〝神経〟となる。

ひとつ、またひとつとそれぞれの球が五色に輝きはじめるたびに、見守る列席者から感嘆の声が漏れた。

――揃った……。

五人全てが、王となる海燕と同期する。海燕が目を開けて軽く右手を挙げると、新しい五葉を乗せた五色の球は、命を受けた通りに音もなく広間の中空に浮かび上がった。

海燕が、新しい五葉と繋がったことを示すものだ。

球は、これまで見たこともないほど透明感を増し、本当の宝石のように煌めいていた。

「わあ…」

羽流も、群衆同様目を見張った。

今まで、先王の五葉が光っているところしか見たことがなかった。あれでも十分輝いていると思っていたが、王の力を得て輝くときの五葉は、それとは比較にならないほど眩《まばゆ》い。

大きな宝石のような球が、光を放って五葉の間のタイルに五色の煌めきを反射させる。力強い輝きに、人々がおお、と驚嘆して声を上げた。

新しい王と五葉の誕生に、止まっていた楽の音が再び奏され、華やかに祝賀がはじまる。

どよめく歓声の中、羽流は海燕と五葉たち、両方の感覚を受けていた。

五葉たちの身体はここにあるが、意識は大地に溶け込んでいる。この広い国土を自分の身体のように認識しているのだ。その感覚を、繋がった王にそのまま送り込んでいる。

それはちょうど、羽流が眠っている間に見た夢の感覚に似ていた。

海燕は、五葉から送られてくる感覚を峻別するのだ。

五葉が自動的に弾くことができる異物は限られている。だから、羽流が夢で見たときのように、不快と感じるものを弾くとき、狙いを定めきれずによい精霊も弾いてしまったり、捕り逃してしまったりする。

王の命令が五葉から送られてくる信号の折り返しのように伝わり、五葉は王の命ずるままに動く。だから、王の能力によって峻別の精度が変わるのだ。

羽流は、自分がどこに位置するのかわからなかった。だが、大地に溶け込んだような五葉たちの気持ちはわかる。

心地よくて、生まれる前に還ったような気持ち。それはすごく幸せな感覚のままだ。

けれど、彼らは自分たちの生まれて育ってきた時間を忘れてしまったわけではない。だから、語りかけるとちゃんと答えが返ってくる。

——大地は渇いている？

〈ううん。細くて弱いけれど、水脈は確か…〉

——風は吹いている？

〈ええ、吹いています〉

夢見たような声が羽流の心に響く。彼らと声のない会話を交わしながら、羽流は海燕と王都で見た光輝く夜を思い出した。

《そなたが憶えていられたら……》

五葉が、決して人でないものになってしまったわけではないことを知らせたい。そして、五葉にも人である部分を残してほしいと思った。

自分は、どちらの世界も感じられて、とても幸せだから。

そして、海燕に見せてもらった美しい世界を、精霊を見ることのできない皆にも見せたい。

——ねえ、できるかな……。

羽流が語りかけると、五葉も賛同してくれた。

——力を貸して。

同意する声がいくつも重なる。それぞれの球から、さらに強い力が発揮されて、虹の輪が広がるように見えないエネルギーが放出された。

「羽流…」

海燕が羽流を振り返る。

羽流も海燕に笑いかけた。海燕の言った通り、自分もようやく自分が祖環なのだと実感できた。

「みんなに、目で見えるように精霊たちを輝かせてあげたいんです」

――あの夜、殿下が見せてくれたみたいに…。

羽流の提案に、海燕が笑って承諾する。

「いい演出だ」

「…わ…」

海燕の力が輪をかけたように強くなり、羽流とふたりのエネルギーが双つの龍のように渦を巻いて駆け昇っていく。

――わあ……。

ぱあん、と大きな力が広間の中央で弾けて、飛び出したエネルギーが広間に満ちた。

広間にいた精霊たち、輝きに吸い寄せられてきた精霊たち、全てが光を受けてそれぞれの持ち色に反射して光りはじめる。まるで宝石が粉のようにちりばめられた空間を、人々が歓声を上げて見上げた。

光の裳裾《もすそ》をなびかせて飛ぶ精霊、力を受けて粉のようにきらきらと舞い上がる精霊、楽の音に共鳴して揺れ踊る精霊、辺りは生命の輝きで満ち溢れ、華やかな円舞を見ているようだ。

紅緋《べにひ》、碧、瑠璃色、紫、黄、薄紅、紫紺、金、銀、白銀…それぞれの精霊は、己の持つ色の輝きを振りまいている。宙に描かれる美しい軌跡に、人々も感嘆しながら魅入っていた。

羽流は、女性たちがかたまっている席をちらりと見た。華やいだ衣装を着た姫君たちがずらりと並んでいて、あれが女官たちの言っていた顔見せなのだな、と思う。けれど、それはそう気になるものではなく、五葉の間を見上げる汀瑛や氷彌の驚いた顔のほうが、羽流には嬉しかった。

――みんなにも、精霊を見せてあげられた。

「あ…」

海燕が羽流の手を取って歩き出す。羽流はうっかり進行を忘れていたが、五葉と繋がる儀式のあと、海燕は玉座に上がるのだ。

――殿下ではなく〝陛下〟になるんだ…。

ゆっくりと五葉たちを背にして、海燕と一緒に、羽流も泉の間へと向かった。

泉の間を隔てる真っ白な壁は、海燕が手を挙げると左右に分かれて、ゴゴゴ…と重い音を上げて開きはじめた。

――うわあ……。

視界いっぱいに広がる真っ白な世界に、羽流は心の中で驚いた。泉の間は、広間という大きさではなく、見える限り真っ白な滝しかない空間なのだ。

隣で海燕が静かに神力を発揮した。

〝世界の境目〟からランダムに流入しているエネルギーを制御しはじめ、それに伴って五葉たちが動き出す。

神舟は新しい王を得て、新たな循環をはじめたのだ。

真っ白に見えた巨大な滝はカーテンを左右に引いたようにさあっと壁沿いに流れ落ち、瀑布《ばくふ》で上がる白い霧が五葉の間のほうまで舞い上がり、先刻の力の余韻で光り輝いていく。

――向こう側が見える……。

制御されたエネルギーは力強く、けれど整然と流れはじめ、泉の中央は視界が開けた。

泉の間の向こうには初めて王宮に入ったときに辿り着いた広間があり、その廊下の向こうまで、延々と見える限りに参列者が並んでいる。

この国の玉座は飾り物の椅子ではない。この泉の間そのものが、王しか入ることのできない神聖なる〝玉座〟なのだ。

行こう、というように海燕が羽流の手を取った。

もし伝説が本当なら、王以外で泉の間に人が入るのは建国以来ということになる。

その場所に足を踏み入れることは、羽流にはとても重い感覚だった。

王宮の入口まで、遠すぎて見えないほど長い列が、泉の間を挟んで向こう側に広がっている。人々は、五葉を背にした王に拝礼し、人々が波のように頭を

垂れていく。

しっかりと握りしめられた海燕の手から、羽流に強い感情が流れてくる。

――――陛下……。

共に在ろう、という意志が、言葉ではなく身体から伝えられた。王の統治だけでなく、自分も神舟を整える一端を担うのだ。

ひとりではなく、一緒に、という包まれるような感覚に支えられ、羽流は泉の間に足を踏み出す。

ふたりが泉の間に入った瞬間、五葉が共鳴し、泉からいくつもの精霊たちが光を受けながら空へと飛び出した。

空を翔る鳥のように、泉の水が波打って羽ばたき、空に弾けてきらきらと陽を受けて輝く。

「……わあ」

羽流はその光景を前に、溢れるように豊かな大地を思い出した。風と光に満ちた草原…今までひとりだけで享受していたあの世界を、今度は海燕や五葉たちと一緒に、この国の人々に繋いでいく…。

「陛下…」

「どうした？」

羽流は光を受けて微笑んだ。

あの場所にいたら、こうして誰かと世界を分かち合うことはなかった。

草原を離れる別離のさみしさも、五葉に成れなかったあの辛い日々も、全て、この場所に繋がっている。

何もかも、無駄ではなかったのだという思いと、消えてしまいそうなほど細い運命の糸を、手繰り寄せてくれた海燕に、羽流は心から感謝した。

「いいえ…陛下と出会えて、よかったなあと思って」

眩しい笑顔を向ける羽流に、海燕は微笑んだだけだった。

羽流は、自分より大きな海燕の手をしっかりと握り返した。

楽の音はやんでいるはずなのに、光って弾ける無数の精霊たちの音が、澄んだ音を生み、いくつも重なって響き渡る。

手を繋いだまま、羽流と海燕は互いに向き合った。誓う言葉の代わりに、互いが放つ力が精霊たちを輝かせる。

見たこともない精霊の煌めきに、拝礼していた人々から歓喜の声が上がり、王宮は祝福と歓声に彩られた。

あとがき

お読みいただき、ありがとうございました。

今まで、現代ものにファンタジー要素がある物語はいくつか書いていたのですが、完全に異世界のファンタジーは初めての挑戦でした。自分的には楽しかったんですが、いかがでしたでしょうか。

羽流は祖環ではありますが、まだまだ未熟です。これから困難にぶつかったり、クリアしなければいけないことがたくさんあります。全部乗り越えたとき、初めて本当の〝祖環〟になれるんだと思います。海燕との愛も、ようやくスタート地点に立てた感じなので、ぜひ成長していってほしいなと母心で思っております(笑)。

ちなみに滄や万浬、遡淩はそれぞれ、護衛官や医師としてはエリートなほうです。そういう意味では、羽流はけっこうスペシャルユニットに託された卵だということになります。

私事ですが、今回は締切前にやたらと出張が多く、時間がなくてフライト中までパソコンを持ち込んで書いていました。過去に、移動先のホテルで書くというのはやったことがあるんですが、空の上で原稿を書いたのは初めてです。

神舟への登山シーンを、雲の上で書けるのはとても不思議で楽しかったです。雲海のシーンは割愛してしまいましたが、出せたらいいシーンだったなあ(しみじみ)。

ご担当様には本当にお世話になりました。何度もお手数をおかけしましたが、たくさんアドバイスをいただいたおかげで、どうにか形にすることができました。ありがとうございました。

そして、目の覚めるような美しいイラストを描いてくださった絵歩《えぼ》先生、本当にありがとうございました。黒髪長髪好きにはたまらないかっこいい海燕です。

ご感想などをいただけましたら幸いです。

深月《みつき》　拝

LYNX ROMANCE

背《せ》守《もり》の契《けい》誓《せい》

深月ハルカ

illust. 笹生コーイチ

本体価格
855円+税

背守として小野家当主に仕え、人智を超える力を持つ清楚な美貌の由良。主が急死し、次の当主・貴志の背守に力を移すため殉死する運命だった由良は、貴志に身を穢されてしまう。貴志を恐れる由良だが、共に生活するうち、穢したのは背守の力を失わせ自分の命を救うためだったと知る。不器用な優しさに触れ、惹かれ始める由良。しかし背守の力は失われていなかった。貴志の背守にはなれないため、由良は死ぬ覚悟を決めるが――。

LYNX ROMANCE

神《かみ》の孵《かえ》る日《ひ》

深月ハルカ

illust. 佐々木久美子

本体価格
855円+税

研究一筋で恋愛オンチの大学准教授・鏑矢敦は、調査のため赴いた山で伝説の神様が祀られている祠を発見する。だが不注意からその祠を壊し、千年の間眠るはずだった神様が途中で目覚めてしまう。珀晶と名乗るその神様はまだ幼くまるで子供のようで、鏑矢は暫く一緒に暮らすことになる。最初は無邪気に懐いてくる珀晶を可愛く思うだけの鏑矢だったが、珀晶が瞬く間に美しく成長していくにつれ、いつしか惹かれてしまい…。

LYNX ROMANCE

密《みつ》約《やく》の鎖《くさり》

深月ハルカ

illust. 高宮東

本体価格
855円+税

東京地検特捜部に所属する内藤悠斗は、ある密告により高級会員制クラブ『LOTUS』に潜入捜査を試みる。だがオーナーである河野仁に早々に正体を見破られ、店の情報をリークした人物を探るため、内偵をさせられることになってしまった。従業員を装い働くうちに、悠斗は華やかな店の裏側にある様々な顔を知り、戸惑いを覚える。さらに、本来なら生きる世界が違うはずの河野に惹かれてしまった悠斗は――。

LYNX ROMANCE

人《にん》魚《ぎょ》ひめ

深月ハルカ

illust. 青井秋

本体価格
855円+税

一族唯一のメスとして育てられてきた人魚のミルの悩みは、成長してもメスの特徴が出ないことだった。心配に思っていたところ、ミルはメスではなくオスだったと判明。このままでは一族が絶滅してしまうことに責任を感じたミルは、自らの身を犠牲にして人魚を増やす決意をし、人間界へ旅立つ。そこで出会った熙顕という人間の男と惹かれ合い「海を捨てられないか」と言われたミルは、人魚の世界と熙顕との恋心の間で揺れ動き…。

LYNX ROMANCE

神《かみ》の蜜蜂《みつばち》

深月ハルカ　illust. Ciel

本体価格
855円+税

上級天使のラトヴは、規律を破り天界を出た下級天使・リウを捕縛するため人間界へと降り立つ。そこで出会ったのは、人間に擬態した魔族・永澤だった。天使を嫌う永澤に捕らえられ、辱めを受けたラトヴは逃げ出す機会を伺うが、共に過ごすうちに、次第に永澤のことが気になりはじめてしまう。だが、魔族と交わることは堕天を意味すると知っているラトヴは、そんな自分の気持ちを持て余してしまい…。

LYNX ROMANCE

月狼《げつろう》の眠《ねむ》る国《くに》

朝霞月子　illust. 香咲

本体価格
870円+税

ヴィダ公国第四公子のラクテは、幻の月狼が今も住まうという最北の大国・エクルトの王立学院に留学することになった。しかし、なんの手違いか后として後宮に案内されてしまう。そんなある日、敷地内を散策していたラクテは伝説の月狼と出会う。神秘の存在に心躍らせ、月狼と逢瀬を重ねるラクテ。そしてある晩月狼を追う途中で、同じ色の髪を持つ謎の男と出会うのだが、後になって実はその男がエクルト国王だと分かり…？

LYNX ROMANCE

硝子《ガラス》細工《ざいく》の爪《つめ》

きたざわ尋子　illust. 雨澄ノカ

本体価格
870円+税

旧家の一族である宏海は、自分の持つ不思議な『力』が人を傷つけることを知って以来、いつしか心を閉ざして過ごしてきた。だがそんなある日、宏海の前に本家の次男・隆衛が現れる。誰もが自分を避けるなか、力を怖がらず接してくる隆衛を不思議に思いながらも、少しずつ心を開いていく宏海。人の温もりに慣れない宏海は、甘やかしてくれる隆衛に戸惑いを覚えつつも惹かれていき…。

LYNX ROMANCE

狐《きつね》が嫁《よめ》入《い》り

茜花らら　illust. 陵クミコ

本体価格
870円+税

大学生の八雲の前に突如、妖怪が現れる。友人が妖怪に捕らわれそうになり、八雲が母から持たされたお守りを握りしめると、耳元で『私の名前をお呼びください』と囁く男の声が…。頭の中に浮かんだ名を口にすると、銀色の髪をした美貌の男が現れ、八雲を助け消えてしまった。白昼夢でも見たのかと思っていた八雲だが、翌朝手のひらサイズの白い狐が現れ『自分はあなたの忠実な下僕』だと言い出して――。

LYNX ROMANCE

たとえ初《はじ》めての恋《こい》が終《お》わっても

バーバラ片桐　illust. 高座朗

本体価格
870円＋税

戦後の闇市。お人好しの稔は、闇市を取り仕切るヤクザの世話になりながら生活していた。ある日、稔はGHQの大尉・ハラダと出会い、親切にしてくれる彼に徐々に惹かれていく。そんな中、闇市に匿われていた戦犯・武田がGHQに捕らわれ、そのことで、ハラダが稔に親切にしてくれていたのは、武田を捕らえる目的だったことを知る。それでも恋心が捨てきれない稔は、死ぬ前にもう一度ハラダに会いたいと願うが…。

LYNX ROMANCE

囚《とら》われ王子《おうじ》は蜜夜《みつや》に濡《ぬ》れる

葵居ゆゆ　illust. Ciel

本体価格
870円＋税

中東の豊かな国・クルメキシアの王子であるユーリは、異母兄弟たちと異なる金髪と銀色の目のせいで王宮内で疎まれながら育ってきた。ある日、唯一可愛がってくれていた父王が病に倒れ、ユーリは「貢ぎ物」として隣国に行くことを命じられる。その準備として兄の側近であるヴィルトに淫らな行為を教えられることに。無感情な態度で自分を弄んでくるヴィルトに激しい羞恥を覚えるものの、時折見せる優しさに次第に惹かれていき…。

LYNX ROMANCE

ゆるふわ王子《おうじ》の恋《こい》もよう

妃川螢　illust. 高宮東

本体価格
870円＋税

見た目は極上、芸術や音楽には天賦の才を見せ、運動神経は抜群。でも頭の中身はからっぽのザンネンなオバカちゃん。そんな西脇円華は、大学入学前の春休みにバリのリゾートホテルで余暇をすごすことに。そこで小学生の頃、一緒に遊んだスウェーデン人のユーリと再会する。鈍感な円華は高貴な美貌の青年がユーリだと気づくことが出来ず怒らせてしまう。それにもめげず無自覚な恋心を抱いた円華は無邪気にアプローチし続けて…。

LYNX ROMANCE

ファーストエッグ 2

谷崎泉　illust. 麻生海

本体価格
900円＋税

警視庁捜査一課でもお荷物扱いとなっている特命捜査対策室五係。中でも佐竹は、気怠げな態度と自分本位な捜査が目立つ問題刑事だった。その上、佐竹は元暴力団幹部で高級料亭主人の高御堂と同棲している…。端正な顔立ちと、有無を言わさぬ硬い空気を持った高御堂とは、快楽を求めあうだけの、心を伴わない身体だけの関係だった。そんな中『月岡事件』を模倣した連続事件が発生し、更に犯人の脅迫は佐竹自身にも及び…？

LYNX ROMANCE

シークレット ガーディアン

水壬楓子

illust. サマミヤアカザ

本体価格
870円+税

北方五都とよばれる地方で最も高い権勢を誇る月都。王族はそれぞれの守護獣を持っていて、第一皇子の千弦には破格の守護獣・ペガサスのルナがついていた。そのうえ、自らが身辺警護に取り立てた男・牙軌が常に付き従っている。寡黙で明鏡止水のごとき牙軌に対し、千弦は無自覚に恋心を抱いていたが、つまらない嫉妬から牙軌を辺境の地へ遠ざけてしまう。その頃、盗賊団によって王宮を襲撃するという計画がたてられており…。

LYNX ROMANCE

オオカミの言《い》い分《ぶん》

かわい有美子

illust. 高峰顕

本体価格
870円+税

弁護士事務所で居候弁護士をしている、単純で明るい性格の高岸。隣の事務所のイケメン弁護士・末國からなにかと構われ、ちょっかいをかけられていたが、ニブちんの高岸は末國から送られる秋波に全く気づかずにいた。そんなある日、同期から末國がゲイだという噂を聞かされた高岸は、ニブいながらも末國のことを意識するようになる。しかし、警戒しているにもかかわらず、酔った勢いでお持ち帰りされてしまい…。

LYNX ROMANCE

お金《かね》はあげないっ

篠崎一夜

illust. 香坂透

本体価格
870円+税

「勤務時間内は、俺に絶対服従」金融業を営む狩納に多額の借金で拘束される日々を送る綾瀬雪弥は、ある事情から二週間、狩納の親代わりである染矢の弁護士事務所で住み込みで働くことになる。厳しい染矢に認めてもらえるよう慣れない仕事にも頑張る綾瀬。一方、限られた期間とはいえ、綾瀬と離れて暮らすことに我慢できない狩納は、染矢の事務所や大学でまでセクハラを働き…？　大人気シリーズ第8弾！

LYNX ROMANCE

無垢《むく》で傲慢《ごうまん》な愛《あい》し方《かた》

名倉和希

illust. 壱也

本体価格
870円+税

天使のような美貌を持つ、元華族という高貴な一族の御曹司・今泉清彦は、四年前、兄の友人であり大企業の副社長・長谷川克則に熱烈な告白をされた。清彦はその想いを受け入れ、晴れて相思相愛に。以来「大人になるまで手を出さない」という克則の誓約のもと、二人は清い関係を続けてきた。しかし、まったく手を出してくれない恋人にしびれを切らした清彦は、二十歳の誕生日、あてつけのつもりでとある行動を起こし…？

LYNX ROMANCE

執愛《しゅうあい》の楔《くさび》

宮本れん

illust. 小山田あみ

本体価格
855円＋税

老舗楽器メーカーの御曹司で、若くして社長に就任した和宮玲は、会長である父から、氷堂瑛士を教育係として紹介される。怜悧な雰囲気で自分を値踏みしてくるような氷堂に反発を覚えながらも彼をそばに置くことにした玲。だがある日、取引先とのトラブル解決のために氷堂に頼らざるをえない状況に追い込まれてしまう。そんな玲に対し、氷堂は「あなたが私のものになるのなら」という交換条件を持ちかけてきて…。

LYNX ROMANCE

神《かみ》さまには誓《ちか》わない

英田サキ

illust. 円陣闇丸

本体価格
855円＋税

何百万年生きたかわからないほど永い時間を、神や悪魔などと呼ばれながら過ごしてきた腹黒い悪魔のアシュトレト。日本の教会で牧師・アシュレイと出会ったアシュトレトは、彼と親交を深めるが、上総の車に轢かれ、命を落としてしまう。アシュトレトはアシュレイの一人娘のため彼の身体に入り込むことに。事故を気に病む上総がアシュレイの中身を知らないことをいいことに、アシュトレトは彼を誘惑し、身体の関係に持ち込むが…。

LYNX ROMANCE

空《そら》を抱《いだ》く黄《おう》金《ごん》竜《りゅう》

朝霞月子

illust. ひたき

本体価格
855円＋税

のどかな小国・ルイン国で平穏に暮らしていた純朴な王子・エイプリルは、出稼ぎのため世界に名立たるシルヴェストロ国騎士団へ入団する。ところが『破壊王』と呼ばれる屈強な騎士団長・フェイツランドをはじめ、くせ者揃いな騎士団においてはただの子供同然。自分の食い扶持を稼ぐので精一杯の日々。その上、豪快で奔放なフェイツランドに気に入られてしまったエイプリルは、朝から晩まで、執拗に構われるようになり…？

LYNX ROMANCE

危《き》険《けん》な遊《ゆう》戯《ぎ》

いとう由貴

illust. 五城タイガ

本体価格
855円＋税

華やかな美貌の持ち主である高瀬川家の三男・和久は、誰とでも遊びで寝る奔放な生活を送っていた。そんなある日、和久はパーティの席で兄の友人・義行に出会う。初対面にもかかわらず、不躾な言葉で自分を馬鹿にしてきた義行に腹を立て、仕返しのため彼を誘惑して手酷く捨ててやろうと企てた和久。だがその計画は見抜かれ、逆に淫らな仕置きをされることになってしまう。抗いながらも次第に快感を覚えはじめた和久は…。

この本を読んでの
ご意見・ご感想を
お寄せ下さい。

〒151-0051
東京都渋谷区千駄ヶ谷4-9-7
(株)幻冬舎コミックス　リンクス編集部
「深月《みつき》ハルカ先生」係／「絵歩《えぼ》先生」係

リンクス ロマンス

双龍に月下の契り

2014年6月30日　第1刷発行

著者……………深月《みつき》ハルカ
発行人…………伊藤嘉彦
発行元…………株式会社　幻冬舎コミックス
〒151-0051　東京都渋谷区千駄ヶ谷4-9-7
TEL 03-5411-6431（編集）
発売元…………株式会社　幻冬舎
〒151-0051　東京都渋谷区千駄ヶ谷4-9-7
TEL 03-5411-6222（営業）
振替00120-8-767643
印刷・製本所…株式会社　光邦
検印廃止

ISBN978-4-344-83155-1 C0293
Printed in Japan

幻冬舎コミックスホームページ　http://www.gentosha-comics.net